中山大学2007年度桐山基金青年项目

声音与姿态

中国女性小说叙事形式演变

陈淑梅 著

中山大学出版社
·广州·

图书在版编目（CIP）数据

声音与姿态：中国女性小说叙事形式演变/陈淑梅著．—广州：中山大学出版社，2011.7
ISBN 978-7-306-03900-2

Ⅰ.①声…　Ⅱ.①陈…　Ⅲ.①妇女文学—小说研究—中国
Ⅳ.I207.42

中国版本图书馆 CIP 数据核字（2011）第 101865 号

出 版 人：祁　军
策划编辑：嵇春霞
责任编辑：刘丽丽
封面设计：贾　萌
责任校对：曾育林
责任技编：何雅涛
出版发行：中山大学出版社
电　　话：编辑部 020-84111996，84111997，84113349，84110779
　　　　　发行部 020-84111998，84111981，84111160
地　　址：广州市新港西路 135 号
邮　　编：510275　　传　真：020-84036565
网　　址：http：//www.zsup.com.cn
　　　　　E-mail：zdcbs@mail.sysu.edu.cn
印 刷 者：广州市新明光印刷有限公司
规　　格：880mm×1230mm　1/32　7 印张　180 千字
版次印次：2011 年 7 月第 1 版　2011 年 7 月第 1 次印刷
印　　数：1～2000 册　　定　价：22.00 元

目　录

绪 论

在20世纪90年代中后期至21世纪初期，女性小说一度成为大量的研究者——很多时候是女性研究者——的兴趣所在，关于女性小说的研究一时蔚然成风。现在看来，高潮似乎已经过去；但是研究是否足够充分、足够深入，仍是一个问题。总的来说，对女性小说的思想内容及文化内涵的挖掘是以往研究的主要方面，对女性小说的叙事话语及其演变的研究在目前尚有待开拓，而这正是本书努力的方向。

一、关于女性小说

首先需要说明的是关于女性小说的界定。一个明显的事实是，关于女性小说，以及更宽泛的一个概念——女性文学或女性写作，在很多时候都没有得到明确的界定，论者对它们的使用常常是随意的、似乎不言自明的。90年代以来的一些研究为女性主义理论所鼓舞，常常根据文化批判的需要自由取舍研究对象，有时从作者的女性身份出发涵盖大量女作家的大量作品，有时又从作品中的女性主义的内容来论述。陈惠芬《神话的窥破》论述了当代一些比较重要的女作家的创作，但对于何为“女性写作”也并未严格界定。而陈顺馨认为，“不是生理性别而是女性主体意识应该成为形成‘女性写作’特征的核心因素”①。大致说来，有两种看法比较普遍，一是比较传统的温和的看法，认为

① 陈顺馨：《中国当代文学的叙事与性别》，北京大学出版社1995年版，第27页。

女性小说是女作家写女性的小说。如陈晓明《勉强的解放：后新时期女性小说概论》一文试图描述的是“以女性为主角并且注重审视女性的心理特征和生存境遇的女性写作”①。另外一种比较醒目的观点是从女性主义的角度来界定的，也就是认为女性小说是在人物塑造以及所涉及的问题上自觉或不自觉地体现了女性主体意识、女性主义思想的小说，涉及的对象主要是90年代以来的女性小说。如李洁非《她们的小说》，既以“性别自我意识”，也暗中以女性主义的标准叙述女作家创作的历史发展，并试图对女性主义写作的诗学特征进行总结。还有一些人提出了“女性主义小说”、“女性个人化小说”的说法，王又平则以“新女性小说”将“具有程度不等的女性主义意识和倾向的创作同一般的女性文学区分开来”②。

本书认同第一种宽泛的看法，将女性小说定义为女作家所写，对女性身份及由此而产生的问题有较强的自觉意识，表现女性情感、心理体验，关注女性境遇的小说。之所以如此定义，是因为长期以来，作家的女性身份、女性意识以及对女性自身的言说都是在一般观念中具一定敏感性的东西，于是以何种方式言说往往就成为一个问题。这一问题在不同的时期有不同的表现形式，而这不仅仅是一个艺术手法的选择，更与叙述主体和特定的历史语境有关。和强调女性主义因素的概念相比，宽泛的定义能够避免本质主义的局限，能够容纳较长历史时期的创作，因而更能看出女性小说发展变化的痕迹。而本书之所以将时限确定为1979—2000年，是因为1979年张洁的《爱，是不能忘记的》以独具特征的表达和引起争议的方式揭开了新时期女性小说发展的

① 陈晓明：《勉强的解放：后新时期女性小说概论》，载《当代作家评论》1994年第3期。

② 王又平：《顺应·冲突·分野》，载《荆州师范学院学报》2000年第3期。

序幕，对女性小说发展而言具有标志性意义。而要研究女性小说的演变，一个必要的条件就是研究对象需经历一定的时间跨度，之所以截止到2000年，除了取在时间上标志世纪终结的方便，还因为经过20多年的发展，女性小说的确已经呈现出叙事话语演变的轨迹，可以作一个回顾；另外，本书涉及的在时间上最近的作品如夏岚馨《泛滥年代》、林白《玻璃虫》、棉棉《糖》等小说都发表或出版在2000年，这些小说在很大程度上体现了90年代以来一些女性小说在叙事话语上的特点，因而，以2000年作为时间的下限。

二、研究综述

新时期以来，从张洁《爱，是不能忘记的》与《方舟》、陆星儿《呵，青鸟》、遇罗锦《春天的童话》、万方《在劫难逃》到蒋子丹、林白、陈染、徐小斌、徐坤、赵玫等人的一系列创作，女性小说逐渐发展壮大，这已是不争的事实，相关的研究也随之出现。这些研究大体上可以分为两个阶段。90年代中期以前的研究基本上致力于讨论作品的人物形象、思想内涵。如金燕玉认为女作家所创作的女性形象中表现出对美的追求，“提出妇女的自立问题”①；李子云肯定“在打破小说的某些传统的规范，开拓小说所表现的内容范围与更新小说的形式方面，某些女作家起了很大的作用。其中最主要者，就是她们首先将小说从传统的表现方式——即，通过描写外部现实世界，描写人与人之间的关系，来表现人物的性格及其命运，转为以展现人物的内心世界为主的表现方式”②。注意到“形式”方面的开拓创新，但在具体

① 金燕玉：《论女作家群》，载《当代作家评论》1986年第3期。

② 李子云：《女作家在当代文学史所起的先锋作用》，载《当代作家评论》1987年第6期。

论述的时候，仍是从作品所表现的女性心理的内容进行分析。赵玫也充分肯定了张洁等人对题材领域、表述形态、结构方法、语言形式的开拓性贡献，以及对女性独立奋斗、自我更新精神的表现。也有人试图概括女性文学的美感特征，强调“正是美的内容、美的意境、美的语言，构成了美的‘女性文学’”①，以区别于男性文学。总之，这一时期是女性文学研究初步展开的时期，在研究方法上基本沿袭传统，集中探讨思想内容；也注意到女性小说的形式，但往往只是从风格的角度进行谈论。

90年代中期以后由于女性主义思想的引进传播，出现了大量运用女性主义理论研究当代女性写作的论文和著作。几本著作集中出现于1995—1996年。它们是林丹娅《当代中国女性文学史论》、刘慧英《走出男权传统的樊篱》、陈惠芬《神话的窥破》、陈顺馨《中国当代文学的叙事与性别》等。研究新时期以来关于女性写作的论文也在1995年以后大量出现。这些研究大概可以分为两类：

1. 综论性的。

例如，陈晓明《勉强的解放：后新时期女性小说概论》②，黎慧《个人、性别、种族：九十年代女性写作》③，胡彦《女性写作：从身体到经验》④，戴锦华《奇遇与突围——九十年代女

① 吴黛英：《新时期“女性文学”漫谈》，载《当代文艺思潮》1983年第4期。

② 陈晓明：《勉强的解放：后新时期女性小说概论》，载《当代作家评论》1994年第3期。

③ 黎慧：《个人、性别、种族：九十年代女性写作》，载《上海文化》1996年第3期。

④ 胡彦：《女性写作：从身体到经验》，载《当代文坛》1996年第3期。

性写作》[①]、《新时期文化资源与女性书写》[②]，徐坤《重重帘幕密遮灯——九十年代的中国女性文学创作》[③]，王琳《走出女性心灵的樊篱——新时期女性文学若干心理症结的梳理》[④]，周艳芳《世纪末：女性文学话语的复归与重建》[⑤]，李洁非《“她们”的小说》[⑥]，董之林《女性写作与历史场景》[⑦]，王又平《顺应·冲突·分野》[⑧]，赵树勤《当代女性话语权力的欲求与焦虑》[⑨]，西慧玲《寻找母亲的声音——世纪末长篇小说“女性系谱”的拟建》[⑩]，等等。

2. 作家论。

例如，张颐武《林白的“新状态”》[⑪]，王绯《蒋子丹：游

---

① 戴锦华：《奇遇与突围——九十年代女性写作》，载《文学评论》1996年第5期。

② 戴锦华：《新时期文化资源与女性书写》，收入叶舒宪主编《性别诗学》，社会科学文献出版社1999年版。

③ 徐坤：《重重帘幕密遮灯——九十年代的中国女性文学创作》，载《作家》1997年第8期。

④ 王琳：《走出女性心灵的樊篱——新时期女性文学若干心理症结的梳理》，载《社会科学研究》1997年第1期。

⑤ 周艳芳：《世纪末：女性文学话语的复归与重建》，载《小说评论》1997年第2期。

⑥ 李洁非：《“她们”的小说》，载《当代作家评论》1997年第5期。

⑦ 董之林：《女性写作与历史场景》，载《文学评论》2000年第3期。

⑧ 王又平：《顺应·冲突·分野》，载《荆州师范学院学报》2000年第3期。

⑨ 赵树勤：《当代女性话语权力的欲求与焦虑》，载《湖南师范大学社会科学学报》2001年第2期。

⑩ 西慧玲：《寻找母亲的声音——世纪末长篇小说“女性系谱”的拟建》，载《文艺评论》2003年第3期。

⑪ 张颐武：《林白的“新状态”》，载《作家》1994年第12期。

戏与诡计》[1]，陈晓明《走进女性记忆的深处——简论林白》[2]、《无限的女性心理学》[3]，吴义勤《生存之痛的体验与书写》[4]，戴锦华《陈染：个人和女性的书写》[5]，荒林《陈染小说：为妇女获得形式的写作》[6]、《林白小说：女性欲望的叙事》[7]，孟繁华《逃离意识与女性宿命》[8]、《弱势性别：与现实的艰难对话——评林白的长篇小说〈说吧，房间〉》[9]，徐慧《徐坤：性别与僭越》[10]，王春林《女性生命的咏叹：评蒋韵长篇小说〈栎树的囚徒〉》[11]，马越《有性别的书写》[12]，郭剑卿《蒋韵近作中的女性意识及其文化意义》[13]，王红旗《对知识女性精神再生的探寻》[14]，李小江《阅读的维度与女性主义解读》[15]，郭素平《化蝶

① 王绯：《蒋子丹：游戏与诡计》，载《当代作家评论》1995 年第 3 期。

② 陈晓明：《走进女性记忆的深处——简论林白》，载《作家报》1995 年 12 月 9 日第 2 版。

③ 陈晓明：《无限的女性心理学》，载《小说评论》1996 年第 3 期。

④ 吴义勤：《生存之痛的体验与书写》，载《小说评论》1996 年第 3 期。

⑤ 戴锦华：《陈染：个人和女性的书写》，载《当代作家评论》1996 年第 3 期。

⑥ 荒林：《陈染小说：为妇女获得形式的写作》，载《湛江师范学院学报·哲社版》1996 年第 4 期。

⑦ 荒林：《林白小说：女性欲望的叙事》，载《漳州师范学院学报》1996 年第 3 期。

⑧ 孟繁华：《逃离意识与女性宿命》，载《当代作家评论》1996 年第 6 期。

⑨ 孟繁华：《弱势性别：与现实的艰难对话——评林白的长篇小说〈说吧，房间〉》，载《南方文坛》1998 年第 1 期。

⑩ 徐慧：《徐坤：性别与僭越》，载《当代作家评论》1997 年第 1 期。

⑪ 王春林：《女性生命的咏叹：评蒋韵长篇小说〈栎树的囚徒〉》，载《小说评论》1997 年第 2 期。

⑫ 马越：《有性别的书写》，载《文学评论》1999 年青年学者专号。

⑬ 郭剑卿：《蒋韵近作中的女性意识及其文化意义》，载《当代作家评论》2000 年第 6 期。

⑭ 王红旗：《对知识女性精神再生的探寻》，载《小说评论》2003 年第 6 期。

⑮ 李小江：《阅读的维度与女性主义解读》，载《文学评论》2003 年第 4 期。

——新生代女性主义写作片论》①，卢桢《赵玫作品中的母性意识》②，等等。

以上这些研究致力于揭示文学作品中隐含的男权思想、男性对女性的想象，肯定女性写作特有的精神内涵以及女性写作对于女性自身发展的意义，对女性写作中所呈现的“记忆”、“欲望”、“女性意识”、“母性意识”、“精神再生”等方面的内容进行了深入挖掘，并且从人物形象、女性意识等方面概括女性小说的发展变化，证明了女性主义立场所能产生的洞见。

但是，正如荒林所说：“尽管80和90年代的中国女性文学批评在描述和阐述妇女解放和与女性文学繁荣之关系上，做出了重大贡献并为女性文学研究积累了丰富经验，但对于女性文学作为文学本身的特征显然关注不够。”③ 可以说，既往的研究绝大部分所回答的都是“言说了什么”的问题，而不是“怎样言说”的问题。对女性小说的内容及文化内涵的挖掘是以往研究的主要方面。论及新时期以来女性小说的发展时，研究者常常倾向于从人物形象、思想内涵、女性意识等方面加以概括，至于具体的叙事话语究竟是怎样演变的，却并未给予足够的注意。这可以解释为，相比于形式，研究者更急于为女性的地位、权利发言，对女性的自我意识的成长阐发意义，更倾向于关注作品所提出的女性问题，而不是表现这一问题的方式。

虽然一些人注意到女性写作的策略、女性小说的形式特点，但或者仅仅是在谈论了内容之后的一个小小的补充，或者仅仅是印象式的感想，或者只是宏观的概括，而且这种形式研究也大多

① 郭素平：《化蝶——新生代女性主义写作片论》，载《文艺争鸣》2003年第5期。

② 卢桢：《赵玫作品中的母性意识》，载《文艺争鸣》2003年第6期。

③ 荒林：《女性文学批评反思的可能》，载《文艺报》2000年5月23日第3版。

集中于90年代的女性小说，对80年代女性小说则往往一带而过。随着叙事学的引入，叙事学术语开始出现在女性小说研究中。但仅仅是叙事学的术语而已，很多相关研究只是为传统的社会历史批评或文化批评换上了叙事学的包装，对女性写作的“叙事”、“形式”的谈论都未能真正落实到叙事话语的层面上。陈顺馨《中国当代文学的叙事与性别》对女性主义和叙事学理论表现出比较全面与准确的把握，其中谈到女性视点叙事与男性视点叙事的区别，有一得之见，却不无本质主义倾向。李洁非《“她们”的小说》① 试图对20世纪90年代的女性小说进行女性主义诗学的总结，相对于既有的随意粗泛的概括，这篇文章的确具体了很多，从女性的身体写作、回忆与梦境、情节的停滞、重复等方面对女性主义创作进行了抽象与归纳，认为女性主义写作从主题、方式到其语言表现的技术细节都内含着连贯性。但是，这种女性主义诗学的概括除了对语言缺乏足够的关注外，还有一个重要的不容忽视的问题，如同一些女性主义研究试图寻找一种女性写作的传统一样，有一种将女性主义写作本质化、固定化、脱离特定历史语境、无视差异与变化的缺陷。

总之，新时期以来女性小说叙事话语的演变仍然是一个有待回答的问题。本书希望能在这一方面有所推进，并通过叙事话语的考察，对女性小说创作的成就与问题作深入具体的清理。

三、理论资源

本书试图将研究落实到话语形式上，准确地说，是从叙事话语的角度考察一定历史语境中女性小说的发展演变。鉴于以往的研究中对于语言的忽略，叙事学成为本书的一个重要理论资源，但本书并不想成为纯粹的形式研究，而是希望把形式分析与叙述

① 李洁非：《“她们”的小说》，载《当代作家评论》1997年第5期。

主体、社会语境结合起来，以期达到对女性小说发展变化的深入理解。

1. 结构主义叙事学。

经典的结构主义叙事学把注意力集中在形式主义的文本分析上，如格雷马斯从行动素的角度对故事语义结构的探讨，托多罗夫在《〈十日谈〉语法》一文中对叙述语法的阐发，以及热拉尔·热奈特从时间、语式、语态的角度对普鲁斯特《追忆似水年华》所作的详尽分析。按照热拉尔·热奈特的说法，叙事“指的是承担叙述一个或一系列事件的叙述陈述，口头或书面的话语”[①]。简而言之，叙事就是故事（叙述内容）通过叙述行为表现出来的话语形态。这一概念突出了文学的文本性，同时也标出了叙事学研究的边界。相对于文学作品的“故事”，叙事的概念能够充分地提醒我们文学作品的文本现实、文学作品作为“语言的织物”的现实，并促使我们将目光落实到以前一直被视为媒介与工具的语言上，从而推动对文学本体的研究。而这一点，无疑正是我们的文学研究（远不止对女性小说的研究）所欠缺的。所以，认真地对待叙事学所提出的叙事问题，仍然十分必要。正是在这一意义上，本书将热奈特的“叙事”定义视为基础，并且吸收、借鉴了热奈特在叙事分析中使用的很多概念，在分析作品时，不着重于对主题和内容进行讨论，而致力于文本的叙事形式、语言表述，以期更准确地把握女性小说的“文学”面貌。

肯定它的意义并不意味着它完美无缺，必须看到这种叙事分析的不足之处。它的不足，除了林岗所说“形式分析却难以和

---

① 热拉尔·热奈特：《叙事话语 新叙事话语》，王文融译，中国社会科学出版社1990年版，第6页。

审美批评结合起来”[①] 之外，还有将文本与文本产生于其中的社会背景隔离开来的问题，尤其是当叙事文本明显带有社会语境痕迹的时候——这是80年代前期女性小说的一个很大的特点——这种封闭性的叙事分析显然就不够了。在这种情况下，布斯的《小说修辞学》能为我们提供不容忽视的洞见。通过探讨叙述技巧的选择与文学阅读效果或作者试图达到的目的之间的联系，布斯将叙事引向文学之外的现实的伦理道德，将叙事话语与现实的价值观联系起来，这是非常富有启发性的。在很多时候，布斯的方法都成为本书的重要资源。

2. 后现代叙事理论。

对于女性小说研究来说，后现代叙事理论及话语理论同样有重要价值。如前所述，关于中国女性小说的很多研究建立在把女性主体视为具有隐含的、抽象的或统一固定本质的基础上，并把女性小说作为这样一种女性本质的表达。如陈顺馨在《中国当代文学的叙事与性别》中采用的方法就是：“一是把女性作家与男性作家进行比较，从而找出女性写作的某些特征；二是单独对女作家的作品进行细读，从而归纳我认为有别于男性写作的特征，或找出她们正在颠覆男性写作的哪些特征。”[②] 在其他很多关于女性形象、女性意识、女性经验的研究中，也常常隐含着研究者关于女性内在本质的假设，正如克莉丝·维登指出的：“女性写作的大多数女性主义评论家的首要关注，一直是去认同这些作品中的女性经验与真实的女性声音。这种关注将她们的研究置位于本质主义的阵营中。最后，她们的批判性作品找出了一种女

---

① 林岗：《建立小说的形式批评框架》，载《文学评论》1997年第3期。

② 陈顺馨：《中国当代文学的叙事与性别》，北京大学出版社1995年版，第25页。

性本质；它使得女性写作在性质上不同于男性写作”[①]。除此之外，对女性小说的形式研究包括对特点的一些描述也同样具有一种本质主义倾向。本质主义的问题在于，以对于抽象本质的舒适想象与轻松概括代替了对于具体话语的认真研究，忽略了差异，忽略了历史的发展变化，而更根本的问题则是对主体与语言的深刻关系缺乏认识。通过对于主体与语言动态关系的揭示，后结构主义超越了本质主义的局限。

主体问题是后结构主义一个很重要的问题。在结构主义那里，主体已经不再具有它在人道主义话语中享有的至高无上的地位，主体被视为语言和由语言推衍出来的社会与文化结构的产物，而后结构主义又进一步摧毁了主体的稳定性，“从后结构主义开始，出现了对个体是如何被构筑为主体、如何被赋予统一的认同和主体立场等问题的极大而持久的理论关注”[②]。在这一过程中，语言成为关键所在。在后结构主义理论看来，“主体性是在一个整体系列的话语实践中被产生的——经济的、社会的与政治的实践”；“语言不是特殊的个体性表达；它以取决于社会的特定方式建构着个人的主体性”。主体为语言所建构，而话语中往往留下了话语主体中各种构成因素冲突混杂的痕迹。因此，“主体性既不是统一的，亦不是固定的”[③]。后结构主义“把语言的生产看作是意识形态的各种形式与价值观的不自觉的再创造，

① 克莉丝·维登：《女性主义实践与后结构主义理论》，白晓红译，台北桂冠图书股份有限公司 1994 年版，第 183 页。

② 道格拉斯·凯尔纳、斯蒂文·贝斯特：《后现代理论》，张志斌译，中央编译出版社 1999 年版，第 30 页。

③ 克莉丝·维登：《女性主义实践与后结构主义理论》，白晓红译，台北桂冠图书股份有限公司 1994 年版，第 25 页。

而不是某种创造性的独创行为”[①]，可以看出，语言、主体、意识形态之间的关系是后结构主义关注的根本问题。这可以由后现代的话语理论进一步说明。

3. 话语理论。

作为福柯理论中的一个重要概念，话语与权力密切相关，它是“构成知识的方式，并且它构成了存在于这些知识及它们相互关系之内的社会实践、主体性的形式和权力关系”[②]，“在福柯和其他一些人看来，话语理论的一个重要关注点就是去分析人们言谈时所由以出发的话语、观点和立场的制度性基础，分析被这些话语、观点和立场所认可或预先设定的权力关系。话语理论同时还把话语看成是不同群体争夺霸权及意义与意识形态产品的斗争场所和斗争对象”[③]。在社会学、语言学、文学研究、历史研究等各个领域，“话语”日益成为一个得到广泛使用的概念，它的意义也因之变化不定，有时它只指一种日常生活中的口头语言，有时也包括书面的文本；有时它指具体的语句，有时它又指来自某一领域或关于某一观念的系统表述，有时又被认为是一种与权力密切相关的社会实践方式。不管话语的概念如何多样与模糊，话语理论的核心是清楚的，那就是致力于探讨主体、语言与意识形态之间的关系，而这的确已经成为很多研究的出发点。

诺曼·费尔克拉夫的《话语与社会变迁》一书表达了将语言分析和社会理论结合在一起的愿望。在他看来，话语是口头语言或书写语言的使用，是社会实践的一种形式，它跟使用者特定

---

① 马克·柯里：《后现代叙事理论》，宁一中译，北京大学出版社 2003 年版，第 7 页。

② 克莉丝·维登：《女性主义实践与后结构主义理论》，白晓红译，台北桂冠图书股份有限公司 1994 年版，第 128 页。

③ 道格拉斯·凯尔纳、斯蒂文·贝斯特：《后现代理论》，张志斌译，中央编译出版社 1999 年版，第 33 页。

的意图或意识，以及特定的社会因素相关，它既受到诸如意识形态因素的影响，也在特定的环境中产生它的作用。虽然著者关注的是作为社会实践的语言活动，但他的方法包括他关于话语具有积极建构作用的观点都具有广泛的借鉴意义。话语理论与女性主义的结合同样展现了新的研究前景。苏珊·S. 兰瑟在她的《虚构的权威》中通过辨析叙事学理论家与女性主义者理解与使用“声音”概念的不同方式，指出可以“把叙事技巧不仅看成是意识形态的产物，而且还是意识形态本身。也就是说，叙述声音位于‘社会地位和文学实践’的交界处，体现了社会、经济和文学的存在状况”①。曾经是费尔克拉夫同事的玛丽·塔尔博特在其《语言与社会性别导论》中指出：“女性主义对语言与社会性别的关注在于语言所发挥的复杂作用，即语言与其他社会实践和制度一起在反映、创造和维持社会性别分工上所发挥的复杂作用。”② 她同时强调：“尽管自我决定是一种幻觉，这并不意味着人的自我构成是被动的。人不仅仅受各种影响，而且也主动地建构自我。人们同样积极地从事着社会性别身份的建构，尤其是每个人自己的社会性别身份建构。”③ 克莉丝·维登在《女性主义实践与后结构主义理论》一书中同样认为：“虽然后结构主义中的主体是在话语实践中被社会地建构而成的，她仍旧是作为一个思考、感觉的主体及社会代理人而存在，并能够由相互矛盾的主体位置与实践之间的冲突中产生抵抗与变革。她亦是一个能够影响话语关系——它构成了她——与那个她生活于其中的社会的主

① 苏珊·S. 兰瑟：《虚构的权威》，黄必康译，北京大学出版社2002年版，第4页。

② 玛丽·塔尔博特：《语言与社会性别导论》，艾晓明等译，华中师范大学出版社2004年版，第16—17页。

③ 玛丽·塔尔博特：《语言与社会性别导论》，艾晓明等译，华中师范大学出版社2004年版，第170页。

体，并能够从可获得的范围中作选择。”①

在以上这些理论中，关于主体问题有两点值得强调：一是突出了表现在语言中的意识形态对主体的影响、建构；二是肯定主体不仅仅是被动的建构物，同时也有着主动建构新的价值观的潜能。对于本书所涉及的女性小说，它的启发意义在于：一方面，我们可以把这些小说视作社会语境建构的结果；另一方面，也充分肯定它们在改变社会话语结构、树立新的价值观上所发挥的作用。

具体说来，话语理论的洞见在于，话语的问题不仅仅是形式的问题，语言是被意识形态、话语权力所渗透的，“话语实践具有意识形态的介入成分，因此它们体现了有助于维持或重建权力关系的那些意义”②。归根结底，话语实践直接标明了话语主体在意识形态中有怎样的位置。受此启发，本书视叙事话语为建构了叙述主体的意识形态、权力结构、价值规范等诸种因素在其中留下痕迹的意义场，叙事分析有助于对此进行厘清、辨析，并结合具体历史语境予以解释、评价。文学作品，虽然是一种自觉的深思熟虑的创作，并且充满虚构和想象，但创作者——如同其他领域的话语主体一样——同样难以摆脱时代与社会投下的阴影。具体到女性小说就更是如此，新时期女性小说的发展与社会的发展息息相关，对于主导的意识形态，对于世俗的伦理道德，女性小说既有主动的配合，也有无心的冒犯或有意的挑战，冒犯与挑战所导致的批评与否定对女性小说产生了压制，而在宽松的环境中，女性小说则有欣欣向荣的发展，所有这些都在叙事话语中留

① 克莉丝·维登：《女性主义实践与后结构主义理论》，白晓红译，台北桂冠图书股份有限公司1994年版，第148页。

② 诺曼·费尔克拉夫：《话语与社会变迁》，殷晓蓉译，华夏出版社2003年版，第84页。

下了痕迹。空泛地谈论意识形态，谈论小说的主题、思想、形象、社会背景，都无助于我们对语言使用的自觉，无助于我们对于意识形态如何介入主体、如何弯曲叙事话语以及主体如何通过叙事话语参与新的价值观建构的认识。所以，与其谈论一些大的话题，不如将研究具体化、细致化，从话语的种种表现形式入手，这样更能确切地把握问题的关键所在。总之，话语分析的方法与女性主义的观点相结合，有助于我们产生一种新的视野，并且看到主动建构与改变的可能性。

意识形态概念的定义需要进一步解释。诺曼·费尔克拉夫"把意识形态理解为现实（物理世界、社会关系、社会身份）的意义/建构，这被建构到话语实践的形式/意义的各种向度之中，它也致力于统治关系的生产、再生产或改变"①。约翰·B. 汤普森在《意识形态与现代文化》中认为："意识形态的概念可以用来指特殊情况下意义服务于建立并支持系统地不对称的权力关系的方式——这种权力关系我称之为'统治关系'。就广义而言，意识形态就是服务于权力的意义。"②"研究意识形态就是研究意义服务于建立和支撑统治关系的方式。"③两人的观点有相似之处，都认为意识形态是与统治关系联系在一起的意义建构。本书吸收了这一看法，把意识形态界定为既指占主导地位的政治论述、价值观，也包括由文化产业传播的用于维持统治关系的某些潜在观念（如性别观念）以及流行的社会规范。从历史发展的角度看，意识形态的内涵是有变化的，但是始终对主体产生一定

---

① 诺曼·费尔克拉夫：《话语与社会变迁》，殷晓蓉译，华夏出版社2003年版，第81页。

② 约翰·B. 汤普森：《意识形态与现代文化》，高铦等译，译林出版社2005年版，第7页。

③ 约翰·B. 汤普森：《意识形态与现代文化》，高铦等译，译林出版社2005年版，第62页。

的或隐或显的塑造作用，并进一步渗透到话语之中。可以看到，无论是新时期初中期，还是90年代，在女性小说叙事话语的发展中，意识形态都有或多或少的介入。只不过它在叙事话语中的表现形式有所不同而已。

综上所述，本书以叙事学、话语理论为资源，试图以语言分析与社会—历史分析结合的方法，对新时期以来女性小说的叙事话语的演变作一研究。这一研究的意义不限于女性小说。扩大来讲，无论对于研究者还是对于写作者与读者都同样有意义。它不仅能使研究者对文学创作中具体的语言使用方式产生自觉，增强分析与评价的眼光；而且能够使写作者对自己的叙事话语加以反省，从而自觉地挑战与创新；而读者同样也有一个对叙事效果与话语运用之间关系的警醒作用。总之，这一研究既是学术的，同时也有实践层面的潜在意义。

四、思路及观点

在文学的发展中，变化不仅表现在内容上，同样深刻地存在于叙事话语中。而关于变化，我们所看到的，与其说是阶段性的界限分明，倒不如说常常是新旧混杂。新话语方式的出现并不意味着旧的话语方式的消亡。既然是研究演变，那么在叙事话语中，某一时期有代表性的或对后来的创作有影响的新元素的出现而不是旧模式的延续就成为关注的重点。本书研究的范围是女性小说，但并不试图呈现女性小说的全貌，而只是从叙事话语的角度来看女性小说的发展变化。在这一线索上，有些小说具有标志性意义，意味着新元素的出现，如张洁《爱，是不能忘记的》、遇罗锦《春天的童话》、张洁《方舟》、刘索拉《蓝天绿海》、万方《在劫难逃》、林白《一个人的战争》与《说吧，房间》，等等。另外一些小说则体现了所谓“时代的特点”，它们不仅以较多的数量构成了类似时代底色的东西，而且与过去的女性小说相比明显地具有区别性意义，如80年代初中期的一些第三人称女性小说、90年代的一些张扬叙述主体的女性小说，以及表现出平淡化叙事为特点的女性小说。还有一些小说，它们曾得到评论界的关注与肯定，获得很高的评价，如徐坤、徐小斌、蒋子丹、铁凝等人的创作，本书亦有涉及，但为角度所限，未对它们作重点描述。

本书从叙事学入手，但最终希望达到的目的是将叙事话语分析与叙事话语产生于其中的社会语境（文化思潮、价值观、意识形态等）的分析结合起来。从大的方面讲，叙事话语这一概念涉及文本结构、话语类型、叙述的动态过程等方面。具体说来，叙述人（既包括第一人称的叙述人，也包括不出场的隐含叙述人）对于如何叙述故事常常有一个框架的安排，在文本中常常有不同话语的交织，在叙述过程中常常有不稳定因素的出现，等等。从小的方面讲，叙事话语也涉及具体的词语运用、话语的句法组织。而无论对具体词语还是对大的结构关系的分析，都借鉴了后结构主义的观点，“即任何符号都嵌在一个语境之中，其意义带有围绕它——或先于或后于它——的符号的痕迹”[①]。在分析之中将发现，一个因素影响在它之后的因素的意义与感情色彩，同时在后面的因素也会反过来让人重新理解前面的因素的意义，对此所作的分析将使我们更能明了文本内部错综复杂的构造，明了叙述声音的细微变化，明了整体上综合的表达效果的形成，从而对叙述人的主体构成有深入认识。联系具体的社会语境，可以发现，特定的叙事话语既受到现实的不同话语系统的影响，也与叙述人的主观意图、与叙述人所试图产生的现实效果和试图发挥的现实作用相关。总之，叙述话语、叙述主体与

① 马克·柯里：《后现代叙事理论》，宁一中译，北京大学出版社2003年版，第86页。

现实语境之间有着不可分割的复杂关系。

由于叙事话语的分析既涉及具体的语言表达，也涉及话语背后的权力结构以及社会历史背景，因而，本书所要追问的问题就是：特定时期女性小说的叙事话语表现出怎样的形态？受到社会语境怎样的影响？从中可以看出叙述人主体意识怎样的发展和变化？本书试图将具体的分析与宏观的概括结合起来，在对历史线索进行梳理时期望找到一些具有阶段性与总体性的特征，找到不同时期叙事话语的不同特点，并试图从现实语境的角度进行解释与评价。

本书认为，新时期初期极为有限的女性小说（典型的是张洁《爱，是不能忘记的》）中对于女性情感的叙述往往与社会、生活、道路等宏大话语掺杂在一起，外在的社会语境的压力导致了叙述的曲折谨慎。在叙事话语的断裂之处，我们看到的是叙述主体乔装打扮掩饰自身身份与意图的努力。随后出现的大量女性小说大多是第三人称，但隐含的叙述人话语与其女性人物的话语常常无痕迹地融合在一起，表现出对人物的亲密与认同、为人物言说的热望，并倾向于使用情感词语对读者的道德判断施加影响，引导读者对人物的同情，还常常使用宏大话语树立人物的正面形象。此外，强调道德的主导意识形态也渗透进叙事话语之中，使小说一方面以嘲讽的方式表现出与世俗伦理道德的距离，另一方面又不无谨慎。

80年代初期，开始出现叙述自我故事的第一人称女性小说，到80年代中期得到较大发展，从中我们可以清楚地看到女性小说话语权威的建立过程。最初的女性话语常常是不自信的、自我否定的，这种话语或者意识到潜在的对立面，并为其所决定和影响，或者无意识地迎合了意识形态的权力关系结构。随后刘索拉《蓝天绿海》则以无视文学成规与社会成规的突兀姿态建立了充分的话语权威，在叙事话语中处处留下了挑战既有价值观的痕迹。这是以另一种方式向既有价值观致意。而万方《在劫难逃》则表现出一种独立不倚的姿态、自足的姿态。小说以自我沉思的节制的话语方式表明对自身内在力量的召唤，这样的话语方式因其独特的风格以及不容忽视的美学价值大大强化了女性小说的话语权威。

到90年代，由80年代第一人称女性小说所开创的传统有了不同的走向：一方面，林白等人最大限度地利用了第一人称所能提供的各种可能性为女性的声音开辟自由表达的空间，使叙述人的权威渗透到叙事话语的每一个角落，真正在叙事话语中建立了鲜明的女性叙述主体的形象，但同时也带来了叙述主体话语过度膨胀的问题；另一方面，则出现了一批放逐道德判断、情感表达趋于中性的平淡化叙事。

从对80年代到90年代女性小说所作的分析可以看出，在叙事话语发展变化的背后，实际上是叙述主体经历了一个从遮遮掩掩到突出、彰显，而后表现出一种张扬与消解并存的过程。于是，我们就可以把关注的重心集中在叙述主体上。如何看待叙述主体？叙述主体具有并且可以具有怎样的作用？叙述主体的不同状态对小说的叙事话语有何影响？从美学的角度可以对女性小说的叙事话语作出怎样的评价，对叙述主体提出怎样的要求？在结语部分，本书将从叙事话语入手，联系叙述主体，针对女性小说创作中存在的种种问题，如理念的生硬、主体的膨胀、情感的匮乏等，提出女性小说发展的构想。

本书认为，在女性小说发展的过程中，社会语境的影响固然不容忽视，但在目前多元的文化氛围中，有必要认识到叙述主体的重要性，认识到叙述主体的姿态与境界对于女性小说的重要意义。90年代以来，女性小说大量地集中于对自我的关注与表达，这是女性写作中一个重要的必经过程，但在商业气息充斥、女性写作容易遭受误解与歪曲的环境中，女性自我言说的方式、女性叙述主体的形象需要慎重考虑。自说自话、顾影自怜、玩世不恭的话语方式都不是很好的选择，女性小说要与世界建立一种交流的关系，通过叙事话语影响读者的价值判断、情感倾向，从而在现实中发挥积极影响力。这就要求女性小说的叙述主体有充沛的内在力量、丰富的精神内涵，既能深入认识自我，也能以深广的理解走向他人与世界；既要立足于现实，树立新的价值观，又要超越现实，拉开与现实、与自我的距离，致力于修辞的探索、艺术的创造，以及审美境界的提升。只有这样，才能在当代文化的话语空间中占据一席之位，并对文化发展发挥积极的建设性作用。

第一章　承袭与改造：女性话语的浮现

第一节　新时期初始的语境

新时期初期，不论从哪个方面看，都没有女性小说生长的合适土壤与充分发展的空间。应该说，20 世纪 70 年代末到 80 年代初这一阶段是一个历史的转折期：从一个动乱的十年中走出，在平反冤假错案、清算“四人帮”极“左”思想的过程中，走到社会安定的正常化轨道上来。

1978 年 12 月 22 日通过的《中国共产党第十一届中央委员会第三次全体会议公报》提出“现在就应当适应国内外形势的发展，及时地、果断地结束全国范围的大规模的揭批林彪、‘四人帮’的群众运动，把全党工作的着重点和全国人民的注意力转移到社会主义现代化建设上来”。新时期从这里拉开了帷幕，文化政治生活中呈现出新的气象。学术交流活动逐渐恢复，在“文革”中被迫停办的暨南大学、中国人民大学等相继恢复，一些被迫停刊的报刊《文艺报》、《中国青年报》及一些学术刊物《学术月刊》、《文史》等相继复刊，《十月》文艺丛书出版，《当代》、《文学评论》创刊，一些文学艺术组织，如中国文联、中国作协、中国音乐家协会、中国电影工作者协会等恢复了工作，科学技术得到前所未有的重视，实现“四化”（农业、工业、国防和科学技术现代化）成为振奋人心的口号和目标。在这一过程中，关于真理标准的讨论具有重要意义。

1978年5月11日，《光明日报》发表署名特约评论员的文章《实践是检验真理的唯一标准》，针对“两个凡是”，反对教条主义，提倡冲破禁区、解放思想；5月12日，《人民日报》、《解放军报》、《文汇报》全文转载了这篇文章，各省市自治区报纸也开始陆续转载此文，从而掀起了全国范围的关于真理标准的讨论，从上到下激起了人们谈论思想解放的热情，对“充分发扬民主，保证百家争鸣”、“学术民主和学术自由”、“艺术自由”、“科学无禁区”的呼吁一时之间频繁见诸报端，在理论与创作中，真实、自我、个性、题材多样化等概念开始得到正面肯定，这一切都大大推进了解放思想的步伐。

随着思想解放的深入，整个社会活跃起来，人民的精神面貌发生了巨大变化。“文革”中千篇一律的服装为式样繁多的服装取代，女性单调的发式中也出现了披肩发这一新花样，迪斯科在短时间内迅速风靡全国，这一切都是社会活力的表现。

但是，也正如引起讨论的那篇著名文章《实践是检验真理的唯一标准》所说的：“‘四人帮’及其资产阶级帮派体系已被摧毁，但是，‘四人帮’加在人们身上的精神枷锁，还远没有完全粉碎。”无论是在社会生活方面、思想观念方面还是在具体的话语方式上，既往的意识的影响依然存在。有读者指出，一些儿童文学创作“把少年儿童描写成‘一贯正确的小大人’”，“通过贬低成年人来突出小主人公”，“都很明显地受了‘四人帮’鼓吹的‘三突出’那一套创作模式的影响”①。在创作《班主任》的过程中，刘心武因为担心自己所写的是“暴露文学”而疑虑

① 《肃清“四人帮”的流毒　繁荣儿童文学创作》，载《光明日报》1978年5月14日第1版。

重重①，而因为过于强调思想的正确，他的小说很快就被批评为过于“概念化”。流行歌曲成为两种观念激烈交锋的一个领域，李谷一因唱《乡恋》而受到巨大的压力。这首歌虽然受到人们广泛的欢迎，但同时又被认为是“黄色歌曲”、“格调低下”，一度从广播电视中消失。而在其他很多方面，旧的话语系统还或隐或显地发挥着它的影响力。

“阶级”叙事主宰了“文革”文学，曾经是创作与批评的至高无上的准绳；“文革”过去，但“阶级”仍然是一个使用频率很高的词。“人性”与“阶级性”仍然是敏感话题。鲁迅对儿子的爱，被认为“不仅仅是亲子之爱，而且是阶级之爱。换句话说，他是把儿子作为小老虎——未来的冲锋陷阵的无产阶级战士来爱的”②。从“四人帮”所设的禁区中走出来，对爱情的谈论开始见诸报端，但多是结合古典文学作品《红楼梦》、唐传奇等来谈，而且多半是从反封建的思想意义上或对社会政治、社会生活的表现等方面加以肯定。

所以，并不奇怪，当张洁在《爱，是不能忘记的》中表现禁锢已久的爱情，马上引起了广泛的争论。

这篇作品发表不久，刘锡诚就大胆地肯定：“张洁的这篇小说则别开了一个新生面，提供了一个努力塑造人物灵魂的成功的例证，令人折服地说明了：文学就应当这样做。”他这样论述道：“如此大胆而率真地剖露感情的文学作品，在马克思主义出现以前的文学中是相当普遍的，而在我们的文学中则几乎是难得遇见，似乎这样的艺术手段是同无产阶级世界观与创作方法格格

① 刘心武：《沿着正确的道路前进》，载《光明日报》1978 年 10 月 3 日第 4 版。

② 黎生：《“无情未必真豪杰”——人性问题小议》，载《光明日报》1979 年 1 月19 日第 3 版。

不入的，无产阶级只配欣赏冷冰冰的、生硬的、粗糙的、没有血肉的、没有感情的赝制品！好像文学作品一旦细腻地、真实地剖析了人物的感情与心灵，就必然会导致到资产阶级人性论似的。”① 作者所使用的话语方式是颇耐人寻味的。他充分意识到一个权威的无产阶级的世界观与创作方法的存在，而且清楚地知道他所肯定的东西很可能不被其接受。在这样的前提下，如何对作品进行肯定，如何曲折表达对某一种世界观与创作方法的怀疑？作者通过褒义的“细腻”、“真实”暗示了对某一类作品的赞赏，通过一些具有贬义的情感词语“冷冰冰的、生硬的、粗糙的”、“赝制品”等暗示了对无产阶级世界观与创作方法的否定态度，同时又策略性地运用了“似乎”、“好像”，安全地把这种否定放在假设之中，并将可能的反对者缴了械：当然没有人希望无产阶级只配欣赏那样的赝制品！细腻真实怎么能跟资产阶级人性论挂上钩！这样就在安全的界限以内表达了潜在的立场，使可能的反对者无可置喙。可以看出，这种论述是防卫性的，他所肯定的和他所防卫的东西都同样清楚地传达出来：虽然肯定了作品对感情的表现，但我们也感受到整个语境对文学表现感情的排斥。

论者的预料成为现实，对这篇小说的争论随之出现。只不过，大家关注的并不是资产阶级人性论，而是更多集中于婚姻家庭方面的伦理道德。盛英著文称赞小说“以诗化了的艺术形象，阐发道德中另一个范畴——爱情与婚姻的关系”，“由于张洁把爱情作为一种道德理想来抒发，她笔下的爱就显得自然而不雕琢，美丽而不粗俗，厚重而不浅薄，能陶冶人的情操”。② 但紧

① 刘锡诚：《一九七九年〈北京文艺〉短篇小说印象》，载《北京文艺》1980年第1期。

② 盛英：《道德与诗情》，载《光明日报》1980年5月7日第4版。

接着就有人批评小说“格调不高，在思想上存有弱点”，“把暧昧的、缺乏道德力量和不健康的情绪美化成诗”，认为“并非一切爱情都是神圣的，只有符合道德的纯洁真挚的爱情才是高尚的”。而男女主人公之间的“镂骨铭心”的爱情，以无视老干部与妻子之间“几十年同舟共济”的“夫妻之情”作代价，违背了“爱情应该坚贞”的原则，因而这种“与道德相悖的爱情是渺小可鄙的”，并暗示已婚者和他人即使是精神上的爱情也是不道德的。[①] 戴晴针对这一文章提出这样的问题：“在小说中的男主人公对妻子没有爱情，却和别人发生了爱情的情况下，究竟与妻子保持婚姻关系是合乎道德的呢，还是脱离原来的婚姻关系，而与自己的恋人建立新的、以爱情为基础的婚姻合乎道德。”并引用恩格斯的话证明“从爱这个角度来讲，他建立和维系这个婚姻又是不道德的”[②]。李希凡认为，作者笔下的男女主人公的感情同保尔和丽达正确处理爱情的“呼唤”及革命先烈周文雍和陈铁军刑场上的婚礼的壮举相比，是“迷失了革命的道德、革命的情谊！”。[③] 曾镇南认为小说“无限地夸大、膨胀了精神恋爱的力量，完全脱离了实际生活”，“人生是广阔的，爱的真谛并不在于互相完全占有，彼此捆住手脚，而在于给人生以愉快和力量，使相爱者更能勇敢地去开拓人生之路”。男女主人公“把爱情看成等于整个人生，自愿钻入爱情的茧子中把自己缚起来了”，“他们缺乏驾驭生活的人格力量”，“这样的人物，有何道德教育的力量可言呢！”。[④] 张晓林在文章中说“不能够笼统地同

---

① 肖林：《试谈〈爱，是不能忘记的〉的格调问题》，载《光明日报》1980年5月14日第4版。

② 戴晴：《不能用一种色彩描绘生活》，载《光明日报》1980年5月28日第4版。

③ 李希凡：《“倘若真有所谓天国……”》，载《文艺报》1980年第5期。

④ 曾镇南：《爱的美感为什么幻灭?》，载《光明日报》1980年7月2日。

情婚外恋或谴责我们的婚姻制度和道德规范，尤其不应该通过曲解恩格斯的观点来为自己的未必正确的主张寻找依据”[①]。

众多的评论中不乏肯定的声音。有人从小说中“女儿”的形象出发分析张洁的创作意图：“张洁同志从我国社会主义社会这个具体条件出发，在小说中教育如今的青年一代吸取老一辈的教训，在恋爱和婚姻问题上采取慎重的态度，从而建立起真正建立在爱情基础上的夫妻关系，从而保持着婚姻的稳定性，这一主题不仅是严肃的人生课题，也是具有现实教育意义的十分深刻的社会问题。”[②] 陈辽认为小说提出了一个关系到千百万人幸福的社会问题：婚姻必须以爱情为基础，否则迟早会带来痛苦。“拿马克思主义在恋爱婚姻问题上的道德观来衡量老干部和钟雨在这场爱情悲剧中的思想和行动，我们能够批评他们的，恰恰是他们为婚姻问题上的传统道德所桎梏，而未能实行马克思主义的在婚姻问题上的无产阶级的道德。”[③] 很多人引用恩格斯的“只有根据爱情结合的婚姻才是合乎道德的”这句话来为这种爱情辩护。盛英认为：“作者通过母亲爱情生活的追溯，告诉人们，只有‘以双方的互相爱情高于其他一切考虑作为结婚依据’（恩格斯语）的婚姻，才是幸福的婚姻。”这些声音都没有单纯地肯定爱情，而是把爱情作为婚姻的必要条件来谈论的，同样表现出一种强烈的现实伦理的指向。鲍昌大胆地肯定张洁“笔下的女主人公，也许有这样那样的缺点，但总比以往常见的‘一身是胆’的方海珍、‘六亲不认’的江水英细致得多、复杂得多了。因此，刻绘了一个新的性格，可以说是作者的功绩之一。其次，作

① 张晓林：《爱情描写中一个值得注意的问题》，载《光明日报》1982年10月15日。

② 田山、王禾：《揭示了严肃的人生课题》，载《光明日报》1980年7月2日。

③ 陈辽：《关于〈爱，是不能忘记的〉争议中的几个问题》，载《新文学论丛》1980年第3期。

者挖掘了人们心灵上的一个奥秘，触及了生活中的一个复杂问题，尽管没有作出答案，但却让人去认识生活的复杂性，去思考道德伦理的标准。这一点，又是作者的一项功绩”。论者深信广大读者“知道什么是小说，什么是伦理课本”，那种“仿佛什么都懂，就是不懂得生活；他仿佛什么都能辨别，就是不能辨别政治和诗”的批评家是需要人们警惕的。他呼吁“让作家们自由地进入创作禁区，更多地挖掘些人类心灵的奥秘，更多地描绘出生活中的复杂性”。① 这篇文章可以说大胆地表达了广大读者的心声。

在这种争论中我们看到，小说中女性的感情世界并未得到突出，倒是道德观念在小说评论中被赋予了不容忽视的重要性，因此关于这篇小说的争论最后就变成了两种爱情婚姻道德观念的论争。这实际上是整个社会在从旧的意识形态阴影中走出时不同思想观念的一个交锋。爱情成为触发的媒介，是因为它涉及人的私密的情感，与阶级、革命无涉的情感，这对于习惯了简单明了、雄壮有力、可以轻易从中获得可靠指引的宏大话语的人们来说，无疑是一个挑战。经过争论，爱情借助于伟人的话，在婚姻中、在符合社会伦理道德的维度上得到肯定。从否定的一方面，我们可以看到“文革”式的话语系统还有着残留，共产主义道德、社会的稳定、社会责任感笼罩在这些争论之上。这意味着，意识形态依然对文学创作有着严格的要求，有着强有力的影响。落实到小说本身，我们将会看到，其中既有意识形态的深刻影响，同时也以自己特有的方式表达出了更多、更丰富的内容。

① 鲍昌：《心灵的奥秘》，载《鸭绿江》1980 年第 11 期。

第二节 “乔装打扮”的叙事话语

在并不宽松的社会氛围中，出现了女性小说的零星萌芽，它们与后来的女性小说相去甚远；但不可否认，它们是特定历史语境中对女性的关注与表达，它们的关注与表达既是大胆的，又是谨慎的、曲折的。

如前所述，张洁的《爱，是不能忘记的》（载《北京文艺》1979 年第 11 期）是当时引起广泛讨论的一篇小说，后来的研究者在谈到女性小说的发展历程时都肯定了它的重要地位。但这些研究所注意的大都是小说的内容，对小说的叙述形式甚少涉及。这里的关键问题是，讨论它的叙述形式，不仅是对作品本身的关注，更是对形式所蕴涵的丰富意味的发现，可以让我们更清楚地认识到意识形态如何深刻地影响了叙述话语。

在这篇小说中，女性叙述人“我”根据母亲留下来的笔记和自己的片段回忆，讲述了已经去世的母亲的一段感情。母亲的故事占了主要篇幅。小说的题目就取自母亲在其中倾诉心事的同名笔记。在这个笔记中，母亲记下了她的思念、她内心的挣扎、她的遗憾，以及在他死后她的深重的悲哀。

在“不伤害另一个人的生活”的道德感的支配下，这爱注定是无望的。但这并不能熄灭内心爱的火焰。这是纯粹的精神之爱，他们一生接触过的时间累计起来计算，也不会超过二十四小时，而且他们连手也没有握过一次。为了看一眼他乘坐的那辆小车以及从汽车的后窗里看一眼他的后脑勺，她煞费苦心地计算过他上下班可能经过那条马路的时间，当他在台上做报告的时候，隔着距离、烟雾、昏暗的灯光、窜动的人头，她凝视着他，泪水不由自主地充满她的眼眶。她想忘记，可是每次出差回来，火车离北京越来越近的时候，她都几乎承受不住自己越来越厉害的心跳，于是她明白了“什么也没有忘记，一切都还在原来的地方。年复一年，就跟一棵大树一样，它的根却越来越深地扎下去”。他在“文革”中被迫害而死后，她独自一人，肝肠寸断地走在他们曾经共同走过一次的小路上，他们一生里唯一的一次散步是那样飞快，因为他们担心自己会把持不住自己，说出那可怕的、折磨了他们许多年的那三个字“我爱你”。

以上是对占据小说主要篇幅的内容的概括。这也是当时以及后来的评论文章所关注的方面，即一个女人与一个已婚男人之间的感情。否定性的批评集中于这种感情是否道德，而另外一些人则或者由此肯定爱情对于婚姻的必要性，或者肯定小说对于爱情的大胆呼唤在表现女性感情世界上的突破性意义。但是，令人遗憾的是，在大量的批评中，小说的叙述框架并没有得到足够的重视。

我们首先应该注意的是，在这篇小说中，引起争论的个人的感情世界是被放在一个讨论独身的社会话题的框架中的。从叙事声音的角度看，叙事开始阶段的声音是直率的，甚至有点儿粗鲁的，似乎有意模仿男性的话语风格。“劣种的牲畜”由一个女性叙述人说出，并指涉自身（虽然是猜测人们对自己的看法）无论怎样都让读者感到刺目，让人对这个叙述人的可靠性产生怀疑。这让我们想起张洁此前的几篇小说，在令人耳目一新的充满感情的《从森林里来的孩子》之后，张洁的《有一个青年》、《非党群众》、《忏悔》等小说似乎放弃了原来的风格，要么是比较客观的全知叙述，要么就是口语化的男性口吻的第一人称叙述。而《爱，是不能忘记的》是张洁第一次以女性叙述人来叙述故事，但叙述人似乎有意淡化女性色彩，有意无意地模仿着男性化的声音。这个声音不是要将我们引向这个女性叙述人的内心世界，而是要引向外在的社会层面。

小说一开始的叙述就在两种倾向中摇摆不定。在叙述人的层面上，开头似乎是要讲一个关于爱与不爱、关于什么是真正的爱的故事。再下面的议论则跟独身有关。然后又回到爱与不爱的问题，并试图把爱情和社会、婚姻家庭中的责任义务结合在一起来讨论。然后就是母亲和“他”之间深深相爱但又不能在一起生活甚至连手也没拉过的故事。而这无疑是这篇作品分量最重、最感人、最有光彩的部分。这故事所传达出来的情感力度给人留下至深印象。但叙述者对母亲故事的总结似乎只是“让我们耐心地等待着，等着那呼唤我们的人，即使等不到也不要糊里糊涂地结婚”。如果说在讲述母亲故事的过程中，叙述人表现出对母亲心中的爱的理解和感动，那么在讲完这个故事之后，我们却发现她过于粗率地打发了这个故事，有意削弱了这个爱情故事的感人和悲哀之处，而把它跟一个女性独身的社会问题联系在一起。叙述人的不可靠性再一次浮上我们的心头。与这种感觉相关，最后叙述人希望社会进步的大声疾呼听起来总感到有些勉强。

如果说这是一个探讨社会对独身的看法的问题小说，那么它并不成功。她所讲的故事并不能使她的抗议更有力，她的观点的层面和所讲故事的层面之间不协调，或者说有“裂痕”。如果说这是一个希望婚姻和爱情完美结合的小说，那么也不能说是成功的。因为在母亲的故事中，双方的家庭退到远远的背景里，爱成为一种无背景的类似于信仰一样的东西，照亮人的生命的东西，“爱”所带来的激动、充实甚至痛苦则得到了最大限度的突出和放大。那么，这是一个讲述爱情的小说吗——如题目所暗示的？可是我们明明看到：一个灵魂之间痛苦相爱的故事被放在了一个社会问题的框架之中。

总之，这篇小说给读者带来的是含混。之所以如此，是因为在“文革”刚刚结束的一段时期内，文学中的主流是揭露“文革”造成的创伤，探讨社会、人生问题，女性个人的琐碎生活、隐秘的感情与内心世界还不能明目张胆地跻身于布满宏大话语的社会语境中。作者主观上迷恋母亲的爱情故事，但在客观上，或者说在理性的层面，却认为不能把它当做主题。在作者的主观意图和客观要求之间存在着冲突，将爱的呼唤糅合在社会话题之中就是冲突不完满解决的产物。

从这篇小说在当时引起的广泛讨论可以看出女性小说所具有的在伦理道德方面的敏感性。而从叙事话语本身则可以看出对女性情感的关注与表达是一件需要策略，在一定程度上也是需要勇气的事。正是外在的社会语境的压力导致了叙述的曲折谨慎。在叙事话语的断裂之处，我们看到的是叙述主体乔装打扮掩饰自身身份与意图的努力。尽管如此，小说还是引起了批评。毕竟，其中隐含着一些有别于旧的话语系统或者说不能为旧的话语系统所容纳的东西：充满激情的爱的呼唤。而这，正意味着新的萌芽。

与《爱，是不能忘记的》所引起的批评相比，茹志鹃《草原上的小路》（载《收获》1979 年第 3 期）可以说是成功的。被认为是“对打倒‘四人帮’后现实生活中出现的复杂矛盾以及年轻一代应该如何选择生活的道路的思索”①。

《草原上的小路》同样写到了爱情，茹志鹃的成功就在于把爱情与一种理性的思考结合了起来，或扩大一点儿说，把理性与感性不着痕迹地结合了起来。这种写法，在小说开头就已经确定：

荒芜的草原，仿佛一直铺展到天的尽头。在这广阔无垠的地方，路本是可以挑直了走的，可是已经踏出来的小路，却是这样

① 时汉人：《谈艺术风格的发展——喜读茹志鹃近作》，载《光明日报》1980 年 1 月 23 日第 4 版。

蜿蜒、曲折。也许是那些最初踏出路来的人，被偌大的草原迷住了，他们东张西望，不知要走向何方；也许，他们只是漫不经心，在这寂寞的草原上，边想着心事，边信步地走着，走着。但是尽管小路弯来弯去，它总会把人引到一个目的地。不是油井，便是水井，要不就是能到宿舍和临近的小镇。

这篇小说的开头看起来像是要展开一段对草原的景色描写。紧接着的第二句承接上文，作了一个概括“广阔无垠”，而且出现了“蜿蜒”、“曲折”的“路”，看似景物描写，但是这个句子实际上的功能却是提出一个问题：小路为什么这么弯曲呢？在表述上，“本是”、“可是”和“却”传达出潜在的叙述人声音，这个声音在暗示读者：小路弯弯曲曲这一现象中有着重要的问题值得思考。对现象的描写和对意义的暗示就这样结合在一起。而路的意义在既往的文学中几乎是不言而喻的，除了政治词语“路线”以外，最经典的就是浩然的《金光大道》，其中的路被赋予了社会主义或资本主义的严重意义。经过“文革”文学的熏陶，可以说路的隐喻早已深入人心。因此，读到此处，读者们几乎可以自动地领会到言外之意：人生的路（也可能是某种追求之路）为什么不是一帆风顺的，为什么会有不顺利会有挫折？

第三句中以两个“也许”对第二句所隐含的问题作出了建议式的可能回答。同样有两层意思，表面意思就是在猜测那些踏出小路的人，怎样走弯了路；第二层意思，也是更深一层的意思则是在回答第一句中暗示的人生之路的问题。最后一句中叙述人的声音再次明显，“不是”、“便是”、“要不就是”充分显示出叙述人对于不外乎有限的几种结论的把握和自信。这里同样可以将谈论草原小路的话语替换为有关人生的话语：不管怎样挫折，都会有一个归宿。

通过分析可以看出，这段话表面上是写景色，实际上却有提出问题、分析问题、下判断这样一个逻辑结构。这个结构展开的过程，也是“小路”这一意象所蕴涵的理念得以传达的过程。

这种寓深意于景物的表达方式也出现在张抗抗《爱的权利》（载《收获》1979年第2期）中：“在这个寒冷的北方城市，夏天似乎总是来得迟迟。一直到波斯菊盛开的七月，松花江岸才铺上柳树的浓荫。虽然这已是人民心目中第二次解放以后的第二个夏天，但并不是每个人都能感觉到夏天的来临……”

《爱的权利》也是写的爱情，不过，是一位经历了“文革”创伤的姑娘对爱情既渴望又逃避的矛盾心理。在作品中，爱情中的矛盾退缩心理被阐释为“文革”创伤的结果。时代背景不可避免地介入小说话语之中。第三句中，有政治含义的时间点“人民心目中第二次解放”和自然季节“夏天”组成一个偏正词组，使“夏天”沾染上了政治气息。有这一句在先，下面一句便有了言外之意，“有人”是没感到作为自然季节的夏天的来临呢，还是没感觉到意味着“解放”的夏天呢？处于特定文学成规中的作者和读者都清楚，指的是后者。与《草原上的小路》一样，都是通过隐喻暗示更深一层的含义。

《草原上的小路》开宗明义地突出了“路”的意象，这样一个开头是有它特定的作用的。它暗示作品所要写的与路的重要意义相关。那么，作品写的是什么呢？

小说从小苔接到石均的信开始，信中委婉的问题“我该怎么向爸爸介绍你呢？”打乱了小苔内心的平静，让她在辗转难眠中开始想爱情是什么这个问题，让她开始回忆起与石均的认识与交往。小苔是从插队的东北农村抽调到油田的知青，可爱、善良、坦率、有主见。石均是省委书记的儿子，他的父亲在“文革”中蒙冤入狱，在全家发配到东北平原上的小镇上的第二年，母亲自杀，留下他和十多岁的妹妹。生活地位的巨大变化使石均变得冷漠、怀疑一切，面对小苔善意的帮助表现出强烈的自尊。

但小苔的善良很快打破了石均内心的坚冰，继而两人之间产生了一些微妙的情愫。石均的目光开始变得火辣辣的，小苔会因为他的注视而变得脸红。

小说中的爱情描写是很吸引人的。小苔与石均之间感情的逐渐变化，小苔那年轻女孩朦胧的爱情心理都令人难忘。作为一个有着自己独特风格的作家，茹志鹃在这个作品中集中表现了年轻女孩朦胧的爱情意识以及对于应不应该把握这种感情的犹豫。可以说，主题是一种非常个人化的东西。于是就有一个问题，那就是王安忆所说的“那个时代性的普遍问题：个人感情与时代精神的关系”①。也就是：在文学的范围内，个人的、私人的感情和心理如何能够进入公共话语，为主流所接受的问题。

在小苔接到石均的信的时候，“文革”刚刚结束，他父亲已经彻底平反，石均正陪他在南方养病旅行。所以，这时候叙述人让小苔考虑的不仅仅是爱情的含义，还有怎样得到幸福的问题，是自己去争取，还是借助别人（也就是石均）毫不费力地获得一切。

与此相呼应，小说中还安排了另一个人物——小苔的室友，略显苍老的杨萌。杨萌对生活有着深思熟虑的格言式的认识，但她不仅是一个理念的传达者，还是一个有着善良内心的真挚而温和的人。她与石均有着非常相似的遭遇。她的父亲原是石均父亲的下属，先是被打成右派，后又被遣送到农场劳改，母亲自杀，留下她和十二岁的妹妹。但杨萌坚强地承受了这一切，她在挫折中沉默着，每晚在灯下努力地学习，希望凭借自己的力量改变命运。她参加了高考，因年龄超过而未被录取，但她相信凭着自己对油井的认真研究，考上研究生大有希望。在石均父亲平反后，她给他写了一封请求解决自己父亲的问题的信，小苔来送别石均

① 王安忆：《从何而来，向何而去》，载《收获》1999年第4期。

的时候，看到信被撕成两半，留在空无一人的屋里。

本来小苔酒窝一旋的笑是非常赏心悦目的，但杨萌的存在冲淡了小说的明快轻盈，而有了一些沉重的色彩。在小说中，她与石均是一个对比，也是小苔的一个必要的衬托，强化了生活中道路选择的主题，冲淡了爱情主题。她对小苔说："在力学里，从静到动，是靠外来的因素，它就像一座引渡的桥。不过在生活里，这座桥有时是狭窄吓人的，有时又会像虹那么美。我们用这座桥，走向哪里，那就全在自己了。"在她的影响下，小苔没有陷入感情的旋涡不能自拔，那种朦胧的爱情心理就变成了一种关于生活道路的认真的沉思。小说结尾这样写道："站台上的人都快散尽了，小苔才慢慢向外走去，但她的脚步越来越快，她要到外面去，让草原上的风吹一吹，她要踏着那曲曲弯弯的小路走一走，她要思索一下，在这生活的湍流里，自己将奔向何方……"

"生活道路"的意义就通过人物的设置以及小说开头结尾出现的小路得到了强烈暗示，在小说中间，为了呼应开头的"路"的意象，叙述人甚至忍不住感情外露地对此发表感慨："小路啊小路，年轻人的热情和心事，在向你洒抛，多少纯洁的友谊，爱情的烦恼，一步步都印在你的胸上，向你窃窃私告。小路啊小路，难怪你回肠百转，变成这弯弯曲曲，曲曲弯弯。"

在"文革"刚刚结束的社会氛围中，"小路"成为一个策略性的选择。通过"小路"这一象征，爱情和既往的宏大话语（路线、社会主义资本主义两条道路等）产生关联，这样，它就不再是一个个人的隐私，而是成为一个重大的问题，与人生道路的选择相关的问题。爱情披上郑重严肃的外衣，合理合法地进入文学话语之中。

在谈到新时期女性写作时，陈晓明说："'新时期'的女性写作可能一开始就试图表现女性自身的感情，但是父权话语给定的意义改变了女性初始的意向，那些本来也许是女性非常个人化的情感记忆，它被划归到父权话语的语境中重新指认现实意义。”[①] 但从以上分析可以看到，无论在《爱，是不能忘记的》中，还是在《草原上的小路》中，女性小说对既往的话语都是既有承袭又有改造，在张洁那里表现为话语的带有裂痕的焊接，而茹志鹃则很好地将个人的主题与宏大话语糅合在一起。“道路”的意象是既往文学中的一个经典意象，与此相关的是一个结构坚固的话语系统，这个话语系统强调象征，倾向于引申意义，在宏大的抽象的观念范畴内确立事物的意义。一些大词，如“政治”、“历史”、“阶级”、“社会”，“生活”、“人生”、“时代”都是在这个系统内被赋予了价值的东西。“文革”是一个宏大话语占统治地位的时代，在“文革”后的一段时期内，这个话语系统还在文学中发挥着它的作用。在《草原上的小路》中，茹志鹃沿用了“路”的意象，同时又改写了这个意象，虽然仍是在同一个话语系统内，但毕竟消除了附着于这个词语上的政治含义，使其成为个人的生活道路的选择，结果就是“大道”变成了“小路”。这就是话语的“互文性”——在现在的话语中有着以往的话语的影子，相对于以往的话语，现在的话语又建构了新的东西。正是在这个框架内，年轻女孩的爱情心理得到了生动的传达，这是时代氛围变化的一个反映。

① 陈晓明：《勉强的解放：后新时期女性小说概论》，载《当代作家评论》1994 年第 3 期。

第二章　代言式书写

20 世纪 70 年代末，有限的几篇女性小说那种遮遮掩掩的叙述方式很快成为过去。从 80 年代初开始，女性问题开始在小说中得到公开的、大量的表达。鉴于此时期第一人称女性小说较少，所以将其放在下一章集中讨论。本章致力于分析 20 世纪 80 年代初期至中期第三人称女性小说的话语模式，试图呈现出其在叙事上的特点，联系具体的历史语境予以解释，并对其进行评价。

第一节　叙事话语与道德诉求

80 年代初期至中期，涌现了一大批关注女性问题的小说，它们包括张洁《方舟》与《祖母绿》、张抗抗《北极光》、张辛欣《在同一地平线上》、《我在哪儿错过了你》、陆星儿《呵，青鸟》、《为了并不爱的爱》、王小鹰《春无踪迹》、航鹰《东方女性》、曾应枫《一个女人给三个男人的信》等，从内容上看，这些小说所表现的大多是女性的奋斗和追求、与男性之间的冲突，以及女性在社会中的艰难处境。

在这些女性小说中，几乎毫无例外的，叙述人与其女性人物站在一起的立场是非常鲜明的，女性话语的表达也常常是非常直接的。例如，《方舟》中说："妇女的解放不仅仅意味着经济上和政治上的解放，还应该包括妇女本人以及社会对她们存在的意义和价值的正确认识。妇女并不是性而是人！"《在同一地平线上》中谈到离婚时有这样的激愤之言："一个戴着离婚帽子的女人，可以成为一千种矛盾的祸根！”出于女性立场，这些小说还常常对于一些世俗看法表现出质疑。例如，《呵，青鸟》中涉及对女人的看法时说：“男人大概都喜欢女人会谦让、会‘发嗲’。榕榕可能不属于这种‘标准’的妻子。”表现出对标准女性角色的区别意识。《我在哪儿错过了你》中的主人公直率地说：“我能背出一堆公认的女子美德：贤惠、温柔、忍让、文静、含蓄……然而对你这个评价我并不难过，我倒宁愿自己是这样子！”这些都表现出对抗传统观念、为女性抗辩、为女性说话的愿望。

不仅如此，叙述人的女性立场还渗透进了小说的叙事话语中，直接影响了作品的叙事面貌。具体来说，在微观上表现为“自由间接叙述体”，在宏观上表现为对比结构。此外，为了提升女性人物的形象，叙述人除了发表一些议论之外，还常常将一种引申、象征意义赋予女主人公，由此形成了一些模式化的表达。而当有可能触犯伦理道德规范的时候，叙述人则或回避，或掩饰，以避免可能的指责与争议。

一、自由间接叙述体、对比结构与叙述者的立场

自由间接叙述体的明显特点是“混淆了人物话语（口头表述的或内心的）和叙述者话语的界限”①，“这一形式常常保留体现人物主体意识的语言成份，如疑问句式或感叹句式、不完整的句子、口语化或带感情色彩的语言成份，以及原话中的时间、地

---

① 对于人物话语，热奈特区分了三种类型，第一种是叙述化话语或讲述话语，如“我告诉母亲我决定娶阿尔贝蒂娜”。第二种是间接叙述体的转换话语：“我告诉母亲我无论如何要娶阿尔贝蒂娜。”自由间接叙述体被认为是这一种的变体，混淆了人物话语和叙述者话语的界限，如：“我去找母亲；我无论如何要娶阿尔贝蒂娜。”第三种则是对人物话语的完全模仿：“我对母亲说（或我想）：我无论如何要娶阿尔贝蒂娜。”热拉尔·热奈特：《叙事话语 新叙事话语》，王文融译，中国社会科学出版社1990年版，第116页。

点状语等”①。在此时期的女性小说中，自由间接叙述体非常普遍，具体表现为：话语空间向人物话语（主要是内心独白）自由敞开，叙述人的叙述自然而然地滑向人物的内心，又能自然而然地回到叙述人手中，有时叙事话语呈现为叙述人与人物互相应和的双声，有时叙述人甚至允许人物成为叙述者（如《北极光》），这一切都表现出叙述人与人物之间天然的亲近与默契。

曾应枫《一个女人给三个男人的信》（载《花城》1985年第1期）中，冷漠无情的丈夫卫嘉出国后变心，与美国姑娘同居，同妻子肖菲断绝了关系。肖菲忍受着内心的痛苦，在带孩子和上电大辅导班之间狼狈奔波，备尝艰辛，身心经受着非人的考验。小说中，叙述人话语常常成为展现女性人物内心的场所，并且因为认同女性人物，叙事话语有着鲜明的感情倾向：

> 肖菲拿笔的手颤抖了，告诉他，要把这一切都告诉他，这个无耻之辈，他把本来应该担起的一副担子扔下了，简直像扔一块棉花那样轻松。而现在肖菲接过肩上的，是两担沾湿了汗水、雨水和泪水的棉花，她必须挑起它，一步一步地在崎岖的小路上攀援。

以“无耻之辈”责骂卫嘉，虽然没有引号，但显然出自肖菲之口，强烈地传达出肖菲内心的愤怒。下面一句则是叙述人的话，有关“棉花”的对比突出了肖菲的艰难，“汗水、雨水和泪水”具有情感上的感染力，有助于唤起读者的同情。人物的语言和叙述人的语言就这样毫无过渡地衔接在一起，对人物的同情使叙述人下意识地赋予人物以特权，任其直接突入叙述话语之中。或者

① 申丹：《叙述学与小说文体学研究》，北京大学出版社2004年版，第289—290页。

不如说，对人物的感同身受使叙述人在恍惚之间变成了人物，以自己之口说出人物想说的话。

关于这篇小说，曾有评论者认为“曾应枫创作时间毕竟不长，作品还显得稚嫩，对生活的感受缺乏一个沉淀的过程，整部作品激情洋溢但稍嫌直露”[①]。但即使像张洁、陆星儿、张抗抗这些已有一些资历的作家，对自己小说中的人物也同样有着情感和道德上的明显偏向。张洁《方舟》看起来充满讽刺嘲弄，但对她的女主人公的那种嬉笑怒骂的甚至有意突出其“丑”的一面的不客气，又恰恰是至交好友般亲近的表现。随着小说的展开，叙述人越来越倾向于认同人物，与人物站在一起，关注她们的内心世界，为她们抱不平，并以各种具有明显情感倾向的词语暗中引导读者对她们的同情。

陆星儿《呵，青鸟》（载《收获》1982年第2期）中，自由间接叙述体也随处可见。有些时候，叙事话语回响着的是人物和叙述人的双声——一些语句像是发自人物之口，但又像是伴随人物左右的叙述人的声音：

是啊，她并不完完全全地了解他、认识他，也从未彻彻底底地想过他的全部。就是一年前的不辞而别，也仅仅因为自尊心不能再容忍了。他却早就说过，“有分歧、有差异。”但她至今没有明察，他们之间的分歧差异究竟在哪里。想想吧，冷静地想想吧！流眼泪是没用的。

真难呐，生活！

“想想吧，冷静地想想吧！流眼泪是没用的。”既像是人物对自己说话，又像是叙述人对人物语重心长地告诫，同样，“真难

① 陈志红：《试论崛起于新时期的广东女作家》，载《花城》1986年第4期。

呐”既像人物的感慨，又像是叙述人为人物发出的叹息。总之，在这样的话语中，“人物的话语由叙述者讲述，或不如说人物借叙述者之口讲话，这时两个主体混在一起”①。而这样做的效果就是，不仅暗含着叙述人对人物的亲近与包容，也拉近了与读者的距离，让人物内心的想法直接地坦露在读者面前，成为为叙述人所默认、所严肃赞同的放大了的声音，因而更真切，更有感染力，更易赢得读者的共鸣。

张抗抗《北极光》（载《收获》1981 年第 3 期）写女青年芩芩对生活的平淡无味及未婚夫的平庸感到不满足，不甘心就此陷入婚姻的安乐窝，“渴望找一种能使自己振奋的激素”，小说是第三人称叙事，但叙述人话语和人物话语也常常融合在一起，难以区分，甚至很突兀的，一直以第三人称指称的人物以第一人称“我”的方式说话了。

在芩芩被傅云祥催着去照结婚照的路上，芩芩看见了一个滑冰的小姑娘，于是“我”情不自禁地出现了：“让我再看你一眼吧，小姑娘。你的金红色的滑雪帽，同我当年那顶一模一样，我差点要以为自己变小了呢。可是这一切都是一去不再复返了，都要结束了。童年、少年、青春的梦，统统都要消失了，不会再回来。……”叙事话语越来越多地转化成人物的第一人称的沉思式叙事：“啊，榆树，这半死不活的冬眠的树木，在他那儿竟然变成了人生的哲理，变成了死的注释，揭示了生命的真谛。他怎么能打这样好的比方，就好像这棵榆树就为了我才站在这里……”“送我回家？怕我挨揍？怕我晕倒？谢谢。我不要怜悯。我要人们的尊重、理解和友爱，而不要别人的怜悯。”

这时，叙述人话语消失了，芩芩突破了第三人称的限制，直

① 热拉尔·热奈特：《叙事话语　新叙事话语》，王文融译，中国社会科学出版社 1990 年版，第 118 页。

截了当地站出来以第一人称面对读者说话了，叙述空间完全为芩芩的所思所想占据。而芩芩之所以有这个特权，是因为叙述人一直把芩芩作为代言人，始终伴随芩芩左右，并且在叙述话语中建立了与她的亲密关系，通过她的眼睛去看，通过她的心去想，毫无异议地认同她。所以，与其说芩芩取代了原有的叙述人，实现了话语的僭越，不如说叙述人下意识地把自己等同于芩芩，让芩芩说话就等于满足了叙述人自己站出来说话的愿望。

这种与女性主人公站在一起的立场意识常常与一种褒贬分明的对比结构结合在一起，共同服务于树立女性人物形象的目的。

《北极光》以"北极光"象征了一种远离现实或者说与现实相对立的纯洁与美好，因此，毫不奇怪，作为这一理想的承载者，曾储得到了毫不掩饰的赞美："除非是那种心地过于纯正的人，相信别人都同他一样天真无邪，这种人现在可是实在不多……""他的神情那么庄严，好像面对着一座女神的雕塑。"而作为对比，现实则被描写为嘈杂而又千篇一律，城市被描写为"浑浊而昏暗"，傅云祥的书橱被嘲笑为像他的朋友们的头脑"不伦不类"。而费渊"他的心是那么冷漠、淡泊，既没有浪花，也没有波涛，没有光，也没有热，好似一片荒凉的沙洲，无法摆脱那无形的寂寞感；又有如一颗遥远的星星，惨然地微笑，孤零零地悄悄逝去在夜空里……"

张洁《方舟》对白复山、魏经理、刀条脸，甚至管理市场的小青年等男性都进行了无情的嘲讽与否定；《祖母绿》的框架同样是对比性的，以卢北河生命的庸俗苍白衬托曾令儿的生动饱满，以左葳在爱上的软弱无能衬托曾令儿的爱的升华。陆星儿《呵，青鸟》中也暗含了一个对比模式，肖点点平静透彻下的虚无冷漠衬托出榕榕的理想和追求，秦辛浪漫不俗的外表下隐藏的轻浮功利衬托出榕榕的朴实无华。作为更根本的一个对比，榕榕在和舒榛的关系中最初处于弱势，即便在上了大学之后，在学业上她也遇到了重重困难，但最终她以自己默默的努力、彻夜无眠的工作翻译出了《青鸟》，树立起对自己的信心，在精神上成长了。而舒榛报考研究生却没被录取，失落之中作出了去西藏的决定。正是通过这一系列对比，准确地说，通过这些人物在榕榕周围形成的反衬，榕榕得到了肯定，小说的主旨得到了阐明。

不难看出，这种对比结构对于女性形象的树立是非常有用的，但真实与复杂的、不能以简单的道德判断去概括的东西被毫不留情地否定了。张洁《方舟》对男性的描写不无意气用事之嫌，《呵，青鸟》中的人物多少有些类型化，《北极光》则褒贬分明，表现出叙述人明显的道德判断。虽然张抗抗自己也承认，“只有本身充满矛盾的人物才是真实可信的活生生的人”，并认为庸俗的傅云祥和自私的费渊也“有令人同情的一面”，但接着又补充道，“但这种生活准则是否正确，笔者的态度也是十分清楚的”。显然，重要的与其说是他们的复杂性，不如说是“笔者的态度”。这既与叙述人完全同情、赞美女主人公的女性立场有关，也可以看出强调道德判断、强调“态度”的时代语境留下的痕迹。

二、理念与隐喻

出于升华意义、明确主旨的需要，思想观念的传达成为小说中必不可少的组成部分，无论在《呵，青鸟》、《北极光》中，还是在《一个女人给三个男人的信》、《春无踪迹》中，都是如此。这些思想观念有时以明确的议论传达出来，更多的时候以隐喻的方式加以暗示。

在《一个女人给三个男人的信》中，叙述人让肖菲在小说最后总结性地领悟奋斗的意义：“肖菲记得，当时她在心里喊道：谢谢你，罗光，我还是要去考‘古代汉语’，不光是为了争什么面子，而是要向人们，向社会，也向自己证实，一个独身带着孩子，既参加工作，又参加业余学习的女人的社会价值。”“学习不仅是为了拿文凭，而是要向社会索取一种人生的本领，然后再经过自身的创造，贡献到社会中去。”“社会价值”是被普遍承认的价值，肖菲的奋斗与“社会价值”联系在一起，顺理成章，人物的思想境界得到了提升。

《呵，青鸟》的议论则持续地伴随在人物的成长过程中，如舒榛的自我剖析，还有榕榕在看球赛时候的感慨：“这是一种什么样的力量？是对胜利热切的向往，顽强的追求，奋力的抗争。多么鼓舞人呐！”以及榕榕在一番奋斗之后意识到的：“变，这才是生活的法则。”“是啊，幸福需要寻找。而寻找的过程，又应该是个付出的过程。”

更多的时候，理念的传达借助于隐喻。“方舟”、“北极光”、“青鸟”这些题目本身就具有一定的象征意义。《呵，青鸟》中生活被常规地比喻成路：“走过的毕竟走过来了，尽管坑坑洼洼，泥泞不堪，狼狈地跌了一跤又一跤，但是痛定思痛，她总是又在朝前走了。路拓出了几步，而等在前面的还会有许多曲折。”有时候又被比喻成“运动场”：“而在生活这个大运动场上，每个人不都应该是一个争强好胜的运动员吗？”借助自然景物来暗示人的情感与思想，成为一个普遍的模式。“时而有一朵六角形的晶莹的雪片，象银光似的从她眼前掠过，一闪身就不知去向。大概它们也不愿就此落入大地，化作一滩稀水。可它们这样苦苦挣扎，究竟要飞去哪里呢？芩芩莫非也像它们一样：飞着，苦于没有翅膀，也毫无目标；而落下去，却又不甘心……”（《北极光》）对雪的描写与人物的苦闷呼应着。在榕榕翻译完《青鸟》后，叙述人以泉水的比喻描写她的变化：“但这一年多，她的思想、视野，犹如一条终年在幽深的峡谷中流淌的泉水，因为山的轰塌，而突然地冲进了广阔的平原，汇入了浩瀚的大江。啊，眼前的世界顿时变得如此丰富、寥廓、气象万千。目光变了，感觉变了，思索生活的方法变了，心情也变了。”海与船的比喻再常见不过：榕榕已经开始的学生生活被比喻为“浪涛叠涌的大海”，“生活是条不停留的河，它会载着每一条不愿搁浅的船，走向新的航程!”(《呵，青鸟》)；“生活遥遥无期，好似在大海行舟，望见深蓝的地平线，充满无数幻想，然而驶过去，仍然是一片苍茫的海水，偶尔瞥见一座小岛，也是寥寂无人，即使登陆上去，海上漂过一叶白帆，你挥手召唤，却再无人呼应，或许那船载的就是寂寞和孤独……”(《北极光》)；“……呵，她已经驶起了小船，离开了令人伤痛的过去的岸，她的船儿正在向憧憬般的明天的岸驶去，可是，突然刮起一阵狂风，卷着她的小船，把它连同她一起又拖回到过去的岸边……”(《春无踪迹》)；“家庭之舟遇到了惊涛骇浪，是折桅断舵，各自东西；还是重新修复沉船，驾起风帆？在人生的长河中行船，不可能都是一帆风顺的”(《东方女性》)。

隐喻和暗示也表现在人物话语中，如《北极光》中曾储的话则最有深意：

他点点头，大口大口地吐着白色的寒气，“我也盼望春天……可是，从开江到真正的春天到来，还有一段泥泞而漫长的道路。……解冻的地面也许布满陷坑，但充满生机。要走过这一段刚刚开化的路，真不容易……不过我相信我们会走过去的。”

“到来”、“泥泞而漫长的道路”等带有抒情意味的书面语，暗示着这不是对春天的随便的一般性谈论，而是别有所指，暗示着时代环境、人的心灵，而且“真正的春天”、“道路”、“陷坑”等词语除了表面意义之外，已经在人们头脑中形成关于喻义的习惯性思维，所以读者可以毫无障碍地直接进入隐喻意义中。

在这些语句中，我们可以强烈地感受到，隐喻“是创造和构成人与世界的相似和统一体的一种方式”①。在隐喻中，自然景物没有独立的美学价值，它只是诠释小说主观意图的工具和点缀，人不是从自然发现启示，而只是把自然纳入人的观念体系当中，统一到人的理念当中。这种模式无论是在十七年文学还是“文革”文学中，都已经屡见不鲜，红日、青松、道路、鲜花，明确的意识形态含义几乎取代了它们本来的意义。在80年代初期，隐喻的模式被潜在的继承下来了，因为观念仍是在塑造人物时必不可少的东西，因为对深度、意义的需要仍在，作家不会满足于为写景而写景，或为表现真实而写景，不会浪费每一个可以“巧妙”、“生动”地传达观念的机会。只不过小说要传达的观念变了，由政治的革命的内容变成了奋斗、理想、挫折、成长这些励志的内容，而且隐喻中的意象也趋于开阔性、流动性，海、河暗示了一种宽广的背景、模糊不定的可能性，表现了作家们对广阔未知的生活的想象，只不过由于用得太多，很快成为这一时代的陈词滥调。这些似曾相识的模式是宏大话语延续下来的烙印。对这些模式的沿用说明了时代风尚的影响，也说明了小说的叙述者在自然景象中随时寻找启迪、深化题旨的愿望。

总之，不论是明确的议论还是隐喻性的议论，都是突出主题、塑造人物的修辞，尤其隐喻的使用，不仅升华了事件或场景的意义，提高了“读者对一本书的特殊要素的体验强度”②，而且犹如叙述人给人物戴上的醒目光环，既生动又不乏引人深思的理念色彩，无形之中增加了人物的感染力。

---

① 耿占春：《隐喻》，东方出版社1993年版，第291页。

② W.C.布斯：《小说修辞学》，华明、胡苏晓、周宪译，北京大学出版社1987年版，第220页。

三、世俗伦理道德与回避策略

在这些小说中，我们还将会看到，为了塑造人物形象，叙述人一方面致力于升华意义；另一方面有意无意地回避了某些东西，主要是在伦理道德方面具有敏感性的东西，以免踏入禁区，引起批评与争议。

王小鹰《春无踪迹》（载《花城》1984 年第 6 期）中，丧夫三年与婆婆、小姑同住的邵心如在尝试与异性交往的过程中举步维艰，承受着来自自身心理的、社会的以及婆婆出于自私考虑的阻挠；但同时，她既感受到小姑的支持、年轻的朋友晓岱的鼓励，也感受到对她充满好感的陈天俊的温情，决心"挣脱那张无形的网"。在叙述故事的过程中，叙述人时时与其女性人物邵心如站在一起，呈现她的想法："……难道，她要寻觅的就是身边这个胖胖的，说话很压抑的男子吗？他能帮助她摆脱以往生活留下的阴影吗？他能代替尧禹给她带来幸福吗？她觉得非常的茫然……那么，暂时就没有必要为了他而使自己再度陷入众目睽睽的尴尬地步了。""她问出这句话，自己也很意外，而且马上就后悔了。她和他还从来没接触过以后的生活问题呢，她怎么能这样快就提出孩子的问题？他一定会笑话自己了。她后悔得不敢听他的声音。"

叙述人就这样熟悉邵心如的心事，与她一起行走，与她一起感受希望："她觉得自己在向自己的过去告别，自己在走向一个崭新的明天……过去愈来愈远了、模糊了、消失了；明天愈来愈近了，清晰了，伸手可及了……"自由间接叙述体隐含着对她的鼓励和赞同："是的，人总要有点决断的力量，总要下决心割舍些什么。"升华意义的议论则通过晓岱给她的信传达出来："上苍是公平的，它把生活的权力馈赠给每一个人，而生活得高尚还是委琐，全靠你自己了。你只有努力使你自己成为生活的强者，你才能使你的蔚蔚幸福，你才能使你的婆婆尊重你的人格。”而小说最后，则通过景物的细腻描写，暗示了人物心中春天的到来：“风吹过，撩起路边的柳枝往她的脸上拂，柳条上那鼓囊囊的芽苞不知什么时候都已经长成细细的叶片了，因此柳枝变得很柔软，拂在脸上，痒痒的，同时有一股枝叶的清香扑进鼻腔，在胸口漫溢开来。”

而小说中耐人寻味的，是叙述人有意无意对邵心如在道德上的形象的维护。小说开始的一段中有这样的句子：“幸亏她生性好静，二十多年的银行工作，训练了她能够长久地保持一种姿式地坐着不动。她只是心中暗自发笑：实在难以相信，那么生气勃勃、仿佛浑身每块肌肉都凝聚着用不完的精力的晓岱，竟然能够坐在这样一张摇摇欲堕的旧椅上吃饭、看书、写论文！”表面上是对晓岱能够坐在这样一张旧椅上感到“好笑”——而上下文并没有为这“好笑”提供充足的理由——倒是邵心如对晓岱的感受与印象被突出出来：“生气勃勃、仿佛浑身每块肌肉都凝聚着用不完的精力”，这样的描述不无性吸引力的暗示。而在跟晓岱初次见面时，晓岱跑步的健美姿态就使“她看呆了”，“他又跑远了，留给她的是令人向往的新奇和渴望舒展麻木已久的身躯的活力”。在送晓岱回家时，这一点变得非常明显了：“邵心如走在晓岱身边，她感觉到一股灼人的男子的气息，在这股气息的包围中，她觉得自己的疲乏一点一点地消散了。”再一次受到来自晓岱的男性的吸引，但叙述话语却非常奇怪地转为“疲乏”的“消散”，回避在这一方面继续深入。

在叙事的进展中，我们发现，这一点被进一步压抑了：“晓岱的话中使她感到了一种亲人之间才有的亲密感”，性吸引的暗示消失了，被亲情，被“清新的”“阳光”所取代，“邵心如感觉到了晓岱已经不知不觉地走进了她的生活，就象一股清新的带着阳光的煦风钻到一间昏暗的房间里来了”。在婆婆的大闹使她感到万分痛苦时，晓岱及时出现了，“她在晓岱对面坐下，看着晓岱的眼睛，那里面充满了希望、勇气、不屈不挠的进取心，她需要这些东西，她需要晓岱，晓岱是她在艰难地挣脱自己心灵雾障过程中的一把桨、一张帆、一道扶栏、一根撑杆”。对晓岱的感觉被引导到精神支柱上去了。只是在小姑幼君要求心如为她介绍晓岱时，邵心如的心事才又露出些微蛛丝马迹：“可她怎么就没想到过晓岱也要结婚，晓岱也需要妻子的爱和家庭的温暖，晓岱早已到了结婚成家当爸爸的年龄了！她是自私吗？她觉得胸口不知哪一块地方在隐隐地作痛。”“邵心如完全懂得晓岱身上是什么吸引了幼君，因为他同样也吸引了她。”

虽然吸引，但是叙事话语却回避了发展爱情的可能。这里面两人之间的年龄差距是个重要因素，从心如女儿蔚蔚的日记中我们知道晓岱和她的表哥年纪相当，一开始蔚蔚是叫晓岱“哥哥”的，可是“妈妈骂我没礼貌，怎么能叫人家哥哥？应该称叔叔，于是我就叫他晓岱叔叔了”。推测起来，晓岱不会超过三十岁，而邵心如已经四十二岁，而就在两年前，蔚蔚突然得了急性肺炎，因为一个刚毕业的大学生的主动帮忙，邵心如无缘无故遭到了来自同事们的冷漠与歧视以及无情的流言飞语：“她比他大八、九岁吧？啧啧，满脸都起皱了，真不要脸……”通行的伦理道德就这样给了她一个严酷的教训，而邵心如自己在这方面跟婆婆一样清楚：“晓岱比邵心如年轻许多，没有谈恋爱之嫌疑。”这也就意味着，在世俗的伦理道德的规范中，根本不存在女方比男方大十几岁的、几乎是不同辈分的两个人谈恋爱的可能。所以邵心如有这样的想象：“倘若晓岱年长十岁的话……她赶紧吁了口气，把思绪掐断，胡思乱想！”假设真实地表达了人物的希望，但最后却被“掐断”了，并被自责为“胡思乱想”，可见，世俗的伦理规范是如何深入人心，成为一种强有力的控制力量。

但是如果让人物最终得不到爱情那就有些太残忍了，于是小说安排了另一个合适的人物，四十四岁的陈天俊，如涓涓细流，虽是好人，善良细心，但完全没有心如对晓岱那样的感觉，尽管如此，他还是凭借一封在邵心如看来“充满了诗韵和感情”的信感动了邵心如，叙述人这样暗示说：“爱情，常常是在人们不知道的时候产生的，就象春天，总是不知不觉地来到了。”缺乏说服力地把邵心如的爱情归结在陈天俊身上。

这样处理，或许作者是想戏剧化地呈现伦理道德观念对邵心如的压抑？是想让读者直观地感受到这一点从而使其产生反抗世俗观念的效果？但我们在小说中看不到一点儿叙述者对邵心如这种自我压抑的反思——这种反思对于读者理解叙述人的意图是非常必要的指引，所以与其说这是小说的主题，不如说这是叙述过程中欲说还休、欲盖弥彰的漏洞；而且小说结尾对春天的描写明显地暗示这是一个前途光明的未来。看起来邵心如顺从了道德舆论，自动清除了不应有的欲望，仍是一个符合传统规范的、尊老爱幼、娴静坚韧的女性，避免了闯入伦理禁区的危险，并且最终得到了名正言顺的爱情。但是欲望却被压抑了，既被人物自己压抑，也被叙述人所压抑。在叙事上，人物内心更隐秘的东西被叙述人回避了、剔除了，更深刻的冲突与矛盾停留在萌芽状态，叙述人遮遮掩掩，含糊带过，省力地推出一个完满的结局。最终人物的道德形象得到了维护，但在维护的同时，却造成了叙事上的不足和可疑。

类似的情况也出现在其他小说中。《呵，青鸟》中赵国凯对榕榕有深沉的感情，榕榕对他也不乏好感，但在小说中，更多的时候我们看到的是，赵国凯的故事“带着一种希望与信心隐隐约约地透进了她的心里”，赵国凯的深邃又充满自信的眼光让榕榕“感到了一种振奋的力量”，跟赵国凯谈话以后用天气预报来衬托榕榕的心情“天气多云转晴”，在这些地方，叙述人有意强调了赵国凯的鼓励者、支持者的角色。最后当榕榕知道赵国凯将出国留学时，意识到“一种比失去哥哥还强烈、还难以形容的感情，象不知不觉又无声无息地流淌在地底深处的地下水那样，猛地冲了上来”，“赵国凯望着榕榕，猛然间，他的心，也象飓风卷着的草叶，不由自主地颤动了，他很想说些什么，但又极力地抑制着……”两人之间的感情最终是被“掩饰”了，被“抑制”了。

《北极光》中，芩芩遇到费渊以后想起以前插队时让她产生“朦胧难辨的微妙感情”的大学生，而费渊“有一点象他”，芩芩没来由地去找费渊，“究竟是为什么呢？真的是为了学日语吗？她自己也不知道。她平日从家里到车间，从车间到业大，从业大到傅云祥家，总要碰到许多人，陌生的，熟悉的人，可是，她为什么一次也没有碰到过她想要碰到的那个人呢？那个人是谁？”离开费渊，转向曾储，也是同样的动力驱使。也就是说，芩芩与费渊、曾储的交往不无朦胧的寻找爱情的因素。寻找爱情，本来是很正常的，但因为芩芩已经与傅云祥登记（只不过未举行婚礼而已），在这种情况下任何突出爱情的因素都会冒着触犯伦理道德的危险，所以小说尽量避免将这方面的内容明晰化，同时尽量融入芩芩对“人生”的思考。曾储印证了芩芩心目中的“北极光”，而作品处处暗示着“北极光”代表的是一种美丽的崇高的理想。但当眼睛雪亮的读者指责芩芩在爱情上朝三暮四时，现实中的作者也忍不住站出来说：“没有什么法律规定，一个已婚女子不能同异性交谈，只要她没有超越法律许可的范畴。”① 这是一种防卫性回应，而且，显然是一种避重就轻的辩解。同时，作者理性地强化了人物精神思想上的发展变化，把小说定位为“是一部反映当代青年对人生、理想的思索、追求为主题的小说，通过芩芩对三个抱不同人生态度的青年的选择，

① 张抗抗：《我写〈北极光〉》，载《文汇月刊》1982年第4期。

体现她对生活道路的抉择”[1]，试图以此来遮蔽小说中寻找爱情的嫌疑，避免对世俗伦理道德的直接冲击。

综上所述，可以看出，在这些女性小说中，叙述人的女性立场通过大量的自由间接引语得到了充分表现。关于自由间接引语，申丹曾指出：“其长处在于不仅能保留人物的主体意识，而且能同时巧妙地表达出叙述者隐性评论的口吻。”[2]“保留人物的主体意识”、呈现人物内心世界本身就是容易唤起读者理解与同情的有效手段，正如布斯所说：“持续不断的内心活动将引导读者希望带他旅行的人物得到好运。”[3] 但在自由间接引语中，同样重要的是覆盖在人物的内心活动之上的叙述者的隐性评论，也就是叙述态度，申丹认为“‘反讽’与‘同情’是两种较为典型的叙述态度”[4]。而在这些小说中，叙述人对人物的态度毫无例外地表现为同情。在选择一个女性人物视角的同时，叙述人也选择了一个代言人、一种立场，无论是其奋斗也好，挫折也好，还是其生活之路的选择也好，都给以充分的理解与同情。此外，小说的叙述人或者借助于一些情感词语进一步唤起读者的同情心，或者借助于对比结构来增强读者在道德上对她们的认同。在当时的社会条件下，这些小说凭借着为女性说话的潜在热情，凭着“处心积虑”的种种修辞登上文坛，的确在树立女性形象、引发社会对女性问题的关注方面发挥了不小的作用，给僵化已久的社会带来一些新鲜的冲击。

但是，从社会思想文化的层面来看，在 80 年代初期，并不

---

① 张抗抗：《我写〈北极光〉》，载《文汇月刊》1982 年第 4 期。

② 申丹：《叙述学与小说文体学研究》，北京大学出版社 2004 年版，第 313 页。

③ W. C. 布斯：《小说修辞学》，华明、胡苏晓、周宪译，北京大学出版社 1987 年版，第 275 页。

④ 申丹：《叙述学与小说文体学研究》，北京大学出版社 2004 年版，第 313 页。

特别具备适合于女性小说蓬勃发展的条件。一方面，主流意识形态对反映时代的“精神面貌”的强调成为强有力的外在要求，这一点常常以明显的关于社会、生活、理想的议论或隐喻表现出来。另一方面，自从张洁《爱，是不能忘记的》发表以后，对婚外恋情是否道德的讨论达到白热化的程度，这种争论造成一种广泛的影响，产生了一个结果，那就是，使爱情、婚姻中的伦理道德成为一件不容忽视的、严重的事情。在这样的思想氛围中，对于世俗伦理道德，这些小说表现出复杂的态度。一方面有所抗辩；但另一方面，对于伦理道德火力所向“婚外恋情”，则多多少少地表现出小心谨慎的一面，尽量用奋斗、理想、追求这些东西来掩盖或者装饰这种因素。

此外，也应该看到，过于鲜明的立场意识、与人物的距离太近同样造成了小说的一些问题。当完全被认同的女性人物成为进行道德判断的出发点，成为读者观察其他人物一个有限的窗口，那么就会导致对于其他人物的简单化的否定；而当叙述人在叙述人物时过于投入，就会有情绪化倾向；此外，当为了维护人物形象而回避伦理禁区时，就造成了叙事的勉强与裂痕。

总之，这些小说是作者本人的女性立场与时代语境扭结而成的产物。从中我们既可以看到女性话语表达的热情与投入，也可以看到表达的曲折与犹豫。主导话语，包括世俗道德观念在很大程度上对女性小说形成掣肘，造成叙事话语瞻前顾后的状态。正是在这样的地方，我们清楚地看到此一时期女性小说叙事话语的丰富性与复杂性。

第二节　从《方舟》到《祖母绿》

跟以上谈及的这些小说相比，《方舟》（载《收获》1982 年第 2 期）似乎比较特殊。《方舟》给人最鲜明的印象恐怕就是它那辛辣的话语风格。这种风格跟讽刺性表达方式的大量使用有很大关系。讽刺性表达既针对人物，也针对人物的生活环境、社会背景，而无论哪一点，都因受到其他因素的制约、与其他话语相互作用而产生了多样的、复杂的意味，因而都不能加以简单化的理解。从中我们可以看到，叙述人与对其女性人物的态度是嘲讽与亲近并存的，叙述人对现实的态度也是既对立又不彻底的。

一、《方舟》：叙事话语的杂糅

（一）讽刺、亲近与同情：《方舟》中叙述人对人物的态度

《方舟》主题鲜明地关注女性在婚姻上的坎坷遭遇、工作上的困难，以及社会舆论对她们的欺侮和歧视，而这些内容是分别从三个离婚或分居的女人荆华、梁倩、柳泉的视角来叙述的。在当时的社会中，这些都是具有一定道德敏感性的人物，对这样的人物，叙述人态度如何？叙述人与人物是一种怎样的关系？

《方舟》中的叙述人对人物的态度是耐人寻味的。例如，写梁倩的“呆若木鸡”的相貌：“苍白，干瘦，披头散发，精疲力竭，横眉立目，一副要跟人吵到底、不达目的誓不罢休的样子。”如果说“苍白，干瘦”看起来还比较客观，那么“披头散发”、“横眉立目”就有些不客气的夸张的味道了，不仅不同情，甚至有些故意的丑化。此外，写她们几个人的草木不生的阳台“好象一大堆如花似玉的姑娘里夹着一个丑陋不堪的瞎老太婆”，也有嘲笑的味道。

但在阅读作品的过程中可以感到，用来描述人物的这些讽刺的、贬义的词语所传达出来的并不是真正的贬义。如通过荆华的视角写柳泉：“那时候，柳泉是班上的小干部，很有点小神气，不象现在，捏扁了的柿子一样。”单看最后这个句子，语气是很不客气的，有毫不掩饰的轻蔑。但从上下文的关系看，对柳泉的

描述“象个小大人”，“小干部”，“有点小神气”，显然是善意的，因此“捏扁了的柿子”传达出来的就不是敌意，而是因为亲密熟悉不必担心冒犯对方而产生的放心随意。这不仅是荆华与柳泉关系的写照，也正是叙述人与人物的关系的写照。它既表现出叙述人与人物之间的距离，表明对待人物的一种客观的毫不客气的方式，同时这种暴露缺点的甚至有意突出其“丑”的一面的不客气，在这里恰恰又是至交好友般亲近的表现。

更多的时候，我们看到的是叙述人对人物的同情与肯定。

《方舟》分别从荆华、梁倩、柳泉的视角来写，在叙述不同的人物时语言风格有所区别。但正如在《北极光》、《呵，青鸟》等作品中一样，自由间接叙述体得到了大量使用。无论在叙述哪一个人时，都常常有这样的情况：我们不能分清一些话出自叙述人之口，还是出自人物之口。叙述人倾向于模糊与人物的界限，常常借人物之口说出自己的话，或者，使人物的话在叙述人话语的层面表达出来。从整体上看，叙述人话语与人物话语常常是融合在一起的。

对于各个人物，叙述人常常自然而然地表现出一种“与人物站在一起”的倾向。关于荆华：“幸亏她有两条有力的胳膊，不然她可该怎么办?”关于柳泉：“为什么她不幸生为女人，是女人倒也罢了，为什么又是一个小有姿色的？人只知丑是一种不幸，并不知美也是一种不幸。再者，为什么又是一个不属于谁的离了婚的女人。不属于谁，便好像可以属于任何人。”关于梁倩：“到什么时候她才能成为她自己，她还要为自己被社会承认奋斗多久啊!”这些都可以理解为是人物的内心独白，但当以自由间接引语的形式表达出来，就有了不同的意味：在内心独白之上，增添了来自叙述人的同情与理解的目光，如同叙述人代替她们发出的追问和叹息。

为了唤起读者的认同，叙述人还对人物做了很多正面表现。

如荆华在大雨到来之前帮时刻窥伺她们的贾主任搬煤，累得腰病复发，瘫在地上；通过朱祯祥的视角写出柳泉在外事场合做翻译时的优秀表现。小说结尾的排比则是叙述人情感倾向的鲜明体现：

不论是为了女人已经得到和尚未得到的权力；不论是为了女人所做出的贡献和牺牲；不论是为了女人所受过的、种种不能言说或可以言说的苦楚；不论是为了女人已经实现或尚未实现的追求……每个女人都可以当之无愧地接受这一句祝辞，为自己干上一杯！

这里包含了叙述人所关注的女性问题的所有方面，不容置疑的语气表现出叙述人的激情，以及在情感上对女人的无保留的肯定、支持与认同。

此外，为了树立人物的正面形象，或者说，受到主导意识形态的潜在影响，宏大话语也介入了，所以，毫不奇怪，在讽刺性的话语风格中不乏一本正经的格言式的话："人应该正直、磊落，决不可随风摇摆。人可以失去一切身外之物，却不可失去人格，否则便失去了自己的立足之地。"也不乏庄重严肃的声音："一切虚妄的幻想早已在磨难中泯灭。剩下的，是这实实在在对社会的责任和良心：她要做些对得起五十六元钱工资的工作。""而且，她自有治疗这悲哀的法儿。那就是对自身存在的价值的认识——对人类，对社会，对朋友，你是有用的。"借助了"对社会的责任和良心"、"自身存在的价值"、"人类"这些抽象的价值，叙述人将人物的思想境界提升到一定高度。

不仅如此，叙述人树立女性形象的主观意图也渗透进了景物描写中。

雨停了。天边浮起一道彩虹。阳光象被这场暴雨洗褪了颜色，变得浅了、淡了，不再那么耀眼和灼人。从屋檐上流下来的雨滴，越来越缓慢，越清晰地叩打着檐下的石级。大地、万物，呈现着痛苦挣扎后的宁静。

……

空气是潮湿的、新鲜的。而那道虹像是刚从什么仙池里浮升起来，水淋淋的，仿佛从上面还不停地滴下水珠。

梁倩被大地所呈现的、这种痛苦挣扎后的宁静感动了。她想到她们的过去和未来，想到她们也将会经过反复的痛苦的锤炼，而变得更加成熟。

这里不乏对细节的生动描写："从屋檐上流下来的雨滴，越来越缓慢，越清晰地叩打着檐下的石级。""空气是潮湿的，新鲜的。而那道虹像是刚从什么仙池里浮升起来，水淋淋的，仿佛从上面还不停地滴下水珠。"

但是，这里主人公不是单纯地体会到雨后万物的清新美丽，而是因联想而感动，她所联想的是"痛苦挣扎后的宁静"。自然本身无所谓痛苦，而是人物荆华刚刚遭受了腰病复发瘫倒在地的痛苦，"宁静"也直接与人物的成熟挂上了钩，这不是对自然的描写，而是对自然的叙述，渗透着叙述人想以自然来写人的主观意图。叙述人之所以这样写自然，只是因为这些与人物自身的处境密切相关。她关心的并不是自然本身的美，她所要传达的是对于人物的某些观念，是从自然的美得到的启示：她的女性人物"经过反复的痛苦的锤炼，而变得更加成熟"。因而对自然景物的描写就具有了人格化特点，具有象征意味，不是直观的，而是上升到一种人生的境界。

在这里，和在同时期其他的女性小说中一样，自然景物并没有完全独立的美学价值。它不是为它本身而存在，而被描写，它是被包含在叙述人关于女性人物的观念之内的，或者说，自然景物是为阐释人物服务的，写自然的宁静是为了表达对女性人物“成熟”的期待。

可以看到，在《方舟》中，叙述人既想表现一种因与人物亲近而产生的肆言无忌的话语风格，又要避免这种话语风格对人物形象的负面影响，并且要在读者心中引起对人物的同情、认可，甚至赞许，所以，在叙事话语中既对她们加以正面表现，又通过具有明显感情倾向的词语、宏大话语的使用以及具有引申意义的景物描写对读者加以道德判断以及感情上的引导。在这些并不能很好地协调统一的叙事话语背后，我们可以感受到潜在叙述人对其女性人物的复杂微妙的情感与态度。

（二）抗辩与妥协：《方舟》中叙述人话语与现实的关系

如上所述，对人物虽然有嘲讽，但从根本上说，叙述人是肯定人物的。不仅肯定人物，而且有着强烈的为人物说话的倾向，尤其是当人物在社会生活中受到不公平的待遇，被欺侮，被污蔑，被歧视，叙述人就要借人物之口或以自己的话语方式，对人物生活于其中的现实——也包括作者生活于其中的现实——加以讽刺针砭，这也是小说之所以形成辛辣的叙述风格的主要原因。

《方舟》有着鲜明的女性主题，这在卷首引语“——你将格外地不幸，因为你是女人——”中已经表现出来，小说中由此引发的议论更是随处可见：“女人要面对的是两个世界。能够有所作为的女人，一定得比男人更强大才行。”“女人，女人，这依旧懦弱的姐妹，要争得妇女的解放，决不仅仅是政治地位和经济地位的解放，它要靠妇女的自强不息，靠对自身存在价值的自信和实现。”还有借梁倩之口说出的长篇大论：“妇女的解放不仅仅意味着经济上和政治上的解放，还应该包括妇女本人以及社会对她们存在的意义和价值的正确认识。妇女并不是性而是人！然而有些人并不这样认识，就连有些妇女自己也以媚态取悦于男性为自己的目的，这是一种奴性，完全是一种旧意识的残余。”“就算女人是祸水，那么男人个个是柳下惠也行。干吗一出了什么问题都要怪女人，骂女人?”在这些富有激情但也不无理念色彩的议论中，我们可以感受到小说强烈的现实针对性。

某种程度上，荆华，也包括梁倩，在小说中充当了叙述人的代言人，她们被赋予一种理性的思想的品质、风风火火的性格，以便于叙述人以自由间接引语的方式不着痕迹地在人物内心独白与叙述之间自由转换，这样既使人物的思想染上了叙述人的语气与话语风格，又可以在呈现人物内心思想时顺便挟带叙述人的感想和议论，为叙述人的抗辩话语提供更多的表达空间。

值得注意的是，小说中提到了遇罗锦《一个冬天的童话》，仅仅提到这篇小说的名字，“《一个冬天的童话》……”，却占了一段的位置，后面是意味深长的省略号。在一篇小说中涉及经典作品并不奇怪（此作品中稍后就谈到霍桑的《红字》），但提到同时期的有争议的一篇小说，不管怎么说都是一个非常大胆的行为，再明显不过地暗示了此作品与现实生活的互文本性，使作品有了明确的现实指涉。紧接着是：“逢到那些幸福而贞节的女人，痛骂某女人的时候，荆华总感到像在骂她。她不也是为了养活被打成反动权威的父亲和因此失去了生活保障的妹妹，才嫁给那个森林工人而后又离了婚的么?”这是对作为人物的荆华的叙述，但却逸出了文本，成为叙述人以及人物对现实中有争议性的事件的发言。

如果说关于女性主人公的讽刺性描写不无亲切随意之感，那么，对于现实的讽刺性议论就充满了个性的尖刺。那些明显的叙述人声音以及有时候看起来似乎过度的议论表达出叙述人针对现实发言的强烈欲望，反语使叙述人话语更加尖锐，表达的感情更加强烈，表现出叙述人以及人物对社会不公的强烈的否定态度。但如果我们由此得出结论说这是一篇义无反顾地针对现实、对抗传统、反对陈规的作品，同样也是不准确的。在涉及关于女性的一些现实陈规、传统观念时，叙述人的彻底性就打了些折扣。

在女性标准这一维度上，作为一种对比，小说描写了另一个毫无敬业精神、徒有其表的女人钱秀瑛。钱秀瑛的声音可以算是一个参照，代表了世俗所认为的典型的女人的声音，在这一对比下，梁倩和荆华、柳泉就显出了问题："没有一点女性的甜润、柔媚。"此外，小说还通过谢昆生的眼睛将梁倩与钱秀瑛作了对比："单只梁倩便是一个不大好惹的人物，她不象个女人，倒象旧小说里闯江湖的侠客。喜、笑、怒、骂，真真假假，指不定什么时候就拉下脸来，给人一个下不来台，或是使出什么杀手锏来，闹得人一败涂地，丢尽了脸面。女人要都变成这个样子，那可怎么得了，这个世界上，还要男人干吗使呢？"而钱秀瑛"大嘴大脸，却是丰丰满满、千娇百媚。谢昆生宁愿和这样的女人打交道，而不愿和梁倩那样的女人打交道，又干又硬，象块放久了的点心，还带着一种变了质的油味儿"。

在白复山眼中，梁倩的容貌更是一塌糊涂："上面是细得麻秆一样的小腿，再往上是窄小的胯，再往上是瘪的胸，再上，是暗黄的、没有一点光泽的脸。""她还是个女人吗？啊！简直是个刀枪不入的巫婆！"

谢昆生和白复山一样，代表了世俗的男人的看法，叙述人写出他们的看法，并不意味着对他们的认同。因为他们本身是在道德上有诸多缺陷的人，白复山"早已把自己的灵魂卖给了烧酒"，而谢昆生给梁倩的印象是"有这么明目张胆进行敲诈勒索的吗？"。在这样的地方，读者的内在道德感已经决定了对此人的否定态度。而在文本的语境中，我们又看到，梁倩们之所以"又干又硬"、"变了质"，与其说是自身的原因，不如说更多的是环境使然。此外，作为梁倩们的对比对象的钱秀瑛在道德本质上并不足取。这些足以使读者对谢昆生、白复山对梁倩们的看法产生警惕，保持距离。

因此，叙述人这样写，一方面，是为读者可能有的对梁倩等人的否定态度提供了表达空间；同时，将这种有代表性的世俗看法安置在具有道德缺陷的人物的看法中，并通过语境暗示着对这些人物的怀疑与否定，从而实现对读者态度的引导，促使对梁倩等人的正面看法的树立。但另一方面，《方舟》的叙述人又不是完全彻底地拒斥既有的女性观。在不止一处，叙述人给世俗看法保留了一定空间："柳泉明明知道，一个女人要是一天到晚只会讲辩证法和唯物主义，会把一切男人吓跑的。"在对梁倩的叙述中也承认："有哪一个女人不希望自己永远年轻，漂亮，青春永驻。"在叙述荆华时则有这样一番感慨："上哪里再找回那颗仁爱的、宁静的心啊，象花朵一样，不断地把自己的芳香慷慨地赠给每一个人。象银色的月亮一样，温存地罩着每个人的睡梦。"

在这里，叙述人对社会公认的女性形象投以礼貌的一瞥，并且通过荆华的视角，表现出想做真正的女人，也就是符合社会成规的女人的愿望："她多么愿意做一个女人，做一个被人疼爱，也疼爱别人的女人。"由此引出雄化的问题："不，她不愿意雄化。究竟是什么在强迫她?!"对"雄化"的否定意味着对既有女性标准的接受与认同，表达了些许向传统女性回归的愿望。

总之，对社会中一般的女性观，叙述人既有否定，也有认同，否定了徒有其表的所谓女性美，也站在传统的立场上对"雄化"进行了否定。可以说，因为顾及传统与陈规，叙述人关于女性的看法是不彻底的、有所保留的、犹豫的。在以下关于"性沟"的议论中，这一点表现得更清楚：

这是为什么？好像她们和男人之间有一道永远不可互相理喻的鸿沟，如同上一代人和下一代人之间有一道"代沟"，莫非男人和女人之间也存在着一道性别的沟壑？可以称它做“性沟”么？那么在历史发展的这一进程中，是否女人比男人更进步了，抑或是男人比女人更进步了，以致他们不能在同一基点上进行对话？如同婴儿在母体里的生长，在某一阶段，是四肢的形成，在某一阶段，是大脑的发育……而其它部位的发育则处在一种停滞或迟缓的状态？于是便会出现这么一种局面——比起男人，女人也许是一个更健全、更优秀的人种？

天呐，这一定不是她们的过错，也不是男人的过错。一切社会现象的存在和发生，只能从历史的发展中，去寻找它的物质原因。

叙述人似乎想借荆华之口得出“女人比男人更优秀”的结论，但这个结论的提出却并不是直截了当的，而是相当委婉的。在谈及男女之间的鸿沟时，叙述人用了不太肯定的“好象”，进而又是试探性的“莫非”，然后是表示礼貌的“可以……么”，接下来是一种谨慎的推测，用“是否”、“抑或”提出两种可能：女人比男人更进步，或者男人比女人更进步。但紧接着的婴儿的比喻之后，叙述人似乎忘了刚才的两种可能，不合逻辑地以“于是”导出她的结论：“比起男人，女人也许是一个更健全、更优秀的人种？”可以看出，在这一过程中，叙述人终于忍不住放弃了前面的公允调和，说出了她的倾向于“女人更优秀”的看法，但是用了不太肯定的“也许”来缓和这一看法对于世俗观念的直接冲击，可看出叙述人在可能冒犯世俗看法时的小心谨慎。

但下面一段马上为女性辩护，“不是她们的过错”，如果考虑到“优秀”与“过错”画等号，那么可以看出叙述人在这里表现出过度的谦卑，同时为了避免自己上面的论断引起男性的反感，马上加上一句“也不是男人的过错”，最后把它归之于大而空的“历史的发展”、“物质原因”，让人不能肯定，这是一种真诚的表达，还是一种套话？是要借助于宏大话语为自己的看法寻求支撑，还是仅仅为了匆忙地打发掉这个话题？不管怎么说，叙述话语在这里都出现了断裂。

（三）《方舟》小结

对于《方舟》，我们可以提出这样的问题：要描述一群被污蔑、被歧视、被世俗认为有毛病的离婚或分居的在艰难中奋斗的女人，要为她们抗辩，使她们赢得道德上的肯定，同时又尽量不触动某些陈规的敏感神经，需要何种话语方式？

作者的选择是，既有对她们的亲切嘲讽，也有对她们的正面描述。既谴责世俗，也要向世俗的既定成规（如对女人的看法）以及在社会中占主导地位的宏大话语致意。在这一意义上，这篇小说可以被看成种种主观意图与社会意识形态之间妥协的产物。

话语杂糅产生了复杂的叙事效果。《方舟》中叙述人对人物的嘲弄是意味丰富的，在这篇小说中，对人物善意的调侃与嘲讽式话语最能见出叙述人的神采，表现出叙述人面对人物坦率大胆、收放自如的一面。但叙事话语并未能在这一风格上保持一贯。整体上看，《方舟》的叙述话语在有距离的、善意的、嬉笑怒骂的、自由挥洒的嘲讽与无保留的认同之间徘徊，而且越来越倾向于认同人物，与人物站在一起，关注她们的内心世界，为她们抱不平，并以各种具有明显情感倾向的词语暗中引导读者对她们的认同与同情。这既表现出叙述人鲜明的女性立场，同时也未尝不是为了在社会语境中树立女性道德形象而进行的修辞努力。

所以，在《方舟》中，我们可以生动地感受到主导女性写作的不同的力量：叙述人对人物有着如同“姐妹之间”肆言无忌的嘲弄，同时，小说最终要面对社会语境这一现实也在提醒着叙述人收敛姿态，以各种修辞去树立女性人物的正面形象。对于女性在社会中遭遇的歧视与不公，叙述人忍不住要发出强烈的抗辩之声，而在那些试探性的、委婉的表达背后，我们则感受到叙述人在外在语境压力下的小心谨慎。不能忽略的，还有那些严肃的甚至有些刻板的声音。这些声音与其说表达了作家个人的内心真实，不如说是主流意识形态的投影。很大程度上，它们成为小说中的不和谐音。

《方舟》是为女性争取社会生活中基本生存权、呼吁公平待遇的一篇作品。这里面有着社会刚刚走上正常化轨道的背景，有着“文革”残余的干扰。充斥其中的，是叙述人为女性在社会中遭遇的歧视与不公发出的强烈的抗辩之声。在那个特定的时代，她的话语可以说表达了很多女性的心声，自有其不可忽视的价值。但如果我们跳出社会的层面，从审美的角度来考虑，会发现这并不是成熟的叙事话语。除了在优秀女性与卑琐男人之间的对比上有些意气用事的因素外，还表现为：叙述人与人物之间缺乏距离，那种在叙述人物时嬉笑怒骂与自由挥洒的笔墨更多的时候让位于毫无保留地认同人物，针对现实的讽刺锋芒过度流露，等等。这些都是出于表达作者女性观念的需要，但是，结果就是传达了理念，同时又为理念所束缚，一些议论显得生硬，有的甚至有说教的意味。而在她端正姿态、一本正经地复述那些概念化的主流话语的时候，她的神采就消失了，被一般性的时代特色所取代。

二、《祖母绿》：诗意为道德服务

两年后，张洁创作了《祖母绿》（载《花城》1984 年第 3 期）。这篇小说一直得到较高的评价。有人认为：“小说揭示曾令儿那如同宝石‘祖母绿’象征‘无穷思爱’的心，以及这爱的演变和升华，是如此真切动人”①；有人认为“曾令儿的爱情

① 黄益庸：《〈祖母绿〉印象及其他》，载《花城》1985 年第 1 期。

观代表着一种更为明朗、也更为深邃的人生哲学”[1]。在叙事话语上，这篇小说有新的特色，但我们也可以看到，既往的与道德诉求相关的话语模式还隐藏在这篇小说中，在很大程度上影响了叙事话语的表现形态。

在故事上，《祖母绿》涉及的是两个女人和一个男人。当年曾令儿爱着左葳，为左葳心甘情愿地奉献，花时间为他补习功课，冒着生命危险将他从大海的涡流中救出，甚至在政治上为他遮风挡雨，替他当了右派，被发配到边陲小城，忍受着众人的侮辱生下了与左葳的孩子，然后又经历了孩子在池塘淹死的惨痛。曾令儿走后，同样默默爱着左葳、在政治上明哲保身的卢北河乘虚而入，与左葳结婚。二十多年后，在左葳被任命为一个微码编制组的总负责人时，为了不至于让左葳的本事在这个真刀真枪的工作中“露馅儿”，卢北河想到了曾令儿，邀请在这一领域有所成就的曾令儿回来参加这项工作，实际是为了帮助左葳。曾令儿历经劫难，故地重游，已经成熟到足以坦然面对过去的一切，包括那个不值得爱的人，她越过了人生的另一个高度，在更广阔的范围里意识到生命的价值与意义。

显然这是一个在道德上自我完善、自我超越的故事。如何叙述这样一个道德命题？

在大的结构上，小说有一个基本的对比：曾令儿和卢北河。

小说从卢北河入手，叙述她的所思所想，看似客观，但叙述人似乎以不经意的方式，确定了对这一人物的看法，“而在卢北河嫁给左葳之前，左家似乎还不这么冷森森的”。这句话的意思等于是说因为卢北河，左家才变得这样冷森森。“冷森森”的印象就这样从卢北河这个人物的身上传达出来，同时传达出来的还有作者对这个人物的暗含否定的主观态度，这一态度又暗中影响

① 胡河清：《张洁爱情观念的变化》，载《当代文艺思潮》1986年第6期。

着读者。

接下来的叙事似乎完全变成了人物内心活动的展现。“在左家，钱，何曾被提到日程上来计较过?”隐隐透出一丝得意和骄傲。“唉，头脑里没有一点政治。为什么不能象她那样，在家里炖点银耳啦，野参啦，燕窝啦……人又不知，鬼又不觉，有多实惠”，显然，“实惠”并非一个褒义词。“实惠”使读者最终明确了对这一人物的态度。此前卢北河对儿子政治前途的操心，对左葳给儿子买卧铺这一摆谱行为的反感，最终落实到这一庸俗人生观上，让读者看到，这个人物并不能给我们提供更多的东西、更高的境界。人物在读者心目中的地位大幅度降低。

总的看来，叙述人低姿态地伴随在卢北河这个人物左右，站在人物的角度，自如地在叙述与展现之间转换，但叙述人并不认同她。这一点在以下这一段中终于明显地表现出来了。在描述卢北河“全神贯注”倾听人们找她汇报思想、工作或生活中的问题时，有这样的句子：

> 不住地点头，时不时地发出一声又似同情、又似惊讶的短句：“是这样?”然后一再紧握谈话人的手，把他们一直送到大门口，站在那里，久久地望着人家远去的背影，至少让对方两次回头时，都还能看见她伫立在门口的身影。

“时不时”突出了频率；“又似同情、又似惊讶”是一种非常客观细致的描述，是一种对于外在形式的描述，暗含了与真正的内在的“同情”与“惊讶”的距离；“短句”则进一步强化了所说的话的“形式”感。显然，叙述人认为卢北河只是按一定频率说出有着某种外在特征的短句而已，并无内容，更与内心无关。最后一句，“久久地”似乎有抒情的味道；但接下来的“至少两次”则突出了精确的计算，让“久久”、“伫立”的抒情意味消失殆尽，呈现出徒有空壳的虚伪性，而且叙述人不动声色的讽刺也浮现出来。

叙述者终于忍不住对她作出了直接的评价："她永远象带着一副假面，就连睡觉的时候，也不肯脱掉。""假"当然是一个否定性的道德判断。而当卢北河与曾令儿再次面对，为了突出曾令儿的成熟的生命力，叙述人不禁再次站出来为卢北河下定语："其实，她的一生，都是在这沉闷的灰色中度过的。"

对左葳，一开始叙述人似乎只是客观描述："倒不是他守身如玉，他只是——只是不会爱罢了。有一种人，似乎天生就没有爱的这根神经。"但后来叙述他在道德与自利之间的两难时，叙述人忍不住流露了她的讽刺："他又象煎锅里烤着的饼，一定要两面都烤得焦黄，这饼才算烤得漂亮"，是一种类似于《方舟》的语调。叙述人就这样在叙述中暗含了对人物卢北河以及左葳的否定性的态度和评价。

而对曾令儿的叙述就完全是另一种方式：在道德上肯定，在表达方式上充满诗意。

"她带着一种超凡入圣的快乐，看着低垂着脑袋，坐在会场一角的左葳。""超凡入圣"不是一个一般的词，但通过上下文我们看到，这不是夸张，而是叙述人对曾令儿真诚的赞美，这一赞美又通过卢北河看照片的视角得到再次表达："卢北河只看了一眼，就立刻把它反扣过去，不敢再看。除非小时候她在教堂里见过的那些殉教徒画像，没有一张俗人的脸，可以和曾令儿的那张脸相比。"

以下的描述"曾令儿站在台上，象一株被暴雨狂风肆意揉搓的小草，却拼出全力用她几片柔嫩的细茎，为左葳遮风挡雨"，以形象的比喻，毫无保留地将砝码放在了曾令儿一边，增加了曾令儿的行为在道德上的感染力。

在曾令儿正式出场的一节，对曾令儿的描述使用了充满诗意的语言：

“而现在，曾令儿的夜，是宁静的。宁静得如那蓝黑色的、永远也听不见这尘世上一切喧嚣的苍穹。”“宁静”是一个具有褒义色彩的词，而“苍穹”也毫无疑问地只能被用在富有诗意的语境中，“蓝黑色的、永远也听不见这尘世上一切喧嚣”是一个复杂的修饰语。这样的修饰语使表达的过程被拉长，使苍穹的意义不断推进，逐渐清晰，逐渐饱满，从而造成一种舒缓的语调，有利于叙述人感情的充分传达。

再如对曾令儿每夜等待火车经过的描写：

她会准时地醒来，静静地躺在自己那离铁路很近的小土屋里，怀着些许的欣喜，耐心地等待着那列火车，吭唧、吭唧地从旷野的那方驶来，又听着它吭唧、吭唧地向旷野的那方驶去。好久、好久，她还能感到，它那使大地颤抖的力量。好久、好久，她的神思，还在荒野里追逐着它那连回声都没有的汽笛。

同样充满抒情意味。“准时”、“欣喜”、“耐心”都是正面的表达，“旷野”、“神思”都是非日常的、具有文学意味的词语，“好久、好久”是典型的描述时间的抒情话语，它的重复使用更强化了抒情的遐想的意味。而曾令儿所感受到的“它那使大地颤抖的力量”远非一般现象的描述，而是具有诗意的或说含有一定深意与强度的表达。句式在重复中又有变化，使感情的表达显得意味深长。

甚至对于灯光的描写也有着不同的倾向性，在卢北河就很简单：“灯光透过绿色的纱罩，映出一片不大的光晕”，完全是客观的中性的描写；而曾令儿坐在火车上时，灯光都变得富有感情色彩：“过道对面小桌下的脚灯，发出微弱的、柔和的光，安详地、公平地守护着车厢里每一个人的不同的睡梦。”

叙述人有时也让曾令儿在世俗看法面前呈现出一种谦逊的姿态。“也许她不会，不会撒娇。对一个女人来说，这一定是一种十足的缺陷吧?”“她不懂得女人在爱情中怎么可以是这样的角色，只消等着享受男人的爱抚，并不需要献出自己的什么。到现在她也不能明白。因为她只爱过一次，她的经验太少。在她看来，那似乎只能是一种倾心的，不计回报的奉献。”

“不会撒娇”、“她不懂得”、“她不能明白”、“因为她只爱过一次，她的经验太少”，看似在说她在爱情上的无知，但接下来的叙述让我们看到，作者与其说是在否定她，不如说是欲扬先抑，“扬”的是曾令儿对爱的理解：“不计回报”的“奉献”。“不计回报”、“奉献”都有超越世俗利害的意思，具有鲜明的褒义，这两个词具有如此强大的倾向性，它们强有力地在读者心目中树立起曾令儿在道德上的正面形象，以至于前面所说的“不会撒娇”、“爱过一次”、“经验太少”不仅不算是什么缺点，反而暗示了“单纯”这一优点，同时增加了人们的同情。

为了表现曾令儿的成熟，议论必不可少：“原谅了左葳对她的薄情，丢弃了一切怨恨，而只留下了对他的感念，和一种比以前更博大的爱。”“博大”表现出叙述人明显的无保留的赞美。通过卢北河的眼睛看曾令儿：“只有在她那安详自若的神态里，才可以看出，她已是一个成熟的妇人。那是一个饱经忧患，或是死而复生的人才会有的安详和成熟。”后面一句是对前面一句在语意上的延长和补充，带有较长的修饰语，是对曾令儿的进一步的带有强调意味的肯定性判断，虽然出自卢北河的视角，但很明显地有叙述人介入的痕迹。

还有许许多多曾令儿对人生意义的领悟：“她已明白，令她心潮激荡不已和无穷眷恋的已非左葳，而是她度过如许美好年华的大地，以及她慷慨献出自己所有的，那颗无愧的心。”诗意话语“度过如许美好年华的大地”，以及道德话语“慷慨献出自己所有的，那颗无愧的心”紧密结合在一起，使叙述声音变得舒缓而又激昂，使曾令儿对既往不应有的爱情的超越以及对更高更广的生命境界的领悟变得更加富有感染力。“她无比清晰地记起，二十多年前，身处那涡流中的恐惧、绝望、无力……她为什么不更加珍惜经过那几乎没有生还希望的搏斗，而获得的生命呢？这珍惜意味着，应使这生命在更阔大的背景上，获得更大的意义。”这个更大的意义落实在“社会”上：“就在此时此刻，曾令儿觉得，她已越过了人生的另一高度。她会去和左葳合作。既不是为了对左葳的爱或恨，也不是为了对卢北河的怜悯。而是为了对这个社会，做一些有意义的事情。”而结尾则通过抒情的话语表达了对爱的理解：“她要等，等那新娘醒来。她将告诉她，除了他之外，世界上还有许多值得去爱的东西；她将告诉她，她的爱情已经得到过呼应，她已享受过最完满的爱情，这种可以呼应的爱情，哪怕只有一天，已经足够。因为还有那么多人，过完了没有被呼应的人生。”所有这些议论都揭示了曾令儿成熟的真正内涵，对于读者来说，在既有的道德上的同情与肯定之外，还收获到对人生的深刻认识，这样就在读者心目中树立了曾令儿的可爱而又令人敬慕的美好形象。

可以看出，《方舟》中那种随处可见的辛辣的讽刺消失了，在《祖母绿》中，道德话语和诗意话语结合在一起，形成了柔和深沉、富有感染力的话语风格。舒缓的节奏、复杂的修饰语传达出饱满的丰富的感情内涵，以及迈向更高境界的对生命意义的沉思。与《方舟》中针对社会现实的议论相比，这种对于生命的沉思有更多的诗意指向，但又不是抽象的空灵的诗意，而是与生命境遇交融的诗意，超越了爱而又没有否定爱，经历了苦难与生死而又没有失去激情，曾令儿对生命的理解广阔高远而又脚踏实地，远远超出了“生活”、“理想”、“追求”这些流行话语。作者就这样树立起了达到新的人生高度的女性形象，这一努力是值得肯定的。

但是，我们不要忘了一个大的框架，这种充满诗情的深度叙事是与隐含的道德判断相应的，她只用于曾令儿，并不用于卢北河。《祖母绿》以沉潜的、内敛的叙述取代了《方舟》的辛辣讽刺，但这并不意味着叙述人完全消失在幕后，并不意味着叙述人完全隐藏了自己的主观态度。事实上，正如我们所看到的，无论在叙述中还是在议论中，叙述人的声音和对人物的态度都渗透到字里行间，贬低一方（卢北河），而褒扬另一方（曾令儿），并潜在地对读者的道德判断施加影响。这种对比结构使生命境界的主题得以突出，但也造成了简单化、理想化的问题。对于主人公曾令儿，太多地强调了好的一面，强调了道德上的善，缺乏一种客观的眼光与深刻的剖析。那些复杂的修饰语、那些富有诗意的表达方式也是为这一道德诉求服务的，很多时候它们所表达的只是叙述人尽可能美化曾令儿的愿望。而且为篇幅所限，叙述人似乎急于传达出某些认识，有时不得不借助于概括和象征，所以不无观念性的东西。这些都在一定程度上削弱了作品的丰富性与深广度。

《方舟》中张洁以大胆、泼辣、犀利的语言使她的小说具有鲜明的特色，而《祖母绿》则充满由生命体验而来的沉思和诗情，同样别具一格。但无论《方舟》还是《祖母绿》，在叙事话语的道德诉求上与同时期的作品并未有根本区别。之所以如此，是因为叙述人同样有受制于时代语境的太明显的道德判断以及女性立场意识。只不过，特色与局限交织，给张洁的作品增加了更多的丰富意味。

第三节　社会语境在女性话语中的投影

在80年代前期，女性主题在创作中形成了一个小小的高潮，这些女性小说基本上是“文革”后的社会现实以及在这种现实中女性所面临的问题的真实反映。

“文革”中有一千多万城镇知识青年上山下乡，70年代末80年代初，随着“文革”的结束，大批知青返城。这一规模庞大的“人口大迁移”带来婚姻、住房、就业等一系列的社会问题。在上山下乡期间所形成的勉强的婚姻往往以离婚告终，这成为80年代初的高离婚率的一个重要原因（最为轰动的应当是遇罗锦的离婚案），反映到小说中，既有遇罗锦的《一个冬天的童话》，也有张洁的《方舟》。在上山下乡时因种种原因没有考虑婚姻问题的，在回城后很多成为大龄未婚青年。而无论离婚还是大龄未婚，女性承受的精神压力都要比男性大得多。谢冕在一次张洁作品讨论会上也认为：“我们今天的空气，对于一个因为这种原因或那种原因离了婚单身独居的女人来说，她要活下去，的确有她的艰难。”①

“文革十年”造成了精神文化的荒废，逐步走上正常化轨道的社会氛围使回城知青充满了一切重新开始的危机感，重新恢复的高考成为很多人的救命稻草。对于很多女性来说，高考不仅是机遇，更是精神与体力的考验，因为当她们解决婚姻问题后，还要面临繁重的家务以及生育哺乳的问题。同时，在大批知青回城造成的已近饱和的就业市场中，女性和男性一样要面对竞争和压

① 谢冕：《对于张洁创作的探讨》（座谈会发言摘要），载《文学评论》1982年第5期。

力，而且对于女性来说，压力要更大。女性想力争上游，无论在现实中还是在心理上都要背负更沉重的负担。对于这些女性，陆星儿充满同情地说："她们的青春被耽误了，她们的生活秩序被打乱了，她们只好匆匆地恋爱，匆匆地做妻子，匆匆地做母亲，而且，还要匆匆地抓住一切机会做事业。但即使一路小跑着，仍顾此失彼。"① 张辛欣的《在同一地平线上》中的女主人公对此有直截了当的议论："我就是不考这个学院，我也同样面临生活的各种竞争：加工资、提级、分房子，人与人，想干一个合适点儿的工作，也要靠文凭。你无法代替我去争，即使我和你是一个小小整体的各自一半。我们每个人面临的，也各是一个整个的世界。也许，这个世界对于男人来说，没有多大变化，对于女人来说，却极大的改变了……"

对于"文革"后的文学来说，女性话题的引入并不是一个理所当然的过程。我们还应该记得，《爱，是不能忘记的》中女性情感的登场是借助于社会话题作掩护的，《草原上的小路》中小苔的爱情选择也跟广义的严肃的生活之路结合在一起。进入80年代，在思想解放的潮流中，在现实生活的冲击中，女性问题浮出水面。对女性问题的关注在很大程度上与作家们自身的经历有关。除了已过四十岁的张洁外，这些女性小说的作者大多年龄在三十岁左右，与绝大多数同龄人一样，大多都有着上山下乡回城的经历。曾应枫初中毕业就到海南岛的橡胶农场劳动了七年；王小鹰到黄山茶林场当了六年采茶女工；陆星儿1968年高中毕业后在黑龙江军垦农场待了十年，1978年考入北京中央戏剧学院文学系学习；张抗抗在十八岁时来到黑龙江生产建设兵团，在北大荒劳动了八年，1977年调入黑龙江省艺术学校编剧专业；张辛欣十六岁也来到黑龙江生产建设兵团劳动，后来又当

---

① 陆星儿：《我和我的女主人公》，载《文汇报》1984年3月7日。

过兵，当过护士，当过专职团干部，“文革”结束后考入中央戏剧学院。时代变化给女性的处境带来了转折，也给女性的内心世界带来了冲击，而她们每个人就是这些女性中的一个，所以在她们的作品中我们不难发现她们本人经历的影子。如陆星儿所说，她笔下的那些女主人公“是我的朋友，是和我乘一列火车去过北大荒的伙伴，是和我一道带着满手的茧花走进大学课堂的同学，或者说，她们就是我自己”[1]。榕榕、肖菲、芩芩等人身上既有她们自己的影子，也是众多与她们有同样经历的女性生活的反映。对此她们有着充分的自觉意识，《四个四十岁的女人》的作者胡辛有着“为这一代妇女勾勒一组群像”[2] 的志向。曾应枫的《一个女人给三个男人的信》中借肖菲之口表达了这样的愿望：“应该为我们这一代女人写书，为我们这一代随着新中国长大的女青年写传，写出她们的忧和乐！”小说中对女性艰难奋斗的感情投入的叙述，还有《在同一地平线上》对女性处境的揭示，以及《方舟》中关于女性与事业关系的议论以及最后充满激情的为女性干杯的提议，都表明作家们对女性问题的自觉。而我们所感受到的叙述人与人物站在一起，叙述人声音与人物声音合一的倾向，以及叙述的投入，大量的意在唤起同情与肯定的情感词语的使用，都是作者本人对人物的认同，以及为女性言说的热望在叙事话语中的反映。

除了现实的经历与个人的感受，她们的写作还不可避免地受到一定社会语境的影响，受到主导意识形态的要求。

从大的社会语境来看，十一届三中全会确立了社会主义现代化建设的总目标，文艺自然地成为题中之义。正如《人民日报》评论员文章《党领导文艺的新方法》所说：“我国的社会主义文

---

① 陆星儿：《我和我的女主人公》，载《文汇报》1984 年 3 月 7 日。

② 胡辛：《献给我的同龄人》，载《百花洲》1984 年第 4 期。

艺事业，是党所领导的伟大事业的一个重要组成部分。”① 适应关于真理标准的讨论所形成的思想解放的形势，“发扬艺术民主”、“创造一种最适宜文学艺术蓬勃发展的气氛”的思想得到肯定表述，同时还要强调的是：“我们党和全国人民在80年代的主要任务，就是集中精力，同心同德，聚精会神搞四化。要顺利实现四化，必须有一个安定团结的政治局面。我们希望每一个有志气、有抱负的作家、艺术家和文艺工作者，都要识这个大体，顾这个大局，以党和人民的利益为重，时刻记住自己的职责，充分认识对党负责和对人民负责的一致性，继续解放思想，努力创作出深刻反映我们时代的矛盾和斗争，表现我们时代有革命理想和科学态度、有高尚情操和创造能力、有宽阔眼界和求实精神的四化创业者和人民群众的崭新精神面貌的作品，用崇高的理想来教育人民，影响生活，推动生活。”②

对于新时期的女性小说来说，主流意识形态的影响是明显的。在为《北极光》中陆芩芩这个“新人”的“复杂性”作辩护时，张抗抗考虑的是“新人是不应有什么固定的概念和模式的，而主要应该看她（他）的思想主流所反映和代表的是否属于社会的进步潮流；其次，他们的所作所为应当带有新的时代的鲜明特征”③。张洁也表达了这样的看法：“深入生活，是一个不断观察，不断补充的过程，不这样，我们的作品就会缺乏鲜活的生命力，缺乏时代的特征。”“为了我们文学事业的繁荣昌盛，让我们的作家、编辑、评论家携起手来，共同投入火热的社会主义建设生活中去吧，在那里吸取我们的营养，让我们这个队伍更

① 《党领导文艺的新方法》，转引自《光明日报》1980年2月26日第1版。
② 同上。
③ 张抗抗：《我写〈北极光〉》，载《文汇月刊》1982年第4期。

健康、更壮实起来吧。”① 《一个女人给三个男人的信》中的对“女人的社会价值”以及将本领“贡献到社会中去”的认识，《呵，青鸟》中对“顽强的追求，奋力的抗争”的赞叹以及幸福需要付出的总结，《方舟》中借助“对社会的责任和良心”对荆华、柳泉等人的肯定，都是时代主导话语向创作的渗透。当然，也未尝不可以说，是作家们为争取女性小说的合法性而主动或自觉向主导话语的靠拢。

总的来说，新时期初期的思想文化氛围趋于更加开放，但常常是在迈出一大步以后又缩回一小步。思想解放大张旗鼓，但接着就要分清主流支流；鼓励突破禁区，号召百家争鸣，期待学术自由艺术民主，但稍后的反对资产阶级自由化和清除精神污染又在一定程度上对文艺的发展形成不小的压力。对文艺的要求最后被归结为一个问题，那就是：社会效果。在伦理道德的层面上，文艺被赋予异乎寻常的重要性，被认为“对于提高整个社会的思想、文化、道德水平，负有重要责任”，因此，要描写鼓舞斗志的、积极向上的、思想健康的东西。获得 1979 年全国优秀短篇小说奖的一些作品就被表扬为“闪放着时代光彩，展示了生活的美好前景，给读者以高尚品德情操的鼓舞力量”。这样，占主导地位的意识形态既允准文艺以充分的发展空间，同时也强有力地将文艺纳入时代的总主题总规划中。

对爱情、婚姻道德的讨论也是在这一语境下展开的。道德话语是继“文革”的政治话语之后的又一占主导地位的话语，政治退场，道德登台，出现了很多关于共产主义道德、社会主义道德的讨论，一时之间，道德成为关系到社会主义现代化建设的重要问题。这尤其表现在对爱情的看法上。

一方面，针对“四人帮”在爱情描写上设禁区提出“爱情

① 张洁：《由小道姑把玩遮阳帽谈起》，载《文艺报》1983 年第 8 期。

描写也应在文艺创作中占有一席相应的地位”[①]，认识到“爱情，是客观存在的”[②]。同时又将爱情与道德挂钩，认为“如果是非写爱情不可，就不能马虎从事，而要以对读者负责的态度，写出新意，有益于对青少年进行共产主义道德品质的培养”[③]。《剧本》编辑部、光明日报、《作品与争鸣》编辑部纷纷召开文艺作品中爱情题材问题的讨论会，对爱情描写提出批评与要求，认为有些作品“把爱情强调到了不适当的地步”、“出现不健康的描写，宣扬低级趣味的现象”[④]；指出“文艺创作要有益于社会主义精神文明建设”，“爱情不是孤立的社会现象，而是和一定的时代，一定的社会，紧密地联系在一起的。写爱情，要深刻地反映历史的、社会的内容。有关爱情的描写应该是多种多样、丰富多彩的，但要有一个共同的准则，就是必须合乎社会主义法制，共产主义道德”。[⑤]

婚外恋情是伦理道德领域的一个关注重点。自从张洁《爱，是不能忘记的》发表以后，对婚外恋情是否道德的讨论达到白热化的程度，恩格斯《家庭、私有制和国家的起源》同时成为赞成与否定的双方引用的经典。肯定者将恩格斯所说的“只有根据爱情结合的婚姻才是合乎道德的”奉为圭臬；否定者则强调恩格斯的“彼此相爱是夫妇的义务”，认为不能笼统地同情婚外恋或谴责既有的道德规范，社会正常的生活秩序和人们的社会主义、共产主义道德以及健康的精神境界才是最重要的。虽然争

① 冯垒垒：《从不准写爱情看“四人帮”的假左真右》，载《光明日报》1978年4月15日。

② 张德华：《谈文艺作品写爱情》，载《文汇报》1978年5月2日第3版。

③ 彭放：《爱情：严肃的主题》，载《光明日报》1980年8月20日第4版。

④ 同上。

⑤《文艺创作要有益于社会主义精神文明建设》，载《光明日报》1981年11月7日第1版。

论的双方不相上下，但这种争论造成一种广泛的影响，产生了一个结果，那就是使爱情、婚姻中的伦理道德成为一件不容忽视的、严重的事情。

在这样的思想氛围中，对于世俗伦理道德，这些小说作者表现出复杂的态度。一方面是质疑。《呵，青鸟》中涉及对女人的看法时说："有人说，女人应该柔顺一点。她也佩服有些女同志，能象云一样柔地对待一切不顺心的事。""男人大概都喜欢女人会谦让、会'发嗲'。榕榕可能不属于这种'标准'的妻子。"表现出榕榕对标准女性角色的区别意识。《在同一地平线上》谈到离婚时有这样激愤的表达："一个戴着离婚帽子的女人，可以成为一千种矛盾的祸根！"此外，《春无踪迹》中寡妇邵心如在舆论压力中的如履薄冰，《方舟》中对《一个冬天的童话》的提及，以及大量的对世俗女性观以及女性所遭遇的社会不公的讽刺，都表明了这些作品自觉拉开了与世俗伦理道德的距离，表明了其现实针对性。另一方面，这些女性小说对于伦理道德火力所向"婚外恋情"这一方面，既有所试探，又多多少少地表现出小心谨慎的一面，尽量用奋斗、理想、追求这些东西来掩盖或者装饰这种因素。

《呵，青鸟》中舒榛标新立异地提出与榕榕不通音信各自生活，在误解与疏远中，夫妻之间的感情日渐变得隔膜。赵国凯一直对榕榕有深沉的感情，榕榕对他也不乏好感，但小说并未允许一段婚外感情的展开，而是有意地强化了赵国凯在榕榕的自我奋斗中所起到的鼓励与指引的作用，最后让恪守道德的两人及时地抑制了彼此的感情，从而将读者的思想引导到既定的轨道上，使读者和榕榕一起琢磨"幸福"的意义，并看到榕榕与舒榛之间"破镜重圆"的希望。

《北极光》中芩芩与费渊、曾储的交往不无朦胧的寻找爱情的因素，但此时芩芩已经与傅云祥登记。作者安排芩芩已经与傅云祥登记，看来是对伦理道德的试探，而当世俗伦理道德作出了强烈的反应，作者马上又以小说表现人生态度、生活道路、思想发展来为之辩护。婚外爱情是显然要被回避、被否定的。

《春无踪迹》中干脆将邵心如对比她年轻的晓岱的感情掐断，并将晓岱叙述成为支持邵心如冲出世俗罗网的精神力量。

陆星儿谈到《美的结构》时则表达了试图综合伦理道德与婚外爱情的想法："有时，出于某种道德情操、出于某种应负有的责任感，总要牺牲掉自己的某种需要，包括感情。"但同时她又肯定郑涛声与林楠之间的感情是"产生于爱情，又比一般的爱情更崇高的爱，互相没有要求，只是无私的援助和给予，他们不建立任何关系，又有着无形的、比任何关系更亲密的关系，它超脱了婚姻、家庭常常会带给人的太琐细的联系及各种束缚和钳制"。①

在《爱，是不能忘记的》对婚外爱情的大胆告白所引起的关于伦理道德的纷争之后，这些女性小说既涉及婚外感情，又都明智地将可能与女主人公产生婚外关系（或可能因之触犯既有伦理规范）的男性描述成要么是奋斗中的帮助者，要么是理想的指引者，以避免来自现实社会的可能的责难和麻烦。赵玫敏锐地发现了女性小说中的这种"两难"，认为"这其实是女性对道德上的自我所进行的一种心理探索，她们的困惑是由于她们既想充分地实现自我又希望能对自己的道德行为负起责任来，这便只能使她们陷入一个深刻而又复杂，有时甚至是说不清的困境中"②。

总之，这些女性作家们是敏感的，也是用心良苦的。她们赋

---

① 陆星儿：《应该是这样一种"结构"》，收入肖凌燕编《东方女性——婚姻伦理小说选》，文化艺术出版社1985年版。

② 赵玫：《知识女性的困惑与寻求》，载《当代作家评论》1986年第6期。

予所描写的女性勤奋、善良、正直或单纯的品格，伴随在她们左右，呈现她们内心的矛盾、软弱、欣喜等种种情感，用一些褒义的词语对她们加以概括或议论，自觉或不自觉地，争取着人们对她们的同情，以减少在社会语境中的道德敏感性；此外，还尽量地融入了符合时代精神的宏大话语，提升她们的形象。但是，文学不可能完全跟意识形态、跟主导话语一致，也不可能完全跟伦理规范一致，很多时候并不完全符合其要求，甚至要越出其边界，要留下些微蛛丝马迹。于是很多小说受到讨论、批评、质疑。

曾镇南将陆星儿和陈可雄合作的一些小说与陆星儿独自创作的一些小说作了对比，肯定了他们夫妇合作的小说“广泛地描写社会现象、概括一个时代的面貌”的“开阔的气象”之后，虽然对她独自创作的小说的立意以及对女性内心世界的细致刻画表示赞赏，但着力指出她“只看重人物内心感觉而忽略人物与人物外部关系的揭示”的问题。在榕榕的描写上，曾镇南认为“给人一种内心异常丰饶而行动却过于单纯的印象”，这“影响了深入把握时代、生活的变化怎样在榕榕内心中引起变化，不能把榕榕置于当代青年的不同的人生方向的冲突与碰撞中加以刻画”。[①] 其意见不无中肯，但从中可以看出强调表现社会、时代的主导话语对女作家的强制要求。在这种要求的对照下，对女性内心生活的深入表现就成为不尽如人意之处；或者说，女性对内心的表现被认为是不具有太高价值的。但是，我们完全可以从另一个角度来评价，陆星儿完全可以不顾时代要求，集中于榕榕的丰富的内心世界，小说同样会成为一个结构完整的作品，而她为了满足表现时代的要求所作的努力——设计肖点点、秦辛作为榕榕的对比，展现时代青年的不同面貌——则恰恰成为一些具有明

---

① 曾镇南：《拉纤者的沉重足迹》，载《女作家》1985 年第 1 期。

显人为痕迹的生硬的因素。从这个意义上说，陆星儿的小说同样是与主导话语妥协的产物。

对于张洁的《方舟》，有人认为写了太多的黑暗面，认为“文艺创作暴露生活中的问题是可以的，但作者的政治热情应该象太阳一样照亮生活，应该象丹柯一样掏出心来引导人们前进”①，并追问：“为什么不告诉读者历史的坚实进程和现实生活中明白无误的希望呢?”②

《北极光》引起了较大争论。有人认为这是一个爱情故事并对芩芩在爱情中“掂斤估两”、“见异思迁”的态度提出批评③，有人为之辩护说“作者无意去单纯地表现爱情的纠葛，而恰恰是要写出一代青年中纷沓杂色的精神状态”④。虽然有人认为陆芩芩与《啊，生活的浪花》中的女主人公都是“在时代转折的关头，看到了新生活的曙光，开始厌恶世俗的生活态度和准则；她们在感情上的变易，深刻地反映了一代青年的苦闷和追求，反映了时代的变化和生活中出现的转机和希望”⑤；但也有人坦率地指出：“事实上，很多青年读者并不十分认真地看待《北极光》中那些外在的关于人生和现实生活的议论，而是朴素地、直截了当地把它看成一篇描写爱情纠葛的小说”，认为陆芩芩“虽然不断地在想象中提高着、深化着自己的爱情追求的社会意义，但由于她的整个追求实际上和我国当代青年的生活和理想脱节，只是囿于她自己的爱情纠葛之中，所以这种追求的人生探索

---

① 《对于张洁创作的探讨》（座谈会发言摘要），载《文学评论》1982年第5期。

② 叶萍：《方舟在哪里?》，载《文汇报》1982年4月27日。

③ 陈文锦：《创作意图与作品实际倾向的矛盾》，载《光明日报》1981年11月26日。

④ 张志国：《主观臆断与文艺批评》，载《文汇月刊》1982年第1期。

⑤ 王纪人：《评几篇中篇小说的爱情描写》，载《文艺报》1982年第3期。

方面的内容是极为贫弱的，剩下的仅只是略带病态的恋爱与婚姻问题的吟味”①。之所以有这么多互相矛盾的看法，显然是因为小说糅合了不同的话语。如前所述，小说中当然有爱情的因素，但作者又以“北极光”的理想掩饰爱情，并不时流露出表现时代青年的人生观与思想的雄心。而当爱情遭到批评，作者就将后者提到了首要位置，强调“芩芩对三个青年逐步的认识过程，也是芩芩的思想演变、发展、完善的过程”②。事实上，正如有的论者指出的，作者对芩芩是很熟悉的，“能把‘这一个’写活的原因之一，自然是由于作者对她所创造的人物倾注了极深的感情。”③ 而费渊与曾储，却各有简单化、理想化的一面，这是因为他们只是作为作者理性化的思想框架中的棋子被摆在了规定的位置上。对于小说来说，这个符合时代要求的思想的框架必不可少，只不过要付出一点艺术上生硬的代价。同时，我们又看到，即使被写活了的芩芩，同样遭到了否定——来自道德立场的否定。

在这些批评的声音中，我们清楚地感受到伍尔夫所说过的对女性写作不断提出要求的那个外在的声音：“时而叨唠，时而奖励，时而压制，时而忧怨，时而惊骇，时而有长者之风。那个声音就不肯对女人放松，一定要管教她们……”她并且感慨道：“在那种纯族长制度的社会里得需要何等的天才，何等的忠直才能抵得过那些指摘，才能毫不畏缩地抓住她们所看见的东西。”④

① 曾镇南：《爱的追求为什么虚飘?》，载《光明日报》1981年12月24日第3版。

② 张抗抗：《我写〈北极光〉》，载《文汇月刊》1982年第4期。

③ 滕福海：《求索勿知足　更上一层楼》，载《光明日报》1982年1月28日第3版。

④ 弗吉尼亚·伍尔夫：《一间自己的屋子》，王还译，生活·读书·新知三联书店1989年版，第92页。

虽然伍尔夫说这话时是1928年，时间已经过去半个多世纪，但那个制约女性写作的声音依然强有力地回响着，只不过“族长制”在这里表现为一种以时代精神、社会效果、伦理道德为名的宏大理念。而在批评家手中，这些理念往往如上方宝剑般光芒四射，给人以威压，以至于已经内化为女性内心的声音，当她们拿起笔来写作，首先想到的不是把真实的熟悉的自己表达出来，而是时时想到要满足这些外在的宏大话语的要求。同时，她们又难以放弃真实的感受，于是她们选择了糅合各种话语的方式。可是这样做的结果，往往是费力不讨好。

可以看到，围绕几篇小说展开的论争都是从思想内容方面进行评价的，即便是从艺术表现入手，最后也往往牵扯到道德观念。在强调伦理道德的社会氛围中，无论是写作者还是批评者，都将注意力集中于作品所传达的理念、人物的道德倾向、作者对人物的道德立场。所以，在评论一方面，使得关于文学的讨论常常变成对思想内容、道德观念的讨论，并从社会效果方面向作者施压。而至于对作品本身的艺术水平的评价，则常常被忽略。在写作者这一边，造成的结果就是，为了“‘保护’自己，避免与某些不太友好或不善解人意的读者群体发生直接的接触”①，较少采用第一人称，往往以人物为“代言人”；此外，女性问题的提出是既勇敢又谨慎的，表现女性、关注女性，但往往又给它戴上一顶符合时代精神的大帽子，对一些世俗观念不以为然，但又不能大胆挑战禁区，所以作家们更要与人物站在一起，以情感上的感染力为她们辩护，树立她们的正面形象。有时，外在伦理观念的影响损害了作品本身的真实，造成明显的矛盾或者不足。

总之，在社会思想文化的层面，并不特别具备适合女性小说

① 苏珊·S. 兰瑟：《虚构的权威》，黄必康译，北京大学出版社2002年版，第229—230页。

蓬勃发展的条件。关于伦理道德的讨论形成对女性小说不利的社会氛围，这是树立形象而不是挑战既有规范的时期。这些女性小说附属于时代话语之中，在主导话语的框架之下，伸出了突破的触角，但毕竟在话语方式上仍有沿袭既往之嫌，无论在思想上还是在表达方式上，女性个人话语的真正觉醒突现，还有待 80 年代中期。

第三章　个人的声音

20世纪80年代中期以来，女性小说开始较多地采用第一人称叙事。本章所要讨论的不包括第一人称的异故事叙事，而主要包括那些表达了“个人的声音”的叙事文本。关于“个人的声音”，苏珊·S. 兰瑟作了定义。她说：“我用个人声音这个术语来表示那些有意讲述自己的故事的叙述者。”[①] 她指出，因为个人声音并不具有作者型叙述声音先天具有的优越性，因而其权威易大打折扣，此外，个人型的叙述无法采取无性别的中性掩饰手段，因而读者对于叙述人的女性气质的表现会有种种不同的反应。[②] 这一切都决定了女性小说中“个人的声音”并不是一个简单的叙事方式的选择，而是一个问题，即与现实语境有关并受其影响的问题。在新时期的社会语境中，“个人声音”的出现及其发展变化尤其值得探讨。

如南帆指出的：“第一人称的增多同主体位置的上升存在着微妙的联系。”[③] 与第三人称叙事相比，“个人的声音”意味着对一种没有归属、无形然而又普遍的话语权威的突破，对女性个体的肯定。不管写作者是否愿意接受，在一般的观念中，第一人称“我”多多少少都会引起对作者自身的联想与指认，而在创作过程中，第一人称往往也为作者自身留下痕迹提供了方便，它比第

---

① 苏珊·S. 兰瑟：《虚构的权威》，黄必康译，北京大学出版社2002年版，第20页。

② 参见苏珊·S. 兰瑟：《虚构的权威》，黄必康译，北京大学出版社2002年版，第20—21页。

③ 南帆：《第一人称：叙述者与角色》，载《钟山》1993年第3期。

三人称更多地关涉作者的自我。尤其是表达了“个人的声音”的第一人称女性小说常常有着自叙传的性质，在很多情况下，写作者所要面对的，往往不仅仅是一个单纯的文学文本的世界，而且包括现实世界的诸种可能反应。这样，作者自身就更多地卷入文学语境中，并会采取相应的修辞手法来应对语境。这一切都会在叙事话语中有所表现。通过分析叙事话语，我们可以看到文本与现实世界或显在或潜在的复杂关系。从这一关系，可以进一步对叙述者的主体性加以判断。这最终归结为一个问题，那就是：写作者是否通过叙述者建立起了自己的话语权威，是如何建立的。

话语权威的概念来自苏珊·S. 兰瑟的《虚构的权威》一书。“它指由作品、作家、叙述者、人物或文本行为申明的或被授予的知识名誉、意识形态地位以及美学价值。”[①] 话语权威既跟文学形态有关，也跟现实世界有关，换句话说，是通过文学修辞获得读者的肯定、尊敬与赞同，建立影响，确立可靠性，从而赢得在知识领域、意识形态中的地位以及美学价值。苏珊·S. 兰瑟强调了复杂的不断变化的社会常规对女性叙事的影响，从而将话语权威的概念与社会语境联系起来。在考察第一人称女性小说时，话语权威的概念对阐明叙事话语、主体性与社会意识形态之间的复杂关系具有重要作用。

本章重点分析的文本包括遇罗锦《春天的童话》、刘索拉《蓝天绿海》、万方《在劫难逃》等。之所以选择这些文本，既考虑到它们在当时的影响或作品本身的艺术水准，更重要的是，在历史线索上，它们的出现并非偶然，而是很有代表性地体现了叙事话语中新元素的出现，而在叙事话语上的这种变化又体现出

① 苏珊·S. 兰瑟：《虚构的权威》，黄必康译，北京大学出版社2002年版，第5页。

与社会语境紧密地联系在一起的女性叙述主体的发展变化。

第一节 主体可疑的叙事话语

在张洁的《爱，是不能忘记的》中，母亲的故事负载了感情的内涵，“我”则承担了讨论社会话题的主要功能，叙述人“我”与女性的感情故事之间有着安全的距离，所以只能算是对第一人称女性小说的一种非常有限的试探，并不是真正意义上的“个人的声音”。

紧接着张辛欣在《收获》1981 年第 1 期发表了《我在哪儿错过了你?》。这篇小说主体部分全是第一人称自诉，完全可以处理为第一人称小说，但是作者还是在开头结尾罩上了第三人称的框架，拉开了与人物“我”的距离。在第一人称倾诉的段落，我们可以看到，叙述人的本色语言与所谓的符合传统观念的女性话语方式奇怪地糅合在一起。

叙述人“我”在开始叙述时有这样一段话：

> 我给我心中另一个世界的人们安排相遇的机缘，然而在现实生活中，我自己却很难找到。我知道，我这么说，会得罪许多男性，会使一些男孩子伤感，会遭到一些男子汉的轻蔑；但这是没法儿抑制的打心底来的叹息：值得去爱的男人实在太少！

“我知道”这一句，很奇怪的，叙述人“我”离开了自己所要叙述的内容，转向了现实的世界，主动将来自现实世界的可能的否定态度纳入视野，并为自己辩护。这种叙述上的谨慎周全实际上反映了现实世界的看法对叙述人自我的强大影响，也是叙述人不自信的表现。

渐渐地，叙述人“我”似乎找到了自己的话语方式，直接的、情绪化的、口语的：“不能理！要是白他们一眼，他们会以为是得了‘青睐’，叫得更欢势！”“男孩子们还在幸灾乐祸地吵吵”，“我根本没功夫衡量我和这一大堆人的力量差，我只知道，挤不上去也得挤上去，车不能老停在这儿！”“是他！这家伙够固执的！”

但在这中间，我们感受到一种柔和的委婉的语气：

我竟遇到了你！可是，又当面错过了！

那就是你！我怎么会想得到呢?！你说我该怎么做呢？柔声柔气地恳求？坐在路边淌两行眼泪？……现在，我是多么愿意温柔地待你，哪怕什么也不说，什么也不做，只是默默地瞧着你！

但在这温柔的、抒情的话语之后叙述语气马上又回复到本色状态：

可是，如果再有那么一回，我也不能保准儿，我的本能会做出什么更合体的举动。

八字没一撇的事儿实在不想瞎嚷嚷。可要是含糊其词，谁知那几个假道学特别敏感的脑袋，又会联想出什么活灵活现的细节！何必给他们添彩！

进一步考察，可以看到，之所以在话语上表现出这种杂糅的特点，是因为存在着两种观念的冲突，存在着对女性“自我”的矛盾的看法。一开始叙述人“我”面对世俗观念充满了自我肯定：“我想对这夸奖表示出按常理应有的羞涩或者不以为然，偏偏按捺不住要笑出来。”“我能背出一堆公认的女子美德：贤惠、温柔、忍让、文静、含蓄……然而对你这个评价我并不难过，我倒宁愿自己是这样子!"

"我能背出"暗含了态度，使下面引出的"女子美德"具有贬义的特征。因为相对于"理解"与"接受"，"背"与"死记硬背"等词相关，使所"背"的东西被赋予了一种僵化的特征。叙述人贬低了传统的女子美德的地位，紧接着在与传统相区别的意义上大胆地肯定自己。这样就在有意无意中引导着读者对叙述人"自我"的接受。这样的话语表明一种对关于女性的既定观念的清醒认识，标出了作品的现实语境，暗示着叙述人针对现实发言的意图。

但发展到后来，"我"通过对往事的回顾，说明自己的中性甚至男性化"并非生来如此"，是社会压力外在环境的逼迫使然。"我想，现在社会对女性的要求更高些，家庭义务、社会工作，我们和男性承担的一样，甚至更多些，迫使我们不得不象男人一样强壮。""假如有上帝的话，上帝把我造成女人，而社会生活，要求我象男人一样！我常常宁愿有意隐去女性的特点，为了生存，为了往前闯！不知不觉，我变成了这样！……"似乎在控诉，在控诉中又有对于自我现状的辩护，于是顺理成章地导致了在爱的名义下的自我否定："然而，在我的生活中现在有你存在着，一切都变了！为了你，我愿意尽量地改，做一个真正的女子!"潜在的语义是自己的形象不是真正的女子，而真正的女子是符合陈规的。这与自我陈述开始时的自然率性、我行我素已大不相同。面对本来的自我与来自男性目光的要求，女性叙述人表现出困惑："你啊，看重我的奋斗，又以女性的标准来要求我，可要不是我象男子汉一样自强的精神，怎么会认识你，和你走了同一段路呢?"这种困惑、矛盾正是叙事话语不和谐的原因。

这种困惑的倾向延续到张辛欣的另一篇小说《在同一地平线上》（载《收获》1981 年第 6 期）中。小说中的女主人公虽然执意追求自己的事业，但更多地表现出归依的渴望。摆脱了家庭生活以后，女性叙述人说："跟家庭生活的负担相比，清苦的学生生活会有一种精神上的解脱以至轻松感。我再也不必按另一个人的生活习性强制自己改变。我再也不顾虑他喜欢我怎样做，不喜欢我怎样做，而时时感到约束的力量。我甚至不大照镜子了，我不再需要为了谁而关心自己的容貌。"这是一种隐含着女性进步与解放意义的话语。

但是，同时小说中又回响着另一种声音："我根本不是要强，而是你把我推到不得不依靠自己的路上。""我不得不走出来。既然走了，就得走下去。很少有人们所说的'自豪'，更多地感到孤独，更希望得到你的保护。想要紧紧依靠你，在精神上依靠你的感觉不是少，奇怪，是更深了……"叙述人对此表现出明显的自觉："我这是怎么啦?！难道我注定要在专注地、不变地去爱的本能和不断地保持自己的奋斗中，苦苦地来回挣扎?"进一步的追问引出了对不平衡关系的抗议："为什么?！男人总是在需要的时候才想到爱，而女人呢，为什么总要在爱的压迫中，在艰难的付出以至丧失中才能得到筋疲力尽的心理上的满足？这太不公平了！"

"难道我失败，我越弄越糟糕，是本来就不该动，不该走?我并不是一定要冲到什么地方去，我的愿望很小，有什么错呢?"女性叙述人的声音是低调的，声明自己"愿望很小"，并夹杂着叹息和怨言："在一起生活，他却什么也不能给我！他只打算让我爱他，却没有想到爱我、关心我。我觉得，他只要得到家庭的快乐和幸福，而我却要为此付出一切!""我还能退到哪儿去呢？难道把我的一点点追求也放弃？生个孩子，从此被圈住，他就会满意我了?"

这样的叙述，意在呈现女主人公的内心，表现女性独立话语与传统的依恋男性的话语的纠葛。虽然作者在男女双方面临竞争不得不奋斗这一点上给予了均等的理解，但在众多的批评文章中可以看到，绝大多数都对男主人公以干脆利落、快节奏的、自信的话语方式表现出来的“个人主义”大加挞伐，表现出对个人主义的严厉态度，而对女主人公多多少少都表示了同情。这显然与女主人公低调的、困惑的、疑虑重重的话语方式有关，在这种话语方式背后，我们看到的是一个面对矛盾无能为力的女性叙述人的形象。

遇罗锦《春天的童话》（载《花城》1982 年第 1 期）在第一人称女性小说的创作中具有标志性意义。这是新时期第一部勇敢地叙述女性自我情感故事的小说，也是一个问题多多的文本。

这篇小说形式上是“我”在叙述，但这个“我”的主体性是非常可疑的。

小说一开始，面对具有革命资历的作为主编的“他”，“我”不自觉地处处猜测对方的心思。“我”把小说写完一半以后去交给他看，“这么快？才写一半就这么多了？”“我”从他的话和神情推测道：“哦，他是嫌我办事太急躁？他是担心我写快了，写不出好东西？他干嘛不相信人呢？”“我”的想法、“我”的心理活动极大地受他的制约。当“我”告诉“他”自己曾在小学四年级时在一本书上登过一篇作文时，“‘那算什么？’他微微一笑。那神气，就像在对待一个无知而可笑的小孩子。”“小孩子”的想法不是“他”说出来的，而只是“我”自己的想象，甚至可以认为是“我”的自我暗示。在另一处，这一点被明确地表达出来了：“什么时候我能在他面前永远做个小学生呢？我多么迫切地希望，有个人指教我怎样为人处世！”这样的句子既表现出假幼稚之名而获得豁免权的愿望，更重要的，也表现出叙述人对权威的寻求。

“他”对“我”书里的爱情进行的评论“不由令我打心底里

敬服得倒抽一口冷气。难道，他比我自己还认识我，还了解我吗？那宽大的闪闪发亮的额头里，果真藏着许多智慧！”“他用那无所不知的目光掠了我一眼。这一眼，仿佛将我那封没有写出的心里的长信，全都看透了。”在这种猜测和惊叹中，“我”拱手把理解自我、分析自我的权利移交给了对方。“我”心甘情愿地躲进了权威的阴影中，并且对这种权威充满信赖。

接下来的叙事表明“我”具有令人惊讶的想象力。由“他”的叹息“我”想到：

在这叹息里，有多少无言的话语和无法衡量的感情！仿佛他在怜爱地责备我，预感到我们的爱情是个无法成为现实的悲剧；似乎又在由衷地感动，为我的眼泪而震惊；又像在哀叹自己爱情的历史，为眼前的处境不知所措……

从“他”信中的只言片语“我”推论出：“他对我离婚的念头感兴趣；他不希望我异想天开，让我面对现实，把困难多想一些，才能成功；他要和我‘永以为好’；除了他，世上没有人能这样待我。……”并猜想对方的情形：“台灯下的他正一手托着额，一手握着钢笔，在踌躕地写这七个字，又用括号括起来……用有意和无意的形式来暴露自己，露出自己那颗多年孤寂的、得不到爱的心……这七个字有多重的分量！似乎在试探地问我愿不愿、能不能挑起来？一颗封锢的心向你启开一条小缝——只有深沉的、有涵养的老年人才能用含蓄的方式向你启开这条小缝……我爱他吗？或是想安慰他？想给他一点温暖？……我的心里，只有沉重和怜悯！但愿我能给他一点温暖和安慰！”“我”不停地猜想他的情况、他的意思、他的需要，这种猜想不知不觉地把自己引向这样一个位置：一个提供感情安慰的位置。这也是传统所认为的女性应有的位置。

看起来“我”似乎被一种近乎偏执的自我感觉控制住了。但换一个角度看，我们会发现：在这种自我感觉的深处，是对权力的臣服。这里的权力，既与社会等级有关，也与性别有关。“我”在潜意识中对自己的定位是：一个为具有一定社会地位的人提供感情安慰的女人和一个小孩子，无论哪一种都是或者在智力等级上或者在社会关系等级上处于下位的。“我”的想象不自觉地受这种权力关系的制约，同时也未尝不是对这种权力关系中所包含的意识形态的主动配合，它不自觉地复现了这一权力关系，并进一步巩固了这一权力关系。这样，我们所看到的就是，在叙述话语中，“我”的思想空间几乎完全被“他”占据。“我”先建构起一个“他”，然后“很自然地”在这一建构的空缺处填补上自己。也就是说，“我”的位置是通过诠释“他”来划定的，完全取决于“他”，从属于“他”。在不平等的权力关系中，“我”主动地一无所知地出让了自己的精神领地。

所以，并不奇怪，“我”常常表现出明显的不自信与自我贬低。“我不相信自己有写作才能，没有任何人像我那么笨拙，像我在写作上花费的功夫那么大。”“我”对读者的直接呼语则表现出对读者的过于热情的关注，在这种关注之中既有因不自信而产生的焦虑，也有对读者认同的渴望。“读者，也许你们以为我这个人办事太没有原则了，是吗？为什么要签字呢？我承认我有许多软弱处。但是你们可曾了解我久已失去工作的心情，我因为没有工作所付出的代价？我生怕即将到手的工作又会因我的强硬态度不翼而飞。我太知道没有工作、四处求生的苦处了！”“敬爱的读者，当故事讲到这里，你们还爱听吗？如果还爱听，请闭上眼睛，先猜想一下我在信中提过的问题——那七个字使我几夜都没睡好，眼泪流了有六大车——你们猜我哭的是什么？”“哦，读者，请别见笑，我从没为舒鸣避过孕。”

在叙述的过程中，叙述人的声音不时也会高亢庄严起来。例如，关于自己的感情，叙述人如是说："他哪一天才能了解，这种最高的爱是自我灵魂的一次革命，是时代的责任感，是文坛上的必然产物，是我们这一代人比他们那一代人的根本的进步?"关于"我"与"他"的未来，叙述人曾经这样想象："长沙发上，厨房里，夜晚的林荫路边，我都可以像个孩子一样抱他，亲他，吻他"，"淘起气、任起性来，能把他气笑了"，似乎想用孩子来将男女之间的亲昵纯洁化。一切的想象都充分表现出叙述人对感情的渴望。但是，在一大段关于两人幸福生活的想象后，却这样结尾："如果我死在他之前，我是多么福气；如果我死在他之后，我相信，再大的悲痛也压不倒我的事业心——不管做什么，无论是大事还是小事，只要对人们有益的，我会一直做到做不动为止。"叙述人虽然在感情的表达上一发不可收拾，但却仍然意识到要超越私人的情感，要对"人们"、"事业"表示一下关注。

"灵魂"、"革命"、"时代"、"事业"等宏大话语的引入饶有意味，这可以理解为社会语境的压力，也可以理解为针对潜在的道德指责所采取的预先防卫，或者以此来提升人物的精神境界，从而获得社会的支持和认可，增加自我的权威。但不管怎样，因为这种宏大话语并不能整合到叙述人的话语之中，所以实际上这样做的结果就是失去了真实性。"叙述者的权威让位于某种内在的总体叙述声音，并因此而变得凌乱偶然。"① 这里的总体叙述声音就是时代的声音。

总之，这篇小说的叙述人要么将"他"恭迎进来作为自己思想的主宰，要么模仿社会主导话语，在应该展示个性的地方，却是毫无掩饰的自卑、自我否定。面对读者，她表现出来的常常

① 苏珊·S. 兰瑟：《虚构的权威》，黄必康译，北京大学出版社2002年版，第205页。

是不自信，请读者原谅自己的不坚定，大声为自己辩护。在随处可见的对于“他”的言行的微言大义的猜想论证中，叙述人在叙事话语中的空间完全被“他”占据。这种在爱情名义下的自我勾销再清楚不过地呈现了一种性别与社会权力关系下女性的蒙昧和女性主体性的丧失。

另外，是想获得权威，还是仅仅想“真实地”叙述自己的故事？叙述人对这个问题似乎并不是很清楚。在谈到《一个冬天的童话》时，遇罗锦表达了对“真实”的看法，认为：“我们的社会为什么能允许极左路线猖狂地横行多年？为什么真理的咽喉被掐断？为什么哥哥那样的硬骨头被摧残？各种封建的、虚伪的歌功颂德，不讲真话粉饰太平，溜须拍马之类社会风气的存在，不能说不是原因之一。”“作为拿笔杆子的人，如不敢于正视自己，没有一副勇率的心肠，又如何去解剖别人？又如何引起读者的共鸣？生活里的事明明是那样发生的，我们却偏要这样去写，好象生怕失去自己的什么有光彩的东西。”她相信广大人民“最希望看到真实的、充满生活气息的作品”。①

在《春天的童话》中，叙述人也不止一次谈到真实问题：“现在的小说很少有一篇从头到尾令人觉得真实的，不是假话文学，就是半真半假文学，这就促成我想和它们针锋相对。”在给何净的信中说：“在生活中，谁都想知道事实和真相，总因周围的虚伪太多而痛苦。可是一旦涉及到自身时，哪怕连个要饭的，大约也要顾全自己的面皮和‘威信’。孰不知，威信决非由遮掩和虚伪得来的。如果人们觉得《过去的故事》美，美的决不是事情本身，而正是说实话的勇气。这种美，是要代替所有的‘修饰美’的。”

---

① 遇罗锦：《关于〈一个冬天的童话〉——给全国各地读者的回信》，载《青春》1981年第1期。

的确，在新时期初期，真实成为一个用来克服“四人帮”导致的概念化、伪真实创作的强大武器，相对于“虚伪”的“假话”，真实自有一种不容忽视的力量。但同样不容忽视的是人自身对于真实的认识，以及在这种认识中体现出来的主体性。仅仅是事无巨细地呈现真实与将自己对真实的认识融入其中，在叙事效果上是完全不同的。《春天的童话》的叙述人似乎一直执著于讲述“真实”所具有的道德优越感，所以勇敢地暴露自己的盲目、偏执与混乱，似乎从未想过以一种有距离的话语方式来叙述自己的故事（当然这与叙述时间与故事时间本来相距甚近有极大关系，但这并不是关键所在。）——那样显然更能显示出叙述人自我理解自我超越的能力。但是事实是，叙述人仅仅在开头站在当下立场说了一两句话以后就不见了，完全让位给作为人物的自己。在叙述过程中也极少从当下出发对之进行评论。这样当然符合表达真实的需要。但对于读者来说，就失去了一个理解、评价作为人物的“我”的可资参照的坐标。读者一直不知道，在叙述的时刻，叙述人“我”的认识成长到怎样的高度，叙述人是从怎样的立场出发来看待过去的自己。但叙述人似乎有意不想让读者知道，她把一切“真实地”交给读者，由读者自己去判断。而这显然是对叙述人不利的，人物的盲目幼稚很容易被读者认定为叙述人的盲目幼稚。这样就等于在听一个不可靠的叙述人讲故事。结果当然不会导向对人物以及叙述人的理解、同情与认可，而是相反。当然，叙述人并非毫无树立权威的意识，但在她想获得权威的地方，她借助的流行的宏大话语恰恰损害了叙述话语的真实性。而在她真实地叙述自我的地方，她的自卑恰恰使她在读者心目中失去了权威感。极少数的既真实又有权威性的时刻在于对过去的回忆和判断，以及平和的具有沉思意味的叙述；但这样的时刻却被淹没在叙述人嘈杂混乱的叙述中，难以辨析。

总之，《春天的童话》中既有坦率，也有盲目，对女性的主体缺乏自省意识，却又不无自觉地引入宏大话语以提升女性叙述人的形象。在叙述话语中我们看到的是社会中的性别权力结构及主导意识形态投下的浓重的阴影，是女性尝试表达自己时的青涩幼稚。

第二节　离经叛道的叙事话语

相比之下，在刘索拉的《蓝天绿海》（载《上海文学》1985年第6期）中，叙述人“我”的主体性是非常鲜明的。小说一个层面的内容是“我”对自己在录音棚录音情况的叙述以及种种与唱歌有关的联想和议论，另一个层面的内容则是对女友蛮子的回忆与思念，这一内容贯串始终。虽然两者以节分开，但即使在第一层面中，也随处可见蛮子的身影。与这种概括性的内容介绍相比，对小说叙事话语的分析显然更能说明问题。在很多时候，这个叙述人无视文学成规与社会语境；但在另外一些地方，对他人话语又不无考虑。其话语策略与其想树立的自我形象之间同样有复杂而微妙的关系。

小说一开始就出现了脏话：“如果你的朋友再喝醉了告诉你，躺在录音棚里听‘let it be’跟躺在澡盆里听差不多，你一定要回答他：‘去你妈的吧。’”尽管是假设，可是“去你妈的吧”，还是给人以突兀印象。它强制性地把读者带进了一个有点儿陌生的语境中。但叙述人显然并未考虑读者的反应。在回忆蛮子火化那天的情景时，叙述人说：“无论是天、楼房、烟，都是非常干净的灰色，真他妈干净。”“什么他妈的‘我的心属于我’，其实我们谁也没法让心完全不属于别人。”这非常触目地破坏了与读者之间的礼貌原则，直接对读者产生了刺激。但放在具体的语境中，它又因为与内心压抑郁闷的真情实感相关而缓和了无礼的印象。但不管怎么说，因为“特定的礼貌习俗体现了——它们的使用也含蓄地认可了——特定的社会权力关系”①，所以这里的无礼用语很明显也是对社会成规的破坏。在另外一处，叙述人对母亲说“屁”表示了极大的惊奇，并且不顾禁忌一再提及，这又是对读者所习惯的接受心理的冒犯，完全不合乎一般所认为的女性的口吻。这意味着，这个叙述人是一个超越常规、有着鲜明的个人风格的叙述人。而这一点，也表现在小说整体上的口语色彩上。“我想这下可真完蛋了，我倒希望真完蛋算了。”“从那以后，我再懒得见什么半吊子作曲家了。”“可艺术家真想的是什么，谁也闹不清。随他们说我是天使的典型还是狗屎的典型吧，我真懒得解释一个字。如果我每唱一首歌，再解释一遍，我宁可跳楼。”以一种随便的表达方式，把个人的意愿、个人的情绪扔在读者面前。在突出了个性的同时，也忽略了读者的感受。

不仅如此，叙述人更进一步标明了自己独特的语义世界。“我敢说那是世界上最好听的重唱之一，因为曾有个老头儿走过我们身边时说了一句：‘白痴。’”这句话在形式上公然违反正常的逻辑，但却有着自己内在的逻辑，它以高度的自信表达了对寻常意见的蔑视和反叛。对一些词语，叙述人也下了自己的定义：“那种难听得近于‘下流’的歌曲——我说的‘下流’是他的作曲技术太下流——简直无法用任何语言和文字形容。就是那种让你哭也不是、笑也不是的玩意儿。”对某些词，叙述人表达了自己的独特理解。“我曾认识一个文学家，他最伤心的事就是人家叫他‘文学家’，好像‘文学家’是‘混蛋、流氓’的同义词

① 诺曼·费尔克拉夫：《话语与社会变迁》，殷晓蓉译，华夏出版社2003年版，第152页。

一样。”“真惨。我不知道‘歌星’这个词的同义词是不是‘白痴’。”所谓“不知道”只不过是貌似谦虚的策略，用以掩饰对世俗看法的不恭。在这种重新定义中，暗含了与世俗看法背道而驰的思维方式与评价标准。

那么，这个蔑视常规的叙述人的形象是怎样的呢？

叙述人这样描述自己的形象：“照片上的我嘴巴都咧到耳根去了。”“我在他们眼里一定是个大傻瓜蛋了。”“我索性咧开笑嘴看着他，一动不动。”“我歪了一下嘴，表示笑。”“我把镜子盒打开，镜子里面的我就像一头母狮子。我用蓝眼影在眼皮上擦了擦，那双眼睛就像鬼眼睛一样放着光。”“我觉得我很脏，因为我年纪太大了，所以越变越脏，洗都洗不干净。”“咧嘴”、“歪嘴”、“大傻瓜蛋”、“母狮子”、“鬼眼睛”、“脏”，这些词用来描述一个女人实在并不美妙，貌似客观，实际上充满夸张的丑化。

我们可以把这一自我形象的描写与80年代初期的一些小说相比：

……我突然发现，我正对着那排有点儿走样的大镜子站着。瞧我这副气冲冲的样子！双手插在口袋里，沾着尘土的靴子，棉大衣的第一个扣子没系，那条淡绿色的纱巾别提多刺眼了！似乎在讥笑我：用心细腻得可怜，行为粗鲁得可笑！我一把将纱巾扯下来，塞进衣服口袋里。（张辛欣《我在哪儿错过了你？》）

对自我的观察带有一种嘲讽的否定的语气。

镜面上出现了一个头发蓬乱，眼皮略显浮肿，脸色憔悴的女人的脸孔。她想作笑状，可笑不起来，她又扬了扬眉，这时才看清，原先光洁的额头上出现了几条深深的皱纹。它就像一块皱巴巴的旧布那样，随着眼眉、口鼻的每一活动，随时抖落出它的皱折。难怪这几次考试，监考老师来到她的桌前，拿起她的准考证，看了看证上的相片，然后就会用一种令她非常不自然的目光注视着她。他们的目光似乎在说：眼前这个女人怎么拿一张如此年轻、漂亮的相片来，何必呢，考试又不是选美。假如能允许她当场申辩的话，她一定会大声嚷道：这不过是我三年前的照片呀。他们，也许还有很多人，他们怎么会想到：眨眼之间的两、三年，竟会在一个年轻女人的脸上刻下中年妇女的印记。（曾应枫《一个女人给三个男人的信》）

相貌是不美的。对皱纹的否定性的描写："它就像一块皱巴巴的旧布那样"；对他人目光的猜测："他们的目光似乎在说：眼前这个女人""何必呢?"——猜测他人对自己的否定。

这些作品中对人物形象的描写充满了他人眼光的痕迹，而在刘索拉这里，他人的眼光完全被排除在外了。这不是传统意义上的女性形象，也不是传统意义上的女性的自我表达方式。但是，值得注意的不仅仅是这种丑化本身，还有叙述人自己对这种丑化的无所谓的态度。叙述人很明显知道"我们这种人"与世俗、正统的对立与不相容，但却处之泰然，这不能不说是有意为之了。放在整个文本中来看，叙述人一直以无所顾忌的直言不讳的声音表明自己的见解，反对虚伪、世俗。在这样的语境下，丑化就有意无意地成为一种挑战，潜在的表达了对既有标准的不恭，对自我独特性、对自我权威的肯定。这样描写的潜台词就是："我"对书写陈规与阅读陈规、对读者的期待、对所有那些与女性有关的固有观念毫不在乎。

最经典的堪称《蓝天绿海》最后一节中描写自己衣着的一段：

我发现我穿的衣服太少，天还真有点儿凉。我的牛仔裤兜里只装着一点儿零钱和一张擦脸纸。我没涂口红，也没搽胭脂，仅仅在眼睛上涂了些蓝眼影。我的裤腿边缘已经磨得挂布丝了，挂着的布丝上尽是泥土。裤子的膝盖处磨破了，我在里面垫了块布，用缝纫机压出一圈圈黑线的纹路，有人建议我在膝盖破的地方贴个布帆船，我没贴，我打算在上面贴块鲜红的补丁，那一定非常好看。裤子大腿这儿滴了几滴油，什么时候滴的我怎么也想不起来了，我好像用水擦过，当时倒看不出什么来，可一沾土，太阳一照，就闪闪发亮。

在这里，“我”无视读者的接受与反应，对又脏又破的裤子仔细描写，津津乐道，无形之中将读者排除在外，将他人的眼光排除在外。这实际上是在暗示：“我”才是我的标准。叙述人以这种有违常情的自我形象形成了对读者的挑战，对既定行为准则、对文学常规的挑战。当这一挑战来自女性时，就显得更另类。

通过以上种种方式，特立独行的叙述人的“自我”从世俗的庸常看法中摆脱出来，得到最大限度的强调。但这个叙述人并非一味地玩世不恭。在以否定方式划定“自我”的边界之后，也开始以肯定的方式表明自己的立场。

也许意识到读者对“我们这一类人”可能的误解，在涉及自己的艺术的地方，“我”的表达越来越具有正面意义：

母亲认为我的流浪式的演出及演出形式降低了自己和艺术的格调，而我却真是为我这种艺术的“市民气”欣喜若狂。因为我准知道我的听众能跟着我疯。

其实我心里有个秘密的愿望，就是与真正的歌唱家同台演出。不是竞争，而是真正的合作。就象多明戈和丹佛那样。我一点儿也不恨那些大歌唱家，我听了他或她们的演唱如醉如痴，可我经常碰到的情况是这种歌唱家耻于和我同台。我真羡慕歌唱家的长气息，那种使音乐连绵不绝的气息。还有他们处理音乐层次的教养。我经常有意在我的歌曲中用这些方法。除了嗓子是上帝赋予的外，对音乐的崇拜我想人类是一样的。我希望我的歌曲能摆脱那种流行歌曲中的低劣格式，但我嗓子的秉赋恐怕永远得不到某些音乐家的谅解。我的歌曲对象是那些小孩儿和像小孩儿一样的大人。我告诉他们下雪的时候慢点儿走路；告诉他们天上飞的不光是鸟；告诉他们忧愁和快乐；告诉他们我无偿地爱他们……

在这样的地方，叙述人去掉了身上尖锐的棱角，变得真诚柔和，甚至不无诗意。也正是在这温情的地方，读者瞥见符合一般观念的女性的影子。

在涉及蛮子、与蛮子的友谊时，叙述人的表达都是诚恳的、充满感情的。对于蛮子的死，叙述人以朴素的方式表达了自己的痛心：

我原来以为正统音乐全是天上的事，流行音乐全是地上的事，现在才发觉，流行音乐也全是天上的事。它只讲爱情、忧伤、孤独，它怎么不讲讲受侮辱、打胎和死亡呢？看来忧伤、孤独和爱情一样其实是一种享受，只有受侮辱、打胎和死亡才是真实的活生生的事。没人去唱，因为那才真正是地狱里的事呢。

没有夸张，没有讽刺，没有反语，相反却有一种激动与不平。在这真情流露的一刻，“我”对女性的痛苦感同身受，为女性发出了抗议，但这样的时刻并不多。

小说的后面有一段想象的出自已死去的女友蛮子之口的叙述。这一段中蛮子对“我”既有责备也有体贴与理解。实际上，这里的蛮子承担了一个想象中的善意的读者的功能，她表达了一般读者可能有的对于叙述人反复叙说蛮子的厌倦，也充满同情地对叙述人的内心表示了关注。以此来暗示真实的读者，不要仅仅把叙述人看成一个絮叨乏味的人，而应看成一个想要得到什么但没有明确表达出来的人，一个有着精神上的矛盾与痛苦的人。这样看来，这个叙述人并不是一个绝对的自我中心的叙述人，她同样考虑到读者。这就在一定程度上缓和了文本与读者之间可能有的对立与冲突，有利于读者对叙述人的理解与接受。

总之，在这篇小说中，通过具有鲜明个人风格的话语，叙述人塑造了一个具有绝对权威的、率直的、愤世嫉俗的自我形象。我们当然可以强调其女性身份，但要注意的是，这一形象，这种权威，是与对抗世俗的更大的主题联系在一起的。与这一主题相关的必然要被考虑的问题就是文本与读者关系的问题。叙述者的话语方式是随意的、不合常规的甚至无礼的，在整体上具有挑战性；但是为了树立形象，避免误解，叙述人同样采取了真诚的甚至诗意的表达。这就在无形之中缓和了与读者、与文本的可能冲突。另外，对抗世俗是浪漫主义小说的传统，既有的关于浪漫主义小说的阅读成规对于读者的接受也起了一定的促进作用。但是，需要追问的是：读者接受的是一个什么形象？仅仅是一个一般意义上的对抗世俗的人（不考虑性别），还是一个对抗世俗的女性？这个问题其实就是：叙述人倾向于呈现什么样的形象？女性的性别得到了何种程度的表现与强调？

我们可以看到，虽然有同样重要的女性情谊的线索，虽然涉及女性的怀孕、流产、死亡，但这些只是总体的离经叛道的主题所附带的一个部分，或者说是包含在其中的一个部分，并未上升到小说的主要层面。而且，小说对女性主题的表达不够清晰，未能充分展开与深入。最重要的是，虽然在叙述蛮子时常常流露出温情，但这个女性叙述人的总体话语风格有意背离性别常规，很少有传统认为的女性气质。当然，这与反叛的主题有关。可是这里就有一个悖论，我们既可以从正面肯定她对所谓的女性特质的有意颠覆，也可以把它当做对男性风格的认同，这就大大降低了它作为女性反叛的意义。作为80年代中期逐渐开始肯定个性的社会语境的产物，这篇小说形象地再现了女性与社会意识形态的依存关系：在对抗世俗、张扬个性的堂而皇之的大旗下，借助男性的话语方式，将一个离经叛道的女性叙述人的形象“偷渡”进文学领域。

不管怎么说，虽然女性身份在一定程度上被削弱，但相对于以往的第一人称女性小说，《蓝天绿海》的叙述人毕竟拓展了小说中女性个人叙述声音的空间，以其对常规的蔑视建立了充分的话语权威，诠释了“个性”的意义。

这种“个性”在刘西鸿《你不可改变我》（载《人民文学》1986年第9期）以及斯塔《生之惑》（载《花城》1988年第4期）等作品中同样有着清晰的呈现。与刘索拉不同，《你不可改变我》中的叙述人“我”只是一个中介，真正的主人公是令凯。令凯剃短发，吸烟，十六岁就自做主张放弃读书做模特，总之，这是一个在传统看来的异端人物。因此，“我”就有必要起一种缓冲剂的作用：“我”预先承载了一部分读者可能会有的对令凯的所作所为的惊异或疑虑，在某种程度上缓和了标新立异对读者的刺激；“我”对令凯的最终肯定也在一定程度上起到了引导读者的感情倾向的作用。通过“我”的叙述，特立独行的令凯给人们留下了深刻印象，但叙述人“我”的简洁坦率的叙述话语同样也让人难忘：“我不理。”“我气结。”“我为什么要这么无理？简直穷凶极恶。”这样的叙述话语将叙述人的个性也充分地传达出来了。

斯塔《生之惑》中叙述人为情所困，与“他”深深相爱，却因“他”无法离婚而备受煎熬。小说有对感情经历的叙述，但却极少抒情，是一种站在外部的冷静的叙述，涉及自身的地方也往往一带而过。叙述人的注意力常常是外倾的，充满与现代科学思想相关的研究兴趣，被一种时时涌出的理性的力量所驱动，全神贯注地探索宇宙人生偶然与必然的关系，以此将自己从感情困境中摆脱。“洗扑克牌的事以一种最简单的方式揭示了简单到复杂有序变无序的过程。”“反复的拉伸折叠将偶然性的微粒不断放大，最终充斥了必然性的空间——于是我们失去了预见性。”在这样的思考中叙述人展现了自我的内在力量，并幡然醒悟：“原来世界上并不只有我和他。仍然有别的能够令人激动的东西。我在黑暗而苦难的感情中已经沉溺得太久，把什么都丢了忘了。我忘掉的其实才是我最熟悉最自在的世界。”尽管如此，现实的爱之苦却并不能摆脱。“现代科学能够做出不可思议的奇迹可它却救不了我。”“‘人类中了生命的实实在在的头彩’。人的生命多么值得珍爱。要是我能够以最喜欢的方式度过有限的生命，我就可以说我确实在珍视它。我怎么也想不通为什么我就不能。现在我清楚地看见那方式，可是它就像地平线我拼命朝它走去却一点不能缩短我和它之间的距离。”于是叙述人最后清醒地选择了自杀。

小说中有作为女性这一性别的苦恼，但在叙事话语中不时闪现的分析、推敲以及聚精会神推进的思考力却表现得更为突出。叙述话语的形式也是非常有特点的。叙述人常常将可以分开的两句话联在一起，如：“没有任何理由指望我的导师在这点上与众不同尽管在数学上他能独树一帜”；“我只是出于礼貌才没有转身就走然我已无话可说”。这样的话语方式给人一种在语言的使用上独断专行的印象。正是在这样的话语方式中，有探索精神的、清醒的、有才智的女性形象浮现出来。叙述人虽然选择了自杀，但是个性与思想的力量却凝聚在话语中，打动人心，引人深思。

第三节　自我超越的叙事话语

刘索拉《蓝天绿海》带给我们的问题是：如何既赢得话语权威，又避免陷入男性风格的嫌疑？在树立女性的话语权威方面，除了《蓝天绿海》中对抗式的话语、《生之惑》中独断专行的话语之外，还有何种可能性？

这个问题，在万方的《在劫难逃》中得到了很好的回答。

万方《在劫难逃》（载《收获》1987年第4期）是非常重要的一个文本。内容是关于女人在情人与母亲两种身份之间的挣扎。在当时的社会环境中，这样的形象是有悖于传统的。她如何确立自己的权威？

显然，叙述人一开始并没有足够的自我肯定的力量。在叙述与“他”的邂逅时，叙述人强调的是命定性。“在这个地方，所有的人都匆匆而去。这是因为他们对于自己前面的一切无知无识。我也是。”“一切都由人安排过了，这个人不是你，不是你的同类，你只能顺从地攥紧手中的火车票，一步一步地走向站台。”这可以理解为叙述人真正相信命运的安排，但从另一方面看，因为涉及的是婚外情，而且是一个刚刚做了母亲的人的婚外情，所以叙述人对这种“命中注定”的强调也可以理解为是以此方式寻求理解与接受。“当有人提着大包小包找到这儿的时候，事物已经呈现了它本来的面貌。你能懂吗，我说的是本来的，也可以说是天然的，两个相识的人，两个灵魂。”忽然出现了“你”，叙述人转向了隐含的读者，既有对读者的信赖，也暗中泄露了叙述人潜在的焦虑，对可能不被理解的焦虑。但这是整篇小说中绝无仅有的一次。接下来我们马上可以看到，在把这件事放到整个生命过程中来看时，叙述人的语气就明确多了，有力多了："在我的有生之年，我将记住这个场面，记住火车的隆隆声，记住从车顶倾泻而来的灯光所造成的暗影。他坐在暗影里……记住啤酒那清沁而又苦涩的味道，记住从他的身体里发出的醇厚亲切的声音，使我感到慰藉，感到几近沉醉的快乐，而不是那些语言。"叙述人以一种预言式的话语（"我将……"）表现出对自己未来的支配和信心。

然后是两人的交往，再然后就是某一天的黄昏内心深处燃起的欲望：

星期六，他去朋友家没有回来，儿子沉实的酣睡的身体躺在另一间屋子里。此刻，我不再想到他们，我的耳朵已不再搜寻远方的声音，不再等待。不等待任何人归来。我心中涨满了无限心酸的柔情，这个孤寂静谧之夜对我的馈赠。它引来了幻想，关于男人的，引来了无法抵御的对那个男人的渴念。我闭上眼睛，他就是我期待的样子，毫无保留地呈现在我面前。应该是这样的。并没有激动，也没有疑虑，而是对注定要来临的事物欣慰而平静的迎接。

一系列的否定表达（"不再"、"没有"）以不容置疑的肯定语气排除了种种可能的假设，清晰地勾画出自我真实的轮廓，并以一句无人称的"应该是这样的"加强了对所有这些叙事话语的肯定。此段最后一句非常谦恭："我不知道会是这样，这世界上本无人知道。"有神秘主义因素，但也未尝不是唤起理解与同情的策略。下一段中的："母亲如果还活着，出于对我的爱，她会阻止吗？但这不是我的决定，我只决定了，由命运来安排。"虽然又一次把决定权交给了命运，但仍突出了个人主观自觉的"决定"。

总之，在叙述自己与另一个男人的爱情时，叙述人虽然表现出将自己交给命运的温和的谦卑的姿态，但在叙述话语中却没有辩解，没有宣泄，确定无疑的冷静的语气表现出对自身力量的召唤。

即便是表现被迫与儿子分离的痛苦的语句，也不是哀告与哭泣的泛滥："我就是带着这副泪水潸潸的脸在街上奔走的。理智的面具粉碎时，人就是这副样子。泪水被风吹干，脸上的皮肤绷得紧紧的，是泪水重又使它润泽。"在呈现了她"泪水潸潸的脸"以后，叙述人并没有进一步渲染悲哀，而是与普遍的情形联系以后下了一个判断："理智的面具粉碎时，人就是这副样子"，在这总括性的语句之后，才又通过对脸与泪水的简约含蓄的描写强调了悲哀。再下面一段："我的生活里再也没有真正的、全身心的快乐。这种压抑感不是那种随着人生的岁月一点点地膨胀起来的那种东西，而是生命本身。恐惧也没有再离开我。我要控告，只要有一次，让我大声地站在原告的位置上讲话。但，这不可能。我的面孔发生了变化，我看着它不可挽救地被忧郁、怨恨与孤寂侵蚀。只有陡然升起的无可名状的怒火使它焕发出生动的力量。"一开始就以肯定的语气对自己作出了断言（"再也没有"），紧接着是一种与人生的岁月和生命相关的沉思与分析（"这种压抑感不是……而是……"），再下面几句凸显了主观情态，但即便表示控诉欲望的话语也并没有激烈的情绪，最后是有距离地客观地描写忧郁、怨恨、孤寂、愤怒等情绪使自己面孔发生的变化。总之，对悲哀的表达非常克制，在悲哀之上，覆盖着叙述人的（而非人物的）审视和深思。这样的话语所传达出来的，不是情感的奔涌，也不是无动于衷，而是经过理性与时间过滤的痛苦，因而更有力量、更沉郁。

叙述人对愤怒的表达也同样清晰有力。当"我"看儿子的要求被无情拒绝以后，"抑压着我的那层东西突然炸开了。我扔下话筒，开始咒骂，眼泪拼命流淌"。"这场大的爆发，在几秒钟内充实了我的生命，一切能够蔑视我的人，他们都会因此而感觉到自己的苟且。他们应该、也必须换一副面孔，不再津津有味地隐藏。即便谁也没有看见这一时刻，但是人们的谬误已经确定了。从来也没有人们所想要制造的那样一个世界，那个虚伪的世界是不堪一击的。当你听从它，按它的意志行事的时候，你就变得像它一样脆弱了。”“人们所犯的错误也终将消失，肉体并不能管束或支撑它多久。痛苦将留存。愤怒将留存。”这一段话，以“一切……都”、“应该、也必须”、“即便”、“但是”、“从来也没有”表达着清晰的绝对的判断，并富有不容置疑的预言性（“终将”、“将”），最后两句很短，但仍分别以句号标明意思的完整自足。通过这种种话语方式，叙述人表现出独立判断的勇气和高度的自信，叙述人的权威得到极大的张扬。

下面一段同样如此：

几年来，我的忍耐、压抑，大量地消耗了我原生的生命。这一点人们是不会懂的，我也是一天天才由我的肉体以及精神被告知的。我并不指望谁来理解。但是，我不要再哭泣，不要因哽咽而无法吐出一字，不要畏怯谁。我要像我刚刚见到的那两个人那样地冷静，要以我的智慧、修养、气质，我所具有的一切好的东西来给人们看。我站在那儿，我说话，我是一个能够表达自己意愿与意志的人。全无伪装，也不留下摧残的痕迹。他们将难以置信，他们是不可能打败我的。所有目睹这一场面的人都会毫无犹豫地确切地感到这一点，我就是证据。

“我不要……”、“我要……”一连串否定与肯定的对立，鲜明地突出了主观意愿，强化了自我的形象。“我站在那儿，我说话，我是……”每一句都以“我”领起，表现出叙述人自我的张扬。

小说叙述的是过去的故事，涉及生产的挣扎、育儿的艰辛、爱的激情，还有绝望、愤怒、悲哀，以及宽容、谅解等种种情感，但所有这些都是以一种节制的、平静的、富有沉思意味的、坚定不移的话语方式传达出来的，叙述人成熟的内在力量就在这样的话语中慢慢展开，一个具有一定思想与感悟能力的、有着独立意志的女性叙述人呈现在读者面前。

值得注意的是，在叙述的间隙，如同珍珠一样闪烁的，是自然景物的无与伦比的美。有些时候，这种景物是一种烘托。“我们互相望着，然后又一同朝前走去。太阳正在城市的尽头下沉，黄铜般的余辉使四周的景物显出一种和谐的魅力。”“苍茫的暮色像是从大地的深处升腾起来。没有别的人，只有我们两个站在天空下。”景物勾勒渲染出两个人的轮廓，使之具有一种庄严、诗意的美。有时候是单纯的回忆：“天空变得一天比一天明澈，阳光照得大树一团金黄。傍晚时分，大雁从头顶上飞去，遥远而嘹亮的鸣叫此起彼伏。我真幸运，在梦中，在记忆猛袭心头的时刻，这些美妙的时光一再浮现，伴随我穿过漫长的深谷和灰暗单调的平原。”同样，当这些美妙的时光浮现，叙述也因它们而豁然开朗，熠熠生辉。

更多的时候，自然的美景引领叙述超越了具体的事件。在发现儿子因灯光而眯起眼睛时，叙述人说：“我心中竟那样感动。这就是那条隐秘的渠道，与大千世界的沟通就这样开始。”紧接着下面一段：

到了九月，白天，天空亮得耀眼，一切景物的色彩都呈现了最纯净最神奇的自然之色。百里之外，高爽宁静的长天之下，田野优美地起伏着，唰唰地欢唱。那无边的丰饶之海的旋律。

似乎是从儿子那儿获得感悟，叙述人也向大千世界伸出了触角，忽然不可思议地展现了辽阔的视野，将丰收的自然景象引入叙事之中。从文本中看，这根本不可能是叙述人所见。但是事实上，根本无需说明为谁所见。这一段描写绝不是背景，甚至可以说它与故事一点关系也没有。我们更应当把它理解为一种话语的凸显。叙述人轻易地跨越了种种距离，为自己的话语开疆拓土，于是，仅仅是一个婴儿的“眯眼”就与自然、与土地息息相关。叙述人就以这样独断专行的方式界定了心灵的宽广与沉醉。它扩展了、诠释了女性话语，也扩展了、诠释了“世界”的意味。这样，我们所看到的女性就不仅仅是处于人伦关系中的女性，而是居于大地之上，感受着四季变化万物荣衰，与自然息息相关的女性。

休息的一天，外面下着雨，灰色的天空移动着，把巨大的阴影带向无限的远方。我们突然想上街去，到雨中走走。我们搂抱着，雨打在树丛里，潮湿的风吹在我们脸上，脚踩在凹地的水中啪啪作响。街上的行人都低着头匆匆而过，坚定的背景很快就被雨帘遮蔽了。大地布满了水和天光。

看起来是现实中的一天，对风雨与人的行为有贴近的写实的描述，但“灰色的天空”、“巨大的阴影”、“无限的远方”笼罩其上，将读者的目光拉向纵深，暗示了对现实的超越。最后的“大地”（而不是“地上”）也越过了一切琐碎的人事，上升到抽象诗情的领域。

“常常，当暴雨淹没大地之后，慈光普照的太阳又把水面照得闪闪发亮。他们面对眼前的景物，小心地急切地依偎在一起。”我们可以追问：他们的依偎是只有一次，还是“常常”？这个问题看起来无味，但涉及叙述的重要方法。“常常”当然是不止一次，是一个表示频率的词，意思是暴雨及随后的阳光普照曾多次发生，但这个频率词只作用于前面这个句子。那么，后面的句子当然应该理解为是叙述具体某一次行为。而如果后面是具体的某一次行为，那么按照正常的表达，前面的景物就应该同样以某一次暴雨、雨后阳光这样的形式出现，以作为具体行为的具体的背景。但叙述人并没这样写，频率上的多次与具体的一次、某一时期具普遍性的景象与行为的一个具体的瞬间两者就这样毫无过渡地焊接在一起。这种焊接在叙事效果上是独特的。“常常”呈现了作为背景的时间的广度，使叙事具有概括与普遍的意味，变得广阔自由，在它的辐射下，紧随其后的具体的行为就因而进入一个时间模糊的领域，从而超越了自身平庸呆板，超越了其在时间链条上的固定性。超越固定，就意味着自由。

对飞机起飞的描述有同样的特点：

飞机终于起飞了。一次又一次从种田的人、水手和船长的头顶上掠过，把板结的陆地和动荡的海洋抛向后面。不可能那样地告别了，流泪，挥舞头巾，在悲切的目光中，面对面地拉开距离。巨大的震耳欲聋的轰鸣之后，飞机仰起头，骨肉、亲人，迅疾地离别或迅疾地相聚。环绕着地球，可以看到，冬天是黄色的，夏天是绿色的，海水或蓝或灰或黑，城市是茫茫黑夜中闪光的珍珠，而这些景象都是在天气晴朗的日子。

“飞机终于起飞了。”看起来是一次具体的起飞，但接下来却用了“一次又一次”、“迅疾地离别或迅疾地相聚”。“可以看到”的，是各种不同的景色，最后一句点明这是在某些条件下一般会出现的情况。这样我们会发现它从具体的事件出发，但一下子抛开了它，转入了对多次的一般情况的概述。具体与概括就这样紧密地结合在一起。

这一特点也扩大到时间与生命经验的领域，成为叙事话语具有独特性的标志。

在叙述了生产之后等待丈夫前来、想象他在路上、太阳当头、汗珠滚落的过程当中，有这样一段话："许多人在夏夜的睡眠之后都衰老了，有些人不再醒过来。还有更多的人，他们睁开眼睛时，觉得浑身涨满了力气。"忽然引入了一种宏观的视野，不是空间上的，而是时间与生命的，是对处于时间中的生命的沉思，是一种富于生命经验的概括性叙述。这时叙述人似乎是一个年老而智慧的女人，她的话语中带有由生命体验而来的权威。

叙述人对时间的概要叙述同样饶有意味：

夏天，一场大雨之后，暑热开始了。黄昏时分整座城市沐浴在荣华富贵的光辉之中。蚊子从草丛里成群地飞出来，把它们带血的尸体印在墙壁上。夜晚，从敞开的窗口，倾听车轮辗过的沙沙声和其间的寂静。直到秋天来临，然后是烟尘笼罩的冬天。

那些从前的男孩儿而现在恋爱着女人的人，在街上踯躅。那些曾在街头踯躅的人，体面地结了婚，安坐在火炉旁唧唧咕咕地谈笑。从远处传来一声喊叫，但是听不清是呼唤人的名字，还是说再见。

开头对夏天黄昏、蚊子的描写非常具体，让人感觉到叙述人开始叙述的是某一年的夏天的事情。但接下来的一句中让我们感觉到有些不同，"夜晚"的"倾听"无人称，叙述人并不告诉我们谁在倾听，这在我们心中留下了一点模糊的疑问。紧接着的一句时间骤然加速"直到秋天来临，然后是烟尘笼罩的冬天"，于是我们知道，这不是具体的哪一年的夏天，而是无限循环的季节。在这样循环往复的季节中，哪个人在倾听并不重要，重要的是曾经有很多人重复着窗前倾听这一行为，所以无需人称。再下面一段，对生命阶段的叙述既概括（"那些"而不是某一个），又具体（"踯躅"、"唧唧咕咕地谈笑"）。"从远处传来一声喊叫"，

“远处”似乎是一个空间概念，但因为上面两句呈现了生命在时间中的绵延向前，因而又染上了时间久远的颜色。“听不清”可能因为空间距离远，也可能因为时间太久已经成为模糊的记忆。于是让人感到，那一声远处传来的喊叫似乎是具体的，但又因为深陷在时间之中而变得意味深长。

四季轮回，人事自然地变迁，生命悄然向前。在总括的普遍性的叙述中，浮现着具体的场景，对于这些，叙述人既不动声色又满怀眷念。这是一种感念与超然并存的叙述。

所有这些都涉及这篇小说最突出的一个特点，那就是：叙述人的触角总是从具体的现象伸向更远更深的地方。不仅如此，叙述人的目光还延伸到他人的内心世界，将他人视角纳入叙事之中，因而更有包容性。

小说是叙述人对过去的回顾，基本上是第一人称限知叙述，偶尔使用第三人称“她”，也是对自己有距离的观照，但在小说的后面部分，却忽然进入了一种全知叙述。当前夫把再婚的消息告诉她，叙述人描述道：“他感到自己的生活像一艘大船，平稳地朝前行驶，迎面吹来带咸味的风，自由的风。”叙事一下子越过自我的局限，进入他人的世界，像“他”一样感觉到他的自由。而这只有在冷漠与对抗消失以后才有可能。在概要叙述了孩子的奶奶早年丧夫的命运以后，叙述人说：“她相信自己，她从未对自己产生过疑惑。太阳不知什么时候沉下去的，天暗下来。她想到，这一切绝对不能原谅。决不能把孩子交给她，她把这孩子毁了。胸口一阵阵发闷，她不相信自己哭了，但她的手摸了摸眼角，是湿的。”这是孩子奶奶对叙述人“我”充满敌意的情感与意志。叙述人设身处地，试图理解她。这理解之中不无同情。在小说将近结束之时，在心平气和地谈论“我”的儿子和他的父亲的时候，叙述人忽然透过孩子的奶奶看见了她之所见：“她站在那里，忽然看见了另外一个男孩儿。他是突然间出现的，光着头，额头上闪烁着亮晶晶的汗珠，浑身充满了用不完的精力。”“她的目光一直注视着那个男孩儿，看着他朝她走来。那是一个永远也不会长大的孩子。永远。”通过孩子奶奶的眼睛看到的，是一个母亲对自己孩子的记忆，此时的“我”获得了一种跨越生命与时间的眼光，真正贴近了一个年老的母亲的心，切身体会到对“永远也不会长大的孩子”的温柔记忆，并为之感动。“我”与孩子的奶奶在“母亲”这一身份上终于达成了谅解。而这在她们为了争夺孩子而彼此仇视的时候是根本不可能的。“她流泪了，她不知道自己流了泪。可是我知道。在漫长的等待和忍耐之后，我的眼泪和她的汇集到一处。有些什么随着泪水降临，对此我却仍然不能认识。”在这样的时刻，叙述人又一次表现出面对未知满怀谦卑的一面。

从限知到全知，让自己的话语空间向他人敞开，同时也是让自己的内心向他人敞开。这是叙述人对自我局限的超越，也是叙述人话语权威进一步的发展，但这并不是盛气凌人的权威，也不是滴水不入的权威，而是与对他人的接纳、包容与理解同在的权威。

总之，在这个文本中有各种声音的交织：决绝的声音、抗议的声音、喜悦的声音、充满爱意的声音。所有的声音中都有一种自我约束的力量。正是这种力量消除了声音之间的差距，让它们和谐地融为一体，从而象征性地弥合了分裂为母亲与情人的自我。这个自我不是遇罗锦顾此失彼主体性匮乏的自我，也不是刘索拉的那种具有挑战性的自我，而是一个全面正视自己接受自己、富有内在力量的成熟自我。

不仅如此，通过展现自然的辽阔远景，通过对普遍生命与时间的总括性叙述，通过限知视角向全知视角的转换，叙述人展现了自我超越的努力。最重要的是，在相关的叙事话语方面，叙述人将具体的瞬间置入宏观的时空背景，使特殊与普遍、具体与概括在叙事话语中直接糅合在一起。这样做的效果就是，既使概括与普遍有血有肉，具有丰富性，又使现实场景与具体细节从时间链条中的固定位置抽离，摆脱确定性的束缚，被提升到抽象的诗情的自由境界。二者就这样彼此辉映，照亮了叙事空间。这是万方在《在劫难逃》中对叙事方式的独特贡献。

通过上文对《春天的童话》、《蓝天绿海》、《在劫难逃》等几个文本的叙事话语的分析，可以看到，在新时期早期，第一人称女性小说的叙事话语并不是自信的、自我肯定的，而是或者意识到潜在的对立面，并为其所决定和影响，或者无意识地迎合了世俗陈规或意识形态的权力关系结构，如《我在哪儿错过了你?》、《春天的童话》。刘索拉《蓝天绿海》则以无视文学成规与社会成规的突兀姿态建立了充分的话语权威。话语权威是主体性的表现。当叙述者没有足够强大的主体性支撑时，既有价值观的压力往往会在叙事话语中造成弯曲的痕迹；但当叙述者的主体性过于强大时，就会在叙事话语中处处留下挑战既有价值观的痕迹。这是以另一种方式向既有价值观致意。在这一意义上，《蓝天绿海》中的话语权威不无可疑。《在劫难逃》以自我沉思的、节制的话语方式表明对自身内在力量的召唤，这是一种独立不倚的姿态、自足的姿态。这个叙述人的自我向自然之辽阔美景、向生命与时间的普遍领域伸展，因为足够深广成熟因而能够宽纳万物，并最终包容他人。换一个角度，我们会发现更为重要的一点，那就是，在叙事话语的现实性与具体性之上闪动着来自时间与生命深处的光芒，以此方式，叙述人将生命经验提升到美与诗情的广阔空间，以其强烈的感染力影响着读者的心灵。这样的话语方式因其独特的风格以及不容忽视的美学价值大大强化了女性话语权威。

当然，以上的分析仅仅是个案分析，历史演变的全貌并不如此界限分明。但不可否认的是，正是这些作品的出现带来一些新的元素，标志着女性小说叙事话语发展的新阶段，也标志着女性叙述人的主体性从畏缩幼稚到成熟自信这样一个过程，而这与特定社会语境有着密不可分的关系。

第四节　社会语境中的女性个人声音

第一人称女性小说叙事话语的变化是与新时期对个人看法的变化紧密联系在一起的。“文革”是一个强调“阶级”、“集体”，否定“个人”的时代，长期在“灵魂深处”、“狠斗私字一闪念”导致了“个人”话语的贫弱。新时期初期，“个人”（包括自我、个性）话语的浮现是艰难的。对个人的肯定是有限的、迂回曲折的，在不断进行的反对资产阶级自由化、反对精神污染的浪潮中，“个人”一再成为被主导话语严厉批评的对象。

在“文革”结束不久，出于对“文革”的反思，在思想解放的社会氛围中，出现了“给个性落实政策”[①] 的呼唤，进而“自我”也得到了肯定性的表述：“浩瀚的精神财富是由许许多多的我共同创造的。”“文学艺术的神圣使命要求作家打消种种偏见，投身到时代的洪流中去认识自我，锻炼自我，从而创造自我，表现自我！”[②] 但从这种呼唤发展到明确提出“发展自我是一种社会进步”、认识到“正因为齿轮、螺丝钉有价值，整个机器也才有价值”，[③] 还有一段并不短暂的距离。

有人针对一些年轻作家“离开政治、离开社会性矛盾去描写个人心灵的趋向”表达了否定的看法：“很多西方作家不仅放

---

① 章仲锷：《给个性落实政策》，载《光明日报》1979 年 9 月 5 日第 4 版。

② 李家兴：《贵在有“我”》，载《光明日报》1979 年 12 月 26 日第 4 版。

③ 《发展自我是一种社会进步》，载《中国青年报》1986 年 10 月 14 日。

弃了三十年代左翼文学的进步传统，甚至也远离重大的社会矛盾，逃避现实，钻进主观世界，对于渺小的自我进行无休止的探索。对于这一类主题、思想和内容，我们有什么必要去效法呢?”论者认为：“在我们的社会里，个人同社会之间的纽带，个人命运同祖国命运的关系要紧密得多。即使在个人心灵的最隐秘的角落里，也往往可以听到社会性矛盾的回响。”①

“自我”被认为是渺小的，探索“自我”是不值得效法的，“认识自我”是要“投身到时代的洪流中去的”，可以看到无论肯定还是否定的谈论，“个人”都与时代、与社会纠结在一起，难以剥离。这意味着“个人”并不能独立出来，单单“个人”是没有发言权的，只有与普遍的、宏观的概念联系在一起才具有合法性。

这一点同样体现在关于朦胧诗旷日持久的争论中。

批评者认为，朦胧诗的作者“很少谈到诗歌要反映广大人民群众的社会生活，反映广大人民群众的喜、怒、哀、乐。而且他们所说的这个自我，是脱离集体的、脱离社会的、无限膨胀的自我表现。其实他们头脑中的这个自我情怀，决不是从天上掉下来的，也是客观世界在他们头脑中的反映，不过是被歪曲了的杂乱无章的反映罢了”②。“我们所说的‘自我感情’是生活于社会之中的个人的‘自我感情’”，“‘表现自我’论中的‘自我感情’的含义就不是这样了，它是指的与‘时代精神’绝缘，与社会生活（如他们所列举的我们人民的‘英勇的斗争、忘我的劳动’等等）隔离的孤立的个人的‘自我感情’”。论者暗示了“自我表现”在政治上的严重后果：“如果如‘表现自我’论所

① 刘宾雁：《展望》，载《光明日报》1980年1月30日。

② 方冰：《我对于“朦胧诗”的看法》，载《光明日报》1981年1月28日第4版。

主张的那样，每个人把个人利益置于社会利益之上，其结果只能是社会的解体，社会主义社会将倒退到资本主义社会去。”① 因而“诗人应该担负起崇高的社会职责”，“用自己的声音反映出时代的脉搏，历史的要求。如果不注意抒情主人公的典型性，片面强调表现个人的情绪、幻觉、哀愁，和人民的步伐不能合拍，也不会引起广大读者的共鸣”。② 有人发出真诚的呼唤：“让‘自我’回到人民中来，回到广阔的生活中来吧。”③

在对朦胧诗的讨伐中，对自我、个人的谈论使用了充满贬义色彩的词，如“片面”、“歪曲”、“杂乱无章”、“孤立”等，自我、个人因为脱离了时代、历史、人民、社会生活而成为被否定的东西。在这里，“生活”成为论者用来责难“自我”的一个重要的、屡试不爽的法宝。在当代文学史上，“生活”一词的内涵常常随意识形态的需要而变化，一般来说，“最能体现社会主义某种本质规定的‘生活’就最有权利进入文学”，“而那些不太能体现这种规定的，如个人的日常生活、悲剧和暴露生活阴暗面的‘生活’等就不被提倡进入文学”。④ 所以并不奇怪，《伤痕》、《人在中年》等都曾因为悲剧因素、沉重色彩而引起批评。在有关朦胧诗的语境中，“生活”的概念是不言自明的，指的是与个人、与“我”相对立的广阔的生活、广阔的现实。在这种普遍的生活的概念中，私人生活是没有位置的。“表现自我”是“脱离生活”的，因而“自我”中就没有生活，一己之悲欢不是生活，“个人的情绪、幻觉、哀愁”也不是生活。而作为一个

① 袁忠岳：《谈“表现自我”》，载《文艺报》1983 年第 4 期。

② 《总结三年来诗歌的成就　探索新诗发展中的问题——全国当代诗歌讨论会在南宁召开》，载《光明日报》1980 年 5 月 9 日第 3 版。

③ 洪明：《小议“自我表现”论》，载《文艺报》1982 年第 3 期。

④ 萨支山：《生活》，收入洪子诚、孟繁华主编《当代文学关键词》，广西师范大学出版社 2002 年版。

人，除了表现出来的群体的、外在的行动，个人的内心生活更能体现人的深刻、复杂与丰富。对表现内心世界的否定，也就是对“个人”的否定。没有个人，又怎么会有广阔的生活呢？

于是一些人选择了稳妥的“对立统一”论述方式。一方面针对“四人帮”不准表现抒情主人公的个性、以标语口号代替诗的状况，肯定“今天强调诗中必须有‘我’，强调诗人必须具有鲜明的抒情个性，这既是符合诗歌艺术本身的规律的，同时也是对多年来否定诗中之我的左的有害的理论的否定”；另一方面又认为“片面地强调诗只是自我表现或只是表现自我，这种把主观与客观割裂、把‘我’与人民对立起来的从西方现代派引进的理论，有引导诗歌脱离人民、脱离生活的危险”。认为诗歌中表现的情感应该“既具有作者自己独特的色彩，又是人民的、时代的感情的高度概括，是个性与共性、特殊性与普遍性在艺术形象中的水乳交融，而不是那种纯粹个人的蜗角之情。因为，真正的优秀诗人，他的炽热的感情是和广大人民的感情息息相通的”。①

徐敬亚在《崛起的诗群》中充满感情地描述道：“一个平淡、然而发光的字出现了，诗中总是或隐或现地走出一个‘我’！”② 作者对这个“我”显然是充满感情的，但还是强调了这一批具有“现代主义”倾向的诗中的“自我”与民族、国家、社会、一代人的血肉联系，强调了诗人“自我”的“广义性”。尽管如此，有人仍上升到政治思想的高度，认为徐文中对“个性解放”、“人道主义”、“人性解放”过于偏爱，并且质问：“为什么这里的马列主义、共产主义，在《崛起的诗群》的内容

① 李元洛：《时代·诗情·创新——且说中国当前的新诗创作》，载《光明日报》1981年11月2日第3版。

② 徐敬亚：《崛起的诗群》，载《当代文艺思潮》1983年第1期。

特征中，没有留下痕迹？不给一席之地？”[①] 有论者更直接提出：“所谓‘表现自我’，是一个特定的口号，有着特定的内容，它从来是作为和表现生活、表现人民相对立的口号提出来的”，是“露骨的唯我主义哲学”。认为在诗歌领域展开的关于西方“现代主义”的讨论，“是抵制还是接受西方资产阶级思想侵蚀的严重交锋”。“搞什么‘表现自我’、反理性主义’，只能使文艺走向邪路”。[②] 围绕“崛起的诗群”展开的声势浩大的论争最终以徐敬亚的自我批评告终。

不管怎么说，在当时的语境中，“个人”都是一个敏感词汇。张辛欣《在同一地平线上》以及由小说改编的剧本《为你干杯》正是因为对“个人奋斗”的表现而成为争议的对象。大多数人认为，女主人公是值得同情的，对于男主人公，少数论者予以肯定：“我觉得在一定条件下的个人奋斗，对我们社会的发展有积极作用，应该给予正确的评价。”[③] 但更多的人对这种“个人奋斗”进行了批评，有论者认为《在同一地平线上》的男主人公“追求的并非是贡献于人民、贡献于社会的崇高价值，他又不择手段地追名逐利，要求实现的是个利己主义的‘我’字”[④]。并且作者的态度也遭到指责，有人这样质问：“难道几十年后的今天，一个在社会主义社会成长起来的年轻作者，反而要大大倒退，去同情、歌颂自私自利的个人主义者吗？”[⑤] 一直到1984年，《在同一地平线上》仍被作为“精神污染”的样本而得到这样的论断：“偏执地把我们的社会看成弱肉强食的‘生存

① 李文衡：《论崛起的“新诗学”》，载《当代文艺思潮》1983年第6期。

② 郑伯农：《在“崛起”的声浪面前》，载《当代文艺思潮》1983年第6期。

③ 《关于〈为你干杯〉的讨论》，马立诚发言，载《电影剧作》1982年第6期。

④ 盛英：《要在更高的水准和格调上表现当代青年》，见《文学评论》1983年第3期《关于青年题材创作的讨论》。

⑤ 《关于〈为你干杯〉的讨论》，王迪发言，载《电影剧作》1982年第6期。

竞争’的社会，忽视了我们的社会制度由于公有制的生产关系所决定了的集体主义的巨大存在，从而原谅、容忍极端个人主义的人生法则，这是《在同一地平线上》主要的失误。”①

在对于“人”的问题上，新时期初期一直到80年代中期以前，出于控诉“四人帮”，反思“文革”中封建主义的需要，文学中兴起的人道主义（通常被加上“社会主义”的限定语）思想得到肯定。但也正如它前面的限定语一样，对人道主义的肯定是有限的，换句话说，只有人道主义思想中的一部分得到了肯定，如人的尊严、权利、同情心、正义感等，而且正如在各种话语中所表现的那样，往往是与社会、人民、革命、共产主义事业等必不可少的宏大话语相关才得到肯定。而人道主义中的一个重要内容——与“个人主义”相关的“个人”却命运多舛，步履维艰。由于文化传统以及意识形态的深刻影响，“个人主义”长期以来都作为一个贬义词而存在，政治上道德上对“个人主义”的否定掩盖了它在人道主义思想中的学理内容，抹杀了它所具有的创造力量与进步色彩。正因为如此，个人主义所包含的个人、自我、个性等概念面对着主导话语的围追堵截，无异于在千军万马中冲锋陷阵。对“个人”的接受缓慢而又艰难，伴随着无数次论争。

这些争论（更多的是批评）不仅使“自我”、“个人”在小说创作的思想内容方面成为一个敏感地带，而且在很大程度上影响到小说的叙述人称，对第一人称叙事产生了抑制作用。比较之下，可以看出，第三人称适于传达一种匿名的普遍的权威，这正是强调“时代精神”、“社会”、“历史”等宏大理念的人所需要的叙事方式，而第一人称显然为张扬个性提供了方便。在这一时期，并不具备第一人称适合的环境和气候，不仅主导话语限制，

① 朱晶：《请从心造的灰色雾中走出来》，载《文艺报》1984年第2期。

而且作家们也缺乏以个人身份直接站出来说话的突破精神，所以此时期第一人称叙事只是零星出现，即便有，也常常成为为阐释宏大叙事服务的一种方式。在女性小说中，《爱，是不能忘记的》是比较大胆的，但是，这篇小说虽然是第一人称，主体部分讲述的却是母亲的故事，而这个第一人称承担的是将所讲述的情感故事靠向一个社会话题的作用；张辛欣《我在哪儿错过了你?》中的第一人称自述也经过了全知叙事的包装。真正的讲述个人故事、具有个人意义的第一人称叙事少之又少。

在这样的语境中，出现了遇罗锦《春天的童话》。

在此之前，遇罗锦离婚案已经引起全国性的讨论，在这场轰动一时的讨论中，“感情”与“道德”成为一个焦点问题。赞同者认为“感情破裂就是判断离婚的依据”，“没有爱的婚姻是不合理的，因而也不是道德的”。[①] 反对者认为遇罗锦的离婚是朝三暮四、见异思迁，缺乏社会责任感，影响社会安定，有违道德。感情是个人化的，而道德则是社会化的。这场关于离婚的大讨论反映了个人在争取自身权利的过程中所遭受的来自道德的巨大压力。

遇罗锦的独特与勇敢在于她不仅把对感情的追求付诸行动，而且在小说中以第一人称写出了自我的感情经历。现实中的离婚行动引起的是讨论，并以她愿望的实现而告终，但小说却带来了严厉的批评。

与在此之前发表的《一个冬天的童话》相比，同是第一人称，但评论界的反应却大不一样。《一个冬天的童话》得到了肯定，是因为小说符合了“透过‘自我’这个看上去似乎微小的切面，揭示社会生活的真相”，“‘写自我’这个‘自我’本身，

---

① 卢新华：《应该挣脱这锁链》，载《民主与法制》1981年第2期。

首先应该具有历史感和时代感"[①]这个要求。而《春天的童话》在《花城》1982年第1期发表后，《中国青年报》、《羊城晚报》、《工人日报》、《文汇报》非常集中地在当年5月发表对其全盘否定的文章，小说被认为是"利己主义灵魂的自我暴露"[②]、"污染心灵的赝品"[③]、"一部有严重思想错误的作品"，除了"宣扬了腐朽的资产阶级的思想感情，在婚姻家庭等问题上，散布了许多错误观点"[④]之外，在"表现自我"问题上也遭到指责，被认为是"隐私文学"，是"文学的堕落"，"用极端个人主义的思想、错误的道德观和恋爱观来蛊惑读者"[⑤]。有论者义正词严地指出："在20世纪80年代，'最健康人的思想'，是振兴中华、实现四化的思想，是关心别人胜过关心自己的集体主义精神，是大公无私的共产主义道德观念"[⑥]，"一个严肃的作家，他应该具有历史感和时代感。他关心的应该是社会的发展和人民的命运，而不能局限于表现一点自我的小小悲欢和个人恩怨"[⑦]。

此外，发表这篇小说的《花城》杂志也因而成为众矢之的："杂志刊物是一个重要的思想阵地。文学作品对于雕塑人类美好的心灵，起着不可忽视的作用。在对人民群众进行共产主义教育的崇高事业中，社会主义的杂志肩负着神圣的使命。如果我们某些编者忘记了这些根本道理，发表像《春天的童话》这样的作品，损害社会主义精神文明建设，那么，人们完全有理由提出：

① 马立诚：《要使"自我"不断充实起来》，载《文艺报》1981年第2期。

② 陈小川、陈中冀：《利己主义灵魂的自我暴露》，载《中国青年报》1982年5月13日。

③ 吴兴人：《污染心灵的赝品》，载《文汇报》1982年5月17日。

④ 蔡运桂：《一部有严重思想错误的作品》，载《花城》1982年第3期。

⑤ 居松：《〈春天的童话〉应当批评》，载《作品与争鸣》1982年第7期。

⑥ 吴兴人：《污染心灵的赝品》，载《文汇报》1982年5月17日。

⑦ 京拙：《文学作品不是发泄私愤的场所》，载《文艺报》1982年第5期。

《花城》编者的责任心到哪里去了?"[1]"《花城》为什么不去引导青年作者走健康的文学道路，劝阻她不要用这样的错误态度对待严肃的文学事业，相反，却鼓励她借文学以泄私愤，还在她的作品刊出以前，就发'预告'之类，广肆招徕。这岂不是在怂恿和鼓励青年作者犯错误吗?"[2] 在舆论的强大压力下，《花城》作了自我批评："我们对这篇作品的错误估量偏低，经过报刊批评，我们认识到，它不仅仅宣扬了资产阶级个人主义，而且在政治倾向上也是不健康的。""至于女主人公羽珊，我们认为她在恋爱、婚姻问题上所持的观点是利己主义的。"[3] 向杂志施压、迫使杂志作出自我批评再一次显示了主导意识形态的强大威力，其影响不容忽视。这意味着，某一类作品发表的可能性大大降低了，以某一种方式写作的可能性大大降低了。《春天的童话》的遭遇，除了小说叙述本身不够成熟的问题，也反映了主导意识形态对突出个人、自我的文学的严厉态度。

可以看到，在"个人"问题上，在80年代中期以前，整个社会的思想文化氛围是并不宽松的。但另一方面，也应该看到，对于头脑清醒的理论家和创作者来说，"个性"的价值无法轻易否定。无论是关于《在同一地平线上》的争论，还是关于朦胧诗的争论，都有不同程度的对个人的肯定性谈论。孙绍振一针见血地指出："诗人们回避着各自个性鲜明的自我，而让放之四海而皆准的共性到诗中去作循规蹈矩的表演"，"这就是诗中只能写'大我'的艺术教条，这是一种比'诗中不许有我'更顽强的习惯势力"。作者形象地论证道："个别的麻雀，自然是并不令人肃然起敬，但是我们却天天可以听到它的歌声，而那代表一

① 吴兴人：《污染心灵的赝品》，载《文汇报》1982年5月17日。

② 敏泽：《愤慨之余》，载《文汇月刊》1982年第6期。

③《我们的失误》，载《花城》1982年第3期。

切鸟类的本质却连一句歌也唱不出来。这就像每一个苹果是可吃的，可是我们却不能吃一种普遍的水果，而感到有任何的甜美。”“‘大我’自然是很高大而光彩照人的，但是它却有一个致命的缺点，那就是它不能独立存在，它离开了‘小我’就没有生命了。追求‘大我’的诗人必须把它和‘小我’统一起来追求。”① 把富有个性的“小我”作为“大我”的一个必要条件，非常鲜明地提出了与既往的“大我”是“小我”的必要条件完全不同的看法。有论者从艺术的角度出发大胆指出，艺术个性十分重要。“思想被僵化，个性被压抑，人格被侮辱，艺术创造的主体搞成这个样子，艺术之花是无从生长的。”“事实上，艺术创造的主体既是活生生的有个性的人，艺术的质素中人的主观作用，人的个性就不但不能排除，而且是要大力发扬的。没有个性，也就没有艺术。所以，我们在社会生活中提倡忘我的精神境界，但艺术中偏偏要强调有‘我’。”② “无产阶级党性原则要求作家坚持社会主义方向，面向群众，自觉地接受党的领导。但是党的领导并不干涉，而且应当尊重作家的创作个性，应当按艺术规律办事，切实贯彻双百方针，发扬艺术民主，排除干扰，破除束缚艺术生产力的条条框框，调动作家的主动性和积极性，而不是强求划一，用长官意志代替作家的创作个性，横加干涉。”③

更多时候对“个人”、“个性”、“自我”的谈论都是在抽象的普遍的“社会”、“时代”、“生活”的前提下进行的，换句话说，“个人”是由“社会”、“时代”、“生活”来修饰来定义的，这些论述貌似不偏不倚，公允中正，二者兼顾，但正是在兼顾

① 孙绍振：《诗与“小我”》，载《光明日报》1980年7月10日第4版。

② 闻立鹏：《艺术求索录——关于艺术个性的思考》，载《文艺研究》1981年第2期。

③ 张韧：《简谈创作个性问题》，载《文艺报》1981年第5期。

中，“个人”、“个性”浮出水面，被推到前台。

对于文学界来说，中国作家协会第四次代表大会的召开是一个重要事件。在这次大会上，胡启立代表党中央所作的致词中说：“文学创作是一种精神劳动，这种劳动的成果，具有显著的作家个人的特色，必须极大地发挥个人的创造力、洞察力和想像力”；“创作必须是自由的。这就是说，作家必须用自己的头脑来思维，有选择题材、主题和艺术表现方法的充分自由，有抒发自己的感情、激情和表达自己的思想的充分自由”；“我们党、政府、文艺团体以至全社会，都应该坚定地保证作家的这种自由”。“必须保证被批评的作家在政治上不受歧视，不因此受到处分或其他组织处理。进行文学评论必须采取平等的与人为善的态度，不要简单粗暴，不要‘无限上纲’，不要戴政治帽子，允许反批评”。①

在此以前，虽然作家们都渴望创作自由，但“自由”很容易与资产阶级自由化联系在一起，因而成为一种令人又爱又怕的“奢望”，这一次由党中央提出来，意义非常重大。对于文学创作者来说，这是一个重要的信号，它扫除了前一个时期笼罩在思想界、文艺界的极“左”的迷雾，为创作展现了一片广阔天地。作家们激动地预言：“社会主义文学的黄金时代到来了！”②“让那些挥惯了鞭子、舞惯了棍子的手在这汹涌澎湃的掌声中颤抖吧，让那些惯于编笼子筑框子的手在这滔滔不绝的掌声中无力地下垂吧。愿这些手再没有资格再没有颜面重新举起来！”③

一时之间，创作自由、评论自由成为人们热烈谈论的话题。

---

① 见《文学报》1985年1月3日。

② 王蒙：《社会主义文学的黄金时代到来了——中国作家协会第四次会员代表大会闭幕词》，载《文学报》1985年1月10日。

③ 赵丽宏、王小鹰：《自由，这个美丽而又严峻的字眼》，载《萌芽》1985年第2期。

虽然其后又再次强调“思想”、“社会责任感”，试图纠“自由”之偏，但很明显，对于创作与理论来说，这已经不是金科玉律了。人们认识到：“批评家的实践首先是一种选择，而这种选择应当有充分发挥个性的自由，而不是扼杀个性的。”① “个性的批评才是真正的批评。个性的文学与个性的批评的交锋，才是繁荣，才可发展，才能激发一个开放的社会所必要的思维的活跃，才称得上宽松。”② 阿城甚至“否认自己的创作有特定的‘使命感’或‘责任感’”③。人们不再把目光紧盯在人性、阶级性、资产阶级、人道主义、马克思主义这些具有强烈意识形态色彩的问题上了，自由、开放、丰富多彩已经成为不可避免的趋势。

1985 年是重要的一年。在创作上，新的风格不可扼制地开始出现。继《棋王》之后，《无主题变奏》、《你别无选择》、《透明的红萝卜》、《小鲍庄》不停地给文坛带来新鲜的冲击。王蒙对阿城的《棋王》表达了发自内心的赞赏：“我久没有见这样的文字、这样的文体、这样的叙述风格了。”④ 人们在刘索拉的《你别无选择》中看到了“叛逆”⑤，在莫言的小说中看到了“天马行空的创新精神”⑥。有人发出这样的感慨：“从《创业史》到《你别无选择》，我们的当代文学简直发生了天翻地覆的变化。你要是看了‘选择’，再回想‘创业’，真有一种隔世的感觉。”⑦ 之所以如此，最根本的原因是文学中个性的蓬勃发扬。

---

① 程德培：《主体的确立和对象的选择》，载《中国青年报》1985 年 10 月 11 日。

② 冯骥才：《这样才叫宽松》，载《中国青年报》1986 年 7 月 18 日。

③ 见《中国青年报》1986 年 9 月 21 日。

④ 王蒙：《且说〈棋王〉》，载《文艺报》1984 年第 10 期。

⑤ 卢敦基：《刘索拉〈你别无选择〉的美学意义》，载《当代作家评论》1986 年第 3 期。

⑥ 朱向前：《莫言小说“写意”散论》，载《当代作家评论》1986 年第 4 期。

⑦ 李作祥：《论文学中使命感的淡化》，载《当代作家评论》1986 年第 1 期。

李劼把《棋王》与《蓝天绿海》相提并论，认为《棋王》富有文化上的个性特色，“这种文化的个性不仅体现在小说的内容上，而且也体现在小说的艺术风貌中。”而《蓝天绿海》中的“我”则“唱着寻找自我的歌”，他精确地指出：“当人们倾听那个女孩子焦躁不安地诉说内心烦恼的时候，他们感觉到的不是人性和人道主义的激涌，而是个性和自我意识的张扬。”①

有论者这样概括1985年中国小说思潮：“在这一年，中国当代小说家们以及他们的作品头一次失去了统一——统一的观念，统一的精神，统一的思路，统一的手法直至统一的语言。”② 陈骏涛则直接将其概括为“一个多元化的文学时代”③，“多元化是对一体化的一种反拨，也是在我们社会生活的转折时期人的主体性要求得到确认、得到强化的一种表现”④。的确，多元化与个性、个人、主体意识的发展密不可分。

也是在1985年，刘再复发表了被喻为“人的重新发现”⑤的《论文学的主体性》⑥，针对既往那种概念化的、强调阶级性政治性的、重视外部事件与活动的文学观念，从理论的高度论证了主体、个性观念在文学创作中的重要意义，肯定了创作中的“超常性”——“就是超越世俗的观念、生活的常规、传统的习惯性偏见的束缚”，并且高度评价了“自由”精神的价值。他明确提出“作家的创作应当充分地发挥自己的主体力量，实现主

① 李劼：《文化的个性与个性的文化——关于〈棋王〉和〈蓝天绿海〉的评论》，收入李劼著《个性·自我·创造》，浙江文艺出版社1989年版。

② 李洁非、张陵：《一九八五年中国小说思潮》，载《当代文艺思潮》1986年第3期。

③ 陈骏涛：《一个多元化的文学时代》，载《当代作家评论》1986年第6期。

④ 同上。

⑤ 李作祥：《人的重新发现》，载《当代作家评论》1987年第1期。

⑥ 刘再复：《论文学的主体性》，载《文学评论》1985年第6期。

体价值，而不是从某种外加的概念出发”，“不仅要尊重某一种精神主体，而且要充分尊重和肯定不同类型的精神主体。这些不同类型的精神主体在现实生活中表现为差异无穷的个性”。[①] 当然，历史使命也是作者所强调的，但是作者同时又强调“履行历史使命感就是作家自我实现的一种方式。作家履行历史使命和社会责任的时候，不是仅仅出于一种‘理应如此’的需要，而是出于内心的需要，即‘非如此不可’，领悟到这种外在的完成正是内在自我完成的途径，正是对自我本质的真正肯定”。使命感被归结为“作家自我实现的一种方式”与“对自我本质的真正肯定”，相对于以往谈论使命时的慷慨陈词、谈论自我时的小心稳妥，甚至如临大敌，刘再复对“主体性”的谈论充满激情，可以说，正是在刘再复这里，新时期文学创作、文学理论中时隐时显的“自我”、“主体性”、“个性”的旗帜才真正鲜明地树立起来了。

而在广泛的社会层面，从新时期伊始，活跃的趋势就一直发展着。新的行为方式、生活方式已成为不可扼制的潮流，对传统观念产生了巨大的冲击。迪斯科风靡全国，服装、发式由“文革”中的单调一变而为丰富多彩，由穿着打扮引发的关于“青年与现代生活方式”的讨论大大推进了人们对于自我表现、自我设计、自我价值的肯定态度。尽管依然有保守僵化的观念作怪，但更多的人认为衣着上标新立异是求变进取和前进向上精神的体现。思想的活泼勇敢得到了鼓励，“个性”得到了公开的赞美。相应的，一些传统的、陈旧的伦理道德标准受到冲击。在各种报道中，事业有成同时又爱跳舞、打扮时髦的女性被有意地塑造成为个性的象征。对于老年人再婚以及关于婚姻家庭观念展开的讨论，都在很大程度上破除了一些传统的观念。思想观念的转

① 刘再复：《论文学的主体性》，载《文学评论》1985年第6期。

变在整个社会层面进行着。这意味着那些束缚手脚的禁区逐渐被摒弃，自我意识的成长具备了宽松适宜的环境。

作为80年代中期的时代氛围、社会思潮的核心内容，个性和自我意识的张扬对小说领域的一个突出影响就是第一人称的大量增加。据统计，1988年的《小说月报》中以“我”为主述方式的作品约占40%，而《作品与争鸣》中则几乎占50%，《作家》则差不多占总数的48%。[①] 亦有人注意到“一批上海的青年作家，他们不约而同地或互相影响地喜欢用第一人称写自传体性质的小说”，认为小说中对个人隐私、历史、心灵等的坦露“标志着个性的发现和解放”。[②] 的确，如南帆所说：“第一人称的增多同主体位置的上升存在着微妙的联系。”[③] 对于女性小说来说，也同样如此。

在女性小说的发展过程中，从80年代初期的代言式的女性小说到第一人称女性小说并不是一个轻松跨过的距离。在80年代初期，女性是被置于大写的“人”的总的概念下被认识、被讨论的，女性问题并没有从人道主义中独立出来，得到突出。正如陈晓明在谈到此时期的女性思想时认为“这些思想附属于思想解放的主题之下”[④]。在此时期的小说中，对宏大话语的引用或重复表现出女性叙述人与主导话语之间的协调同步的关系。当然小说里有对女性问题的关注，有女性的立场，但都不是以个人的声音来表达的，而是渗透在对人物的态度中的；对女性问题的议论也不是由叙述人直截了当地站出来发出的，而是在第三人称

---

① 黄浩：《角色紧张：一个说得太多和太累的“我”》，载《作家》1990年第3期。

② 方克强：《隐私性、炉边谈话与吴语方言》，载《文论报》1988年10月5日。

③ 南帆：《第一人称：叙述者与角色》，载《钟山》1993年第3期。

④ 陈晓明：《表意的焦虑》，中央编译出版社2002年版，第168页。

的掩护下，叙述人安全地躲在人物背后，以人物为代言人，借人物之口表达自己的看法。同时，第三人称叙事在某种程度上具有客观性效果，不出场的叙述人代表了一种普遍的话语权威，为女性人物及女性观念提供了担保。总之，尽管在此时期的女性小说中有一些对传统规范表示异议的声音，但是无论在话语方式上还是在观念上，都未能真正以个人的声音标示出明显的差异。虽然个人的表达在新时期之初就已经存在，如我们在《爱，是不能忘记的》、《我在哪儿错过了你?》中所看到的，但都是零星的、经过掩饰与包装的。《春天的童话》要大胆直率得多，但是和其他小说一样，也有着宏大话语或者世俗观念的深刻介入。这种状况到了刘索拉的《蓝天绿海》有了根本性转变。

从《春天的童话》到《蓝天绿海》，第一人称女性小说的叙事话语发生了巨大变化，可以看出女性叙述人主体意识的迅速成长，这种主体意识的增强，与时代思潮有密不可分的关系。显然，在对“自我”态度严厉的80年代初期，这样富有挑战性的第一人称小说是不可能出现的；直到80年代中期，意识形态松动、张扬个性的社会氛围才为突破匿名权威的、直接的个人的女性表达提供了可能，为第一人称的大量出现提供了可能，也为读者的普遍接受提供了可能。《蓝天绿海》正是这样的社会语境的产物。《蓝天绿海》中特立独行的“我”，刘西鸿《你不可改变我》中我行我素的令凯以及斯塔《生之惑》中对宇宙奥秘孜孜以求的“我”所发出的，正是再清晰不过的“个性”的声音。在这些小说中，“个性”不仅仅表现在作为叙述人称的“我”之中，“个性”也不是作为一种观念通过叙事传达出来的，“个性”就是表现为叙事话语本身，就存在于叙事话语之中。正是通过挑战既往表达方式的离经叛道的叙事话语，刘索拉的《蓝天绿海》有力地将“自我”从传统规范中区分出来。

但是回顾当代文学批评，我们可以发现，同是刘索拉的作品，《你别无选择》被人们反复谈论与解读，可谓占尽风光，盛极一时；至于《蓝天绿海》，除了极为有限的评论（包括李劼的评论）外，则常常被人们一带而过，其对于女性小说的意义更鲜有人提及。[①] 原因何在？除了《你别无选择》“先声夺人”之外，还在于《蓝天绿海》延续了《你别无选择》中背离传统、张扬个性的主题，使人们容易将其视为《你别无选择》的余音。但实际上，《蓝天绿海》是《你别无选择》的进一步的发展。《你别无选择》在貌似客观的全知叙述下，潜在地肯定着“个性”；《蓝天绿海》中，叙述人则以第一人称叙事方式抛头露面，将叛逆与挑战表达得更突出、更彻底，对读者产生的冲击也更强烈。更进一步看，对女性叙述人的选择也意味着作者对女性个人身份的突出，表现了女性自我意识的明确。如果说此前的《你别无选择》等小说标志了“个性”观念对既有价值观、对主导话语权威的突破，那么《蓝天绿海》则标志着从一般意义的“个性”到有性别的个人的变化，是在个性的基础上向差异性的进一步延伸。但遗憾的是，小说中的“个性”得到指认，但“女性”却落入盲点，淹没在《你别无选择》所产生的“个性”的巨大回响中。

这既跟外在的客观语境有关，也跟小说本身有关。如前所述，与反叛的主题相关，它的叙事话语有意背离性别常规，但又因此带有落入通常所认为的男性话语风格的嫌疑，而作者试图调和这一风格的柔和抒情的因素又不能很好地融入整体之中，因此留下各种话语混合的痕迹。作为80年代中期逐渐开始肯定个性

① 陈志红在《永远的寻求：一代人的精神历程》（载《当代作家评论》1990年第6期）中，将刘索拉的《蓝天绿海》与蝌蚪的《无以诉说》、赵玫的《再度抵达》、陈染的《世纪病》、陈洁的《随风而去》等小说一起归为表现“知识女性心灵生活的作品”，肯定了它们的意义。

的社会语境的产物，这篇小说形象地再现了女性与主导话语的依存关系：在对抗世俗、张扬个性的堂而皇之的大旗下，借助男性化的话语方式，将一个离经叛道的女性叙述人的形象“偷渡”进文学领域。它留下的问题就是：如何既突出个性，又表现出女性话语的差异性，并将二者很好地结合起来。

虽然有着以上诸种问题，但《蓝天绿海》的出现对于女性小说的发展仍是一个有力的推动，它的个性鲜明的表达是对传统女性形象的颠覆，它使那种借助宏大话语提升形象的、在社会伦理道德规范面前自我辩护与自我怀疑的、主体匮乏的女性叙事成为历史，使女性小说的叙事话语站在了一个新的起点上。因而，当我们从文学本身的角度来考察女性小说的发展时，必须承认《蓝天绿海》的不容忽视的意义。正是在这一富有挑战性的第一人称叙事的基础上，在道德伦理规范日渐宽松的文学氛围中，才有万方《在劫难逃》这一自足的、坚定成熟的第一人称女性小说。对世俗陈规的挑战姿态使《蓝天绿海》中间接地留下世俗陈规的痕迹，此外，对外在规范的些许返顾、对读者接受的考虑使《蓝天绿海》的叙事话语还有不和谐之处，而到《在劫难逃》时这些问题被克服了。《在劫难逃》没有挑战，也没有顾虑，只有平静的、克制的、自我沉思式的叙述，一种自我约束、确定不疑的力量笼罩在叙事话语之上。在理解、认同自我的同时能够完成向广阔的审美境界的提升，这标志着女性叙述话语的新的高度。在此之前的女性小说，都多少受到各种外在因素的影响，因而造成话语的异质杂糅的现象。如伍尔芙在一些女性小说里所看到的：“作者是在那里对付批评，虽然对付的办法或采取批斗的方式，或采取和解的方式。”① “除了愤怒以外还有很多别的力量

① 弗吉尼亚·伍尔夫：《一间自己的屋子》，王还译，生活·读书·新知三联书店1989年版，第91页。

在拉她的想象力，拖它离开它的正路。”① 而在《在劫难逃》中，各种外在的干扰被排除了，叙事话语才能全心全意照顾到审美的问题，并且真正完成了这一使命。只有在真正宽松的、个性充分健康发展的土壤上才能孕育出这样成熟的果实。这是非常难能可贵的。

正是在“个性”、“自我”被普遍接受的过程中，“女性作家”、“女性文学”开始从总体的文学现象中分化出来，作为一个特殊现象得到关注。与新时期初期把这些女性小说归入人道主义文学思潮来谈论不同，吴黛英在《新时期“女性文学”漫谈》中说：“不管人们承认与否，近几年来在中国的文坛上，一个前所未有、人数众多的女作家群已经形成。”② 女性文学吸引了研究者的目光，但是一个值得注意的现象是很多女作家似乎并不愿意突出自己的性别。张洁说：“即使是写女人，我也不是以女作家这个角度去反映女人，我也是将它作为一种社会现象来对待，所以我对女权主义不感兴趣，而常常会觉得妇女自身存在的缺陷很多”，“我觉得自己看女人常常是以一种男人的眼光或中性人的眼光”。③ 王安忆说：“我不是女权主义作家。”④ 张抗抗等人都明确否定自己是“女权主义者”。在介绍陆星儿的一篇文章中，作者说：“我们实实在在都不是女权主义者，陆星儿自然更不会是。在中国，‘女权’这词儿象瘟疫，男人们怕它，女人们

---

① 弗吉尼亚·伍尔夫：《一间自己的屋子》，王还译，生活·读书·新知三联书店1989年版，第90页。

② 吴黛英：《新时期“女性文学”漫谈》，载《当代文艺思潮》1983年第4期。

③ 张洁：《女人，并非特殊……》，载《文学报》1989年8月10日。

④ 王安忆、斯特凡亚、秦立德：《从现实人生的体验到叙述策略的转型》，载《当代作家评论》1991年第6期。

更怕它，连刘索拉这样颇具现代意识的女作家都竭力回避它。”① 即使到90年代也还是有一些女作家对“女权主义”持这样的看法，这在很大程度上与人们认为“女权主义”一词太过咄咄逼人有关。但是进一步分析，可以看到，对“女性”、“女权主义”的回避实际上反映了一些女作家在女性身份这一问题上温和模糊的倾向，这内在地与广泛存在于社会以及文学领域的价值标准相关，这一价值标准涉及特殊与普遍、主观与客观、狭隘与广阔等等一系列二元对立的关系。这在曾镇南对陆星儿的评论中已经有所显示，而此时期一些以研究女性作家著称的评论家的看法也同样暴露了既有的成见。

李子云肯定了“有些女作家开始站在妇女立场，从自己的切身体验出发，表现了妇女的特殊问题和心态”以后，又这样说道：“在一九七九年以后新起的女作家，大多数也都对带有普遍性的社会问题，表现了关注。”赞扬谌容的一些作品“一针见血地触及时弊，而不带任何女性色彩”。更为年轻的一些女作家的作品“行文刚劲凝重，如果不加说明，读者不会想到作者为女性。即使以感情、文字富有女性色彩的张洁、王安忆、张辛欣，她们许多优秀之作也并不拘泥于‘女性文学’的范围”②。这种谈论方式中，明显的有一种高下对比，女性文学被置于一种局限的特殊意义上，而不言自明地被肯定的，是“带有普遍性的社会问题”，“不带任何女性色彩”、“不拘泥于‘女性文学’的范围”，暗含着女性文学是狭隘的意思。有人则认为：“女作家关注的不再是女性的体验，作品的主角也不一定再是女性。无论其涉及的题材还是所涉及的人物，都出乎意料地获得了一个更高的视点。”认为“当女作家都有精力腾出目光关注自身以外

① 应红：《星儿》，载《当代作家评论》1989年第1期。

② 凌扬：《女作家说　说女作家》，载《女作家》1987年第1期。

的这片沃土时”，“女性文学大概才会真正如释重负地有个飞跃”。[①] 表面上的肯定背后是对女性、女性文学的贬低甚至否定。

赵玫表达了不同的看法。她也试图对女性文学在新时期十年中的发展作一概括。但正如当时的绝大部分谈论一样，“女性文学”在她这里也并未严格限定，只是宽泛地指女作家的创作。她充分肯定了女作家们对于女性心灵世界的表现，并针对评论界对她们“狭小的个人的圈子”的批评，指出：“这样批评的指问所导致的，只能是女性作家的困惑。她们刚刚在营造一个自己的颇具现代意识的小说世界，并很可能有所建树，在艺术日臻完善的基础上，达到一个新的艺术高峰，但可惜的是，她们却在不断地被鞭打着，驱赶着，从她们的世界中走出来，走向蒋子龙，走向刘心武。我一直不认为《沉重的翅膀》、《北京人》等趋时之作是她们的好作品，如果她们沿着内心世界的轨迹一直走下去，也许她们的创作会是另一副样子。”[②] 可以看出，女性批评家开始为女性小说树立新的标准，并以此来和传统的重视社会时代的批评相抗衡。女性主体意识的增强带来的不仅仅是个性的进一步发展，而且也预示着美学标准的分化。

盛英也注意到了女性主义批评的问题。她指出，悄然兴起的女性主义批评对“社会性强的女性文学都能及时给予评价和作出反响，以扩大其社会效应。但另一种情况是，目前不少女作家以其拥有庞大情感力量的语言，呼喊着自己的心灵与身体，她们对于自己生命冲动与各类感觉，已不再遮遮掩掩了。对此，女性主义批评却显得迟钝乃至萎缩。人们对于‘妇女意识’构成元素的看法，依然规范在传统的格局里；对于女性的个性解放与自

---

① 张擎：《女性文学的娇弱、雄化和无性化》，载《当代作家评论》1986 年第 5 期。

② 赵玫：《知识女性的困惑与寻求》，载《当代作家评论》1986 年第 6 期。

我实现的认识，依然统一在理性主义的框架中；而对于女作家创作心理动因的审视，更不敢潜入潜意识领域……凡此种种，女性主义批评的步履只能为求稳健而趑趄不前”。[①]

可以看出，对于“女性文学”的接受与评价，反映的是“女性”观的微妙与复杂。一方面，女性的差异性被突出出来，女性的创作得到关注；但另一方面，受到传统观念的影响，由于对女性的本质主义的偏见，也由于对抽象的“人”的概念的习以为常，女性希望躲在“普遍”的安全阴影中，而不想暴露在差异之中。因此，对“女性”身份缺乏自信，对女性的表达缺乏自信，不能够积极地自觉地认同女性作为一个性别的特殊性，回避“女作家”的名号，对“女权主义”更是避之唯恐不及。在文学批评中，则表现为赋予文学作品的社会性以至高无上的价值，认同抽象的普遍的无性别的作者观念，对女性权威缺乏信心，对于女性对自我内心世界的表达加以消极的有限的评价。总之，对女性文学的评价在很大程度上依然被既有的文学观所笼罩。好在创作总是走在评论前面，女性作家已经开始发出女性个人的声音，虽然是无意识的、不自觉的，但毕竟对既有的创作形成了挑战，并展现了女性写作的新的前景；而且女性评论家也从理论上勇敢地予以支持。到 90 年代女性小说继续发展，蔚为大观，由此我们发现，性别因素往往是一些女性作家在推出自己时有意的主动的选择。这既是性别意识成长的结果，也不无商业因素的影响。

---

① 盛英：《女性主义批评之我见》，载《文论报》1988 年 6 月 5 日。

第四章　叙述主体的凸显与淡化

经过20世纪80年代刘索拉、万方等人的过渡，90年代的女性小说蔚为大观。可以看出，由80年代第一人称女性小说所开创的传统有了不同的走向：一方面，叙述主体得到了极大的张扬，这突出地表现在林白的小说中，林白最大限度地利用了第一人称所能提供的各种可能性为女性的声音开辟自由表达的空间，使女性叙述人的权威渗透到叙事话语的每一个角落，真正在叙事话语中建立了鲜明的女性叙述主体的形象；另一方面，则出现了一批叙述主体无所作为，放逐道德判断、情感表达趋于中性的平淡化叙事。

第一节　叙述主体的张扬

一、介入故事的叙述人声音

从20世纪80年代到90年代，在大量涌现的女性小说中，叙述主体都得到了不同程度的突出，90年代愈益彰显。其中，作为叙述人的“我”的叙述行为、自我形象，作为叙述人的“我”的声音都得到了张扬，并显示出对故事的深刻介入。第一人称小说类似“自叙传”小说的大量出现是典型表现，如“女性个人化写作”的代表人物林白《一个人的战争》与《说吧，房间》、陈染《私人生活》等。其中，作为叙述人的“我”的叙述行为、自我形象，作为叙述人的“我”的声音都得到了彰显。

而即使是在第一人称异故事叙事以及一些第三人称小说中，也处处留下了叙述人自我言说的痕迹，并显示出对故事的深刻介入。从女性主体意识发展这一角度来讲，这一切都显示了叙述人主体性的自觉，显示了叙述主体的自由与张扬。从小说的艺术性来看，其影响是两方面的：一方面，它促成了个人化的独特风格以及新的美学话语的形成；另一方面，也带来了叙事上的一些问题。要正确评价其影响，则需对叙事话语进行仔细考察。

在90年代的女性小说中，叙述人彰显自我的一个突出表现是对故事的介入。

在这方面，蒋子丹《桑烟为谁升起》（载《收获》1994年第1期）具有鲜明的实验性。小说一开始，叙述人就直接出场，点明了叙述行为所具有的创造性，决定由两句诗引出一个爱情故事，并将构思和盘托出，紧接着女性人物出现，成为被描摹的对象。在这一过程中，不时有这样的句子："我决定在小说里描写她的时候，尽可能不使用那些让她婀娜多姿乃至千娇百媚的字眼"，"但我不想姑息我的主人公，不想让她加入那个掩耳盗铃自欺欺人的行列，于是我直言以告，她几近中年"。但接下来的叙事表明，人物萧芒并不仅仅是一个被动的叙述对象，叙述人居然将她从故事里召唤出来，直接与她展开了对话，或者两人就关于故事的构思进行商量，或者对萧芒的心理进行探讨，叙述人与人物建立了一种类似友谊的关系。叙事就这样在叙述行为的斟酌与人物故事的展开中向前推进。

虽然小说一开始拉开了要讲一个故事、要创造一个人物的架势，但事实上这一愿望并未贯串始终，故事的结局是推测性的、含糊的，而人物萧芒的面目最终未能真正丰满清晰起来。之所以如此，主要是在叙述一个故事和叙述人的自我言说欲望之间，后者占了上风。在小说开始叙述对人物的构思的时候，讲到了死亡，于是叙述人就放下了人物，转而回忆起自己年少时经历的与大女生木子李从友谊到仇恨到死亡剥夺了仇恨的过程，然后才重新回到对人物遭遇的设想。此外，叙述人的议论也随处可见："在生活中我们常常会遇到一些出色的女人，她们直觉的洞穿力有时候简直如激光光束一般，既色彩斑斓又犀利无比。而且她们往往对自己杰出的能力缺乏足够的认识，反而傻乎乎地去崇拜某个实际上并不见得值得她们五体投地的男人，并在不知不觉中用自己智慧的头脑将他们理想化，满心以为遭遇了千载修得的姻缘。""我认为女人尤其是一些优秀的女人，最容易犯的错误也是她们品格最明显的标记，便是把世俗的爱情理想化。"不仅如此，叙述人的双重身份——既是友人又是叙述人——赋予"我"以极大的自由，友人身份可以使"我"与萧芒面对面交谈，在某些情况下可以作为见证人而详细描述，某些情况下由于不知而将过程一笔带过。而叙述人的身份又使"我"具有独一无二的权力，在必要时强制性地改变故事的发展方向，如为了将萧芒从西藏文化骗子手中搭救出来，叙述人"我"就调用了"十二道金牌"。

总之，这篇小说与其是要讲一个女性的故事，认真地塑造一个女性的形象，不如说是借助叙述权力的实验突破种种限制，从而实现对女性故事的自由谈论。在这种自由谈论中，女性的处境、女性的问题也包括对女性的同情与理解一一呈现。

蒋韵《栎树的囚徒》（花城出版社，1996）并没有出现叙述人的形象，而是让小说的每一部分都由不同的人物的自述组成。这是家族中的三个女人：天菊、天菊的母亲苏柳、天菊的舅妈贺莲东。每一章都是第一人称叙述，但这是一种奇怪的第一人称叙述。每一个叙述人同时也是一个洞穿历史与他人的全知者：苏柳的叙述中对段金钗的感觉与内心、对当年的山林风光津津乐道，言之凿凿；贺莲东叙述先琴、小红姑娘，天菊叙述贺莲东，全都突破了第一人称视角的限制，对他人的内心世界、对他们的心理与情感都了如指掌。而在全知叙述的同时，“我”又保持着随时介入叙事的自由：“他是怎样误入花巷，至今仍是一个谜。可我想这毫不奇怪，误入歧途是他唯一的归宿。”可以认为，这些不同的叙述人实际上只是一个潜在叙述人的不同化身，这个叙述人穿梭于不同的历史时间、不同的家族人物之间，在千丝万缕的背景中追寻家族的历史、家族女人的命运，同时又享有站出来说话的绝对权力，可以随时表达对命运的感慨、对历史的反思和诗意想象。

在回顾既往的过程中，在时间上的“遥望”或“眺望”反复出现，每个叙述人都不时将自己在时间上所占据的有利位置突出出来：“他踌躏满志留连在朴园的亭台楼榭的时候，不知道一颗子弹会在飞奔的路上拦截了他，打碎他笙歌不灭的美梦。”“当他夸张地、亢奋地、歌唱般地挥舞那红红绿绿的霸王鞭时，他不知道真正属于他的东西——洛阳铲，正在遥远的地方沉默地等待着他。”“此时，我15岁的母亲正养在深闺，对未来毫不知晓。她不知道三年后那场盛大而奢侈的婚礼将成为多少人的话题。”人物的“不知”衬托出叙述人的无所不知，对于家族历史上的人物，叙述人有着全知的优越感，并因此而有了一种确定的预言口吻：“盛极而衰的日子将由此拉开序幕。”“现在我一里一里接近了古都沃城。我就要走进去和这个故事中一些重要的人物相遇。”“父亲他终将没有答案地走上他生命的穷途。”所有这些都标出叙述人的位置，它们在小说中到处出现，显示出叙述人居高临下俯视历史的优越感，一种对历史的回溯与洞察，一种穿越时间的自由。

在徐小斌《羽蛇》（花城出版社，2000）中，开场白以及附录三中都有一个整个文本的叙述人“我”，在故事开始以后，叙述人就退出了，让位于第三人称叙事，但是忽然，第三人称的有距离的幻觉被打碎了，那些被叙述的女性人物突然一个接一个地走出来与我们面面相对，直接对我们言说着她们自己。首先是羽，由叙述人眼中的“她”一跃成为“我”；紧接着金乌也开始站出来自己说话；小说进行到中间，羽的妈妈若木、外婆玄溟以及羽的姐姐绫的女儿韵儿、羽的朋友亚丹也开始了第一人称自述。似乎是不满足于让那些女性人物仅仅做一个被叙述者，叙述人让她们相继在小说中发出自己的声音，让她们成为叙述的主体。

但是实际上，叙述人虽然给每一个女性人物以言说自我的机会，叙述人的声音却从未真正退隐到幕后，在叙述的过程中，常常会出现这样的句子：“美丽的女人几乎都是薄命的，我们这个故事也未能免俗。”“在我们这个故事中本来应当避免这样近似太虚幻境似的场景。”“现在，我们的场景已经切换到了故事的开始。”以此来提示一个叙述人的存在。在羽找到金乌后，叙述人对金乌的容貌有一番描写，紧接着就是一大段有关年龄的议论：“年龄是个奇怪的指数。它并不因头发的黑白，皱纹的多少而改变……”还有散布各处的很多其他议论也都同样出自潜在的叙述人。

即便是在人物的自述中，叙述人的声音也是或隐或显地掺杂其间，成为人物话语中的不和谐音。例如若木自叙的那一节，忽然有这样一段议论：“传媒力量的巨大，从那时就显现出来。在一个没有信仰的社会里，传媒成为左右舆论、左右人心向背的重要武器。”似乎一下子拉开了与故事时间的距离，而且这种议论根本不像是出自一个女儿画了一些奇怪的画就认为女儿脑子有病的家庭妇女之口，那么只有一个可能，是叙述人不自觉地借若木之口发出了自己的来自叙述时刻的声音。在关于历史性的广场事件那一节，本来是第三人称的“羽走出了广场”。但紧接着的一句是：“这时我看见有很多人冲进了广场，拿着棍棒。”这个“我”非常突兀，除了叙述人，不可能是别人。在叙述地震后的动员时，叙述人又插进了自己的议论，甚至又一次让“我”介入叙事话语中：“人们其实都把生命看得很重，即使活在地狱里，人也愿意活着，当然，我指的是一般意义上的‘正常人’。”

戴锦华认为：“《羽蛇》中最重要的一种尝试，在徐小斌近二十年的创作之途中，第一次显现徐小斌始终不曾暴露的一重‘身份’，一个中国（女性）知识分子的身份，一个身为七十、八十、九十年代的参与者与亲历者的历史记忆。”① 正是这个“女性知识分子”，这个作为历史参与人的叙述人的叙述与言说欲望贯串于小说始终，不时将自己的看法掺进人物的话语中。即便那些人物的第一人称叙事，也不是为了让人物表现出不同的性格与内心世界，而只不过是叙述人自己即兴模仿、随意发挥的一个场所、一种形式。某种意义上，这也是 90 年代很多女性小说的一个突出特点，即：叙述人热衷于自我言说，热衷于就女性问题发表议论，热衷于叙述权力的操练，而对人物形象与故事的关注则在其次。

90 年代女性小说中叙述主体的言说欲望可以看做 80 年代话语压抑的释放。由于受到主导意识形态以及世俗伦理道德的制约，80 年代前期的女性小说具有一种话语杂糅的特点，对主导话语的重复与引用常常成为小说中的生硬因素，而对于世俗伦理观念，叙述人既有针锋相对的质疑，也有犹豫回避，叙述话语常常在挑战规范与向传统致意之间摇摆。跟 80 年代女性小说叙述人瞻前顾后、小心谨慎的话语方式相比，90 年代大量出现的叙述人话语的扩张蔓延表现了叙述人主体性的发展。这跟社会语境的宽松有很大关系，意识形态放松了对文学的要求，伦理观念在一定程度上失去了对小说的影响力，于是女性小说最想言说的、

① 戴锦华：《自我缠绕的迷幻花园——阅读徐小斌》，载《当代作家评论》1999 年第 1 期。

但在话语场中一直处于被压抑状态的“自我”便蓬勃地生长起来。以林白为代表，女性小说的叙述人最大程度地为女性的声音开辟自由表达的空间，使叙述人的权威渗透到叙事话语的每一个角落，真正在叙事话语中建立了鲜明的女性叙述主体的形象。①

在某种程度上，兴盛于90年代的叙事学理论对叙事行为、叙述权力的强调，以及批评家们的积极响应也进一步推动了小说中叙述主体的自我扩张。既然故事与人物都是叙述出来的，甚至描写也被认为是叙述的一种方式，那么，没有什么理由能够阻止小说家们将这一切贯彻到文本中并作进一步的发挥。对于这些女性写作者来说，重要的不再是故事以及人物，而只是自我的言说，是叙述的权力和自由。为了最充分地实现这一自由，可以不顾故事的完整，可以忽略人物的生动，可以暴露叙述行为，可以突破传统的视角限制，让种种看法和议论、自由的联想无拘无束地在文本空间蔓延，享受叙述权力在自己手中挥洒自如的快感。潮流所向，90年代大量出现的女性小说由此形成了全新的面貌。叙述主体茁壮成长，覆盖了一切，但同时也必然会遮蔽、忽略一些东西。

二、富有个人风格的叙事话语

在90年代的很多女性小说中，叙事话语不再是无归属的、透明的，不再仅仅是表意的媒介与工具，而更多地成为叙述人个性的标记。在富有个人风格的叙事话语中，我们看到叙述人、听到叙述人的声音；或者说，通过叙事话语，叙述人将自我鲜明地突出出来。

徐坤《游行》（载《钟山》1995年第6期）是第三人称叙

① 参见陈淑梅《论林白小说的叙事特色》，载《文学评论》2004年青年学者专号。

事，但第三人称典型的客观冷静在这里却一扫而光，潜在叙述人嬉笑怒骂，将居高临下的反讽发挥到了极致。“从见到程甲的第一面起林格就知道一场献身运动是不可避免的了。”“她满怀微笑，大义凛然地一头跌入爱的陷阱。”“心虽死，血犹热。她曾经为诗流过纯净的血，不惧怕再为散文把一腔的火热流干。”至于林格手上戴的黑戊在恋爱高潮时送的戒指，在独自一人做了人流之后的林格看来，“恰如孙猴子在如来佛手里翻筋斗时，在佛手指变成的擎天柱旁留下的‘到此一游’的尿迹。那会儿猴子还得意扬扬，自以为自己真到了西天了呢”。无论被林格崇拜的、与林格交往的男性人物还是林格自己都遭到了叙述人的肆意调侃，林格的故事仿佛只是提供了一个舞台，供叙述人展示一针见血的如珠妙语。

在林白的小说中，语言的形式意味得到了充分发展，众多由“像”、“仿佛”、“宛如”等领起的比喻性意象充满了文本空间：“19 岁半的日子像顺流而下的大河上飘浮的鲜艳花瓣。承受着青春的雨点呼啸而过，闪电般明亮而短暂。”“我只要看到他，带有南方口音的童声合唱就会曼声而起，笼罩着他的四周，它们就像一些墨绿色的携带着浓郁南方气息的枝叶缀结在他的头上，如同一个神话人物或一个真正未成年的少年用树枝做成帽子以挡住太阳。茶园墨绿色的茶树漫天的弧形树冠自天而降，挡住都市中喧闹而坚硬的水泥和钢筋。”“笼罩着他的四周”之前这段话基本上是已经完成的话，意思已经传达出来，但对叙述人来说意犹未尽，其他的语句接踵而至，延长它，呼应它，充实它，这个过程是语言的过剩，它们不再仅仅作为媒介传达某种意义或表达某一现实，而更多的是展现它们自身的组合和搭配所具有的诗性、美感和力量。在林白看来，正是语言“使事物或过程携带上激情、力度，或者使它们脱离日常生活的形态从而变得熠熠生辉，使平凡的事物变得不平凡，使不平凡的事物变得更加具有震撼力”①。作为叙事话语的生产者，林白小说的叙述人几乎无一例外地对语言所具有的创造力充满自觉，并对之加以充分运用，由此形成了独特的个人风格。

风格鲜明的语言也成为蒋韵《栎树的囚徒》的醒目标记。可以说，《栎树的囚徒》是一场语言的盛筵。小说中有令人目不暇接的比喻，这些比喻中充满了自然景物的色泽、形状与气息。“藏匿秘密的丛林被历史性地烧毁了，无数人的私密像一只只山鸡野兔在冲天的大火中流离失所，四处奔窜。”“它（小红姑娘的声音）挂在树上，像大朵大朵的玉兰花，它飞扬在空中，像闪光的鸟羽。”“鸦片的奇香是大而诡谲的热带花朵，开在朴园的夜晚和四季，它肥硕的花瓣像女人暧昧和不洁的身体，在梅雨中散发出淫荡之气。”比喻使表达更形象生动，同时也增加了意象的密度。对称、排比是叙述语言的另一个极为显著的特征。“陈桂花的眼睛黑如深潭，笑意像鱼跃出阳光照彻的水面。祖母的眼睛是绝美的景色，风光无限。它是我家乡的群山，春天鲜花怒放，秋天层林尽染。它是我家乡的伊水，夜晚托出星月，黄昏吞没落霞。”“稻子在风中嘶嘶拔节，秀穗扬花，那是上帝的神迹；蚕宝宝在沙沙地吞食桑叶，吐丝做茧，那是上帝的神迹。河水如丝绸，孕育鱼虾，那是上帝的神迹。雨前的春茶，夏天的莲藕，四季的馈赠无一不是上帝的神迹。”在这样稍加变动的反复表达中，内容更加丰满和充实，但是相比之下，更为突出的是整齐对称的形式感，是语言本身的完满和自足，是语言气势的延续与完成。在这样的叙事话语中，我们看到的是叙述人对语言美感的近乎狂热的激情。

在《栎树的囚徒》中，值得一提的是叙述人在时间上的跨

---

① 林白：《手记12篇》，载《大家》1997年第5期。

越给叙事话语带来的独特诗学意味。在叙述外婆生命中最后的日子时，叙述人天菊忽然介入：

外婆的故事就要结束了。它将结束在一个秋天的晚上。我已经面临了这个秋天之夜。我静静地矗立。昔日的黄叶覆盖了我的脚面。沃城还是有一些树的，槐树、杨树、柳树以及桂树。它们分布在一些街道和院落，带给城市四季的诗意。我想说这个秋天之夜非常美好。桂树在盛开。桂花的香气是这个季节的灵魂。我外婆和舅妈不由地回忆起朴园，朴园的桂树一定也在这个秋天的傍晚盛开。她们想起做桂花糖的日子，那是三秋的盛事盛景之一。纯正的西湖藕粉和新鲜桂花糖是多么当令的美味。

这里存在着两个层面，甚至可以说三个层面的时间：叙述的时刻、“我”在过去某一刻站在朴园回顾历史，以及更远的历史中外婆和舅妈回忆朴园的过去，叙述人毫无过渡地将属于叙述人的时间与以往历史中的不同时刻衔接在一起，从一个时刻转入另一个时刻，愈来愈走向历史深处。但是，因为叙述人始终自由地穿行于时间之中，在回顾与预叙之间有效地控制着时间距离，保持着时间的弹性，所以这种衔接并不令人觉得突兀；相反，不同时间、不同空间中的人物与环境的无间的并置却奇异地呈现了时间的重叠与交融，呈现了记忆的绵延与辉映。而支配这一切的，则是叙述人无视时间跨度的主观精神。

另外一些时候，从普遍的概括性叙述到某一具体瞬间的过渡也是直截了当而又平滑的：“朴园的冬夜，是历史的夜晚。风吹打着我们的窗棂，雪沙沙地落在屋瓦。雪使朴园变得纯粹和宁静。母亲们的欢笑落在了时间之外，它的飘落具有某种羽毛般轻盈的形态。我问奶妈：‘我父亲那时多少岁？’”毫无“有一天”之类的时间的提示，概述直接笼罩在场景之上。“历史的夜晚”、

“时间之外”不仅使概括的景物描写具有一种抽象性与模糊性，也使具体瞬间具有广阔与深邃的意味。这同样显示了叙述人在时间调控上的主观能动性，显示了穿越历史的自由精神。

总之，在这些小说中，叙述人对于自身的叙述行为都表现出鲜明的自觉。他们自如地运用支配叙事的权力，随时出入于故事之中。他们有时隐藏在人物之后，但显然这并不能阻止他们强烈的自我言说的愿望，所以，我们可以辨认出，在人物的故事中会有来自叙述人的议论，而不同人物的自叙同样也打上了潜在叙述人声音的风格化的印记。在这些小说中，语言形式也成为表现自我的方式，风格鲜明的语言中以及独特的诗学话语中传达出来的，正是叙述人毫不掩饰的主观创造精神，是她们的鲜明自我。而这一切，都是叙述人张扬主体性的表现。

三、林白：女性叙述主体形象的树立

当然，在叙述人主体性上表现得最为突出的是那些有着自叙传特点的第一人称叙事。林白是一个代表人物。在20世纪90年代大量涌现的女性作家中，林白以独特的个人风格吸引着读者和评论界的注意，《一个人的战争》发表后更是引起了很大的争议。在当代女性小说的发展中，林白的贡献在于树立了一个鲜明的女性叙述主体的形象。这个女性叙述主体的形象在蒋韵《栎树的囚徒》、徐小斌《羽蛇》、赵玫《欲望旅程》、蒋子丹《桑烟为谁升起》中都有不同程度的存在，但在林白的小说中表现得最为突出。要说明这一点，可以集中分析她对时间、叙述和描写的处理。

林白的小说在时间上的一个显著特征是：绝大多数都采用倒叙方式，都含有回顾往事的成分。这种追忆性的创作并不少见，我们常常可以看到这样的情形，在确立了追忆的姿态后，往事被循序渐进地按落纸上。但林白小说却复杂得多，在这里，我们看

到的并不是一个严格按照时间顺序展开的生命历程，换句话说，故事的时间顺序被打乱了，叙述人对它进行了重新组织。在时间中的跳跃、往返运动使叙事灵活地挣脱了故事时间的束缚，充分表现出“叙事时间自主的能力”[①]，最大限度地实现了叙事所具有的“把一种时间兑现为另一种时间”[②] 的功能。

《一个人的战争》（载《花城》1994 年第 2 期）中，叙述人在回忆成长经历时不时离开原来的故事轨道，以自己的身份站出来讲话，或反思，或感叹，或议论，或联想。如第二章以对十九岁的一系列美丽的比喻开始，马上进入大学时期，回忆了大学同学以后，以这样的句子由大学时光转入插队生活，“逃离了 B 镇的女孩惊魂未定，小小年纪怀抱着一个硕大的秘密在陌生的人群里重新开始她的行走”。下面一段一下子转入叙述人的自我联想：“小小年纪这个词使我想起了电影《卖花姑娘》。”叙事就此沿着电影顺流而下，然后由电影谈到知青生活，蜿蜒曲折，几次徘徊在这一事件的边缘，直到 28 页之后，才终于下定决心：“这个阴影就是那件事情，让我从头说起。”“从头说起”亦没有流于平铺直叙，中学时期的辉煌偶尔闪现，叙述人不时从“现在”的位置发出一些感慨，“多年以后我回想这一阶段”，“事隔多年，我有些想不起来我当时的样子了”，类似的句子频繁出现在文本中。

《玻璃虫》（作家出版社，2000）中，叙述人谈到为撮合丁北辰和齐梦阳而相约明园以后，紧接着说道：“明园在我的记忆中充满了桉树叶子的气息……”通过这一句子，叙述人摆脱了

---

① 热拉尔·热奈特：《叙事话语　新叙事话语》，王文融译，中国社会科学出版社 1990 年版，第 52 页。

② 热拉尔·热奈特：《叙事话语　新叙事话语》，王文融译，中国社会科学出版社 1990 年版，第 12 页。

按顺序讲述故事的限制，让叙事话语再次回到自己手中。于是，故事暂时被搁置了，叙述人记忆的复苏、叙述人的自我表达成为叙事的主导力量，明园的建筑，明园的礼堂，当年在礼堂中演讲的丁玲及其他的名人，一位爱好文学的女友，这些浸润了过去生命痕迹的记忆一点点涌现，整整八页之后，叙述的笔触才又回到明园，叙述明园相约的情景。类似的情形在她的另外几部长篇《守望空心岁月》和《说吧，房间》中都有鲜明体现。

我们可以看到，正是叙述人话语的随意插入造成了叙事的"旁逸斜出"：原有故事进程被打断，另一时间被引入，从而加剧了叙事对故事时间的扭曲变形。这样的叙事方式，不仅体现出叙述人操纵时间的自主精神，更重要的是，它把一个充满自我言说欲望、毫无顾忌地将自我话语嵌入故事甚至以自我话语覆盖故事的叙述人形象带到我们的眼前。这种自由联想式的叙述人话语不仅仅表现出随心所欲的主观性叙述风格，归根结底它达到了这样的目的：突破限制，尽可能为自我表达、自我观照，为自我生命的全面呈露开拓空间。回忆所具备的现在和过去之间的距离恰恰为叙述人话语的自由驰骋提供了可能。

叙述人的主观精神同样体现在叙述和描写之中。

叙述与描写的问题在传统诗学早已出现。按照柏拉图的说法，"如果诗人永远不隐藏自己，不用旁人名义说话，他的诗就是单纯叙述"[①]，而当"诗人站在当事人的地位说话时……尽量使那话的风格口吻恰符合当事人的身份"[②]，这就是摹仿。显然，"单纯叙述"中叙述人与事件的距离比"摹仿"更大，"因为前

---

① 柏拉图：《文艺对话集》，人民文学出版社1963年版，第49页。

② 柏拉图：《文艺对话集》，人民文学出版社1963年版，第48页。

者内容更简洁，方式更间接”[1]，而后者则更像事件、场景、人物栩栩如生的直接再现。因此，叙述和描写的问题实际上与另一问题密切相关，即叙述人是否有意隐藏自己，并以呈现所谓客观真实为己任。

一般情形下，有引号保护的人物语言最少叙述性，最具展示的效果，仿佛人物语言被原封不动地写在纸上。这是因为用语言摹仿语言最具可能性。但是现在的作家似乎很不愿意在文本中为人物语言划出明确的领地。而林白似乎尤其喜欢这样做，她的几乎所有的小说中，人物语言都不带引号，有时仅仅是言语内容的简要概括。由于失去了引号的保护，人物语言实际上已经被叙述所渗透，叙述人无意追求人物语言栩栩如生的逼真的原样“再现”，也不追求人物语言的风格化，不想赋予人物以言语上的自主权，而更愿意对它们加以转述和概括，使之与叙述人话语融为一体，并最终统一在叙述人的叙述风格之中。

在关于事件、过程等的概要叙事中，林白则通过频频使用人称强化了叙述行为。因为“要叙述才要有人称，‘我’或‘他’，以便对别人讲话……在潜意识之中用不着自称‘我’……”[2]。人称代词“我”、“她”、“他”的背后暗含了一个“你”、一个听者，对人称代词的使用意味着叙述人在“告诉”，在“讲述”，对象则是那个潜在的听者。人称代词就这样暗含了叙述成分。使用人称代词是小说中的常见现象，但在林白这里，值得我们注意的是对人称代词的频繁使用，我们常常可看到类似的情形：几乎每句话前边都有一个人称代词“我”或“她”或“他们”。这

① 热拉尔·热奈特：《叙事话语　新叙事话语》，王文融译，中国社会科学出版社1990年版，第108页。

② 董小英：《再登巴比伦塔——巴赫金与对话理论》，生活·读书·新知三联书店1994年版，第122页。

些人称代词并非必不可少，去掉一些对内容并无影响，但在叙事效果上就会有所不同。通过对比我们会发现，对人称代词的频繁使用除了给人一种叙事加速的紧迫感之外，由于每一个人称代词都暗示了叙述者、叙述行为的存在，所以它最终产生的是这样的效果：我们在得知某事的同时，又不可避免地听到叙述人讲述此事的声音。因此可以说，频繁使用人称代词是叙述人强化叙述声音的手段。

总之，在林白小说中，叙述行为覆盖整个叙事并不断得到强调。而这意味着，我们不能期望从林白的小说中看到对故事、场景、人物言语的力求真实的展示和再现，一切都经过了叙述人的过滤，我们必须通过叙述人的叙述才能得知一切。这种对叙述的自觉在当代很多作家笔下都有表现，而林白的独特之处在于，她将更多的主观性赋予叙述并将之贯彻到方方面面，从而使叙述人活动的空间大大扩展了，叙述人的自主精神得到了张扬。无论是叙述人话语的任意蔓延、叙述人话语对人物语言的渗透，还是对人称的频繁使用，都不仅仅是一种写作手法的偶然采用，而是作为风格的有机组成部分在林白小说中出现，而叙述人的主观精神、叙述人的自我表达欲望则是风格形成的最内在的动因、最根本的驱动力。

描写是《守望空心岁月》（花城出版社，1996）和《说吧，房间》（江苏文艺出版社，1997）两部长篇的重要组成部分，它们基本上集中于印象、感觉、想象、记忆的扩张和铺展，如对人工流产、冷汗、眼泪等的细致入微的描写，使日常的平淡无奇的东西被放大和突出出来。主观经验内容在描写领域的这种膨胀直接影响了小说的形态。无论是《守望空心岁月》还是《说吧，房间》，故事的完整性都已不复存在，叙事重心从情节结构转移到了分散的主题和片断。这是林白为自己找到的合适的叙事方式：正是在这样的主题和片断之下，那些可能被完整严谨的结构所剔除的有关主观感知活动的大量描写才得以自由展开。也就是说，内在的主观感觉成为叙事的重要元素，渗透在整个叙事话语之中。即便景物描写，也并不是仅仅为追求真实效果而进行的纯客观展示，而是时时与叙述人的主观感觉紧密联系在一起。如《守望》中对草原落日景象的描写，“晚霞辉煌的色彩笼罩了整座城市，树木、房屋和人全都镶上了一层金红颜色”，“瑰丽无比的晚霞像潮水一样汹涌澎湃从天边和地平线……向我们滚动而来”，穿插在这些句子中间的是“我们发现……”、“我们同时意识到……”、“我们明确地感觉到……”等等，它们强化了叙述人的主观立场，也强化了叙述人对外在景物的感觉和把握，从而使外在景物被内化、统一在叙述人的感知活动中。每一描写都从自我出发，又随时回到自我，叙述人以此方式实现了对描写的控制，这样，景物描写就不再是面面俱到的力求客观准确的景物刻画，而是成为让心理感觉得以生长的一个个契机。

所有这些问题最后都归结为叙述人和故事的关系问题。

叙述人不等于作者，它只是作者在特定叙述情境中的一个投影或化身。每个文本都有叙述人，所不同的只是叙述人是隐含的还是现身的，以及叙述人参与故事的程度。在这里我们可以进一步把问题集中于：叙述人话语（叙述人以自己的身份所说的话）干预故事的程度。在所谓的全知式叙事中，叙述人尽量隐藏自己，尽量使所叙之事“客观地”呈现出来，可以说基本上没有直接的叙述人话语的痕迹。这是“十七年”和“文革”小说的主要叙事方式。而在20世纪80年代中期以后，在作家们的笔下，叙述人越来越多地以第一人称“我”介入叙事。但这些“我”要么作为故事的参与者如实讲述关于某人的故事，如阿城《棋王》、朱苏进《绝望中诞生》，要么是不参与故事的异故事叙述人，如方方《风景》、余华《活着》，这些小说并没有给叙述人话语留下多少空间。大的变化发生在一些先锋小说中。在莫言

《红高粱》、马原《冈底斯的诱惑》、苏童《一九三四年的逃亡》、格非《边缘》等小说中，叙述人话语引人注目地膨胀起来。叙述人或是对历史进行推想，或是对叙述行为进行谈论，有意将一个叙述人形象横亘在读者与故事之间。王安忆《叔叔的故事》中，叙述人“我”的关于快乐、关于信仰的一些议论插在叔叔的故事中间，甚至有着比叔叔的故事更重要的地位。

但总的来说，这些叙述人话语只是在大的结构上参与了叙事，并未对叙事话语产生根本的影响，常常是叙述人发表议论、抒发感想之后就隐退到幕后，让位于故事。相比之下，在林白的小说中，叙述人话语对故事的干预更加深刻。我们无法把叙述人从故事中剥离开来。因为二者水乳交融：叙述人是讲故事的叙述人，故事是叙述人所讲述的故事，在对时间、叙述与描写的分析中我们已经看到，因为叙述人的不断干预，故事变得支离破碎，几乎在每一个句子中都回响着叙述人的声音。而且我们还会发现林白作品中的叙述人有很大的相似性：抛头露面，形象鲜明；以第一人称“我”的面目出现并有很强的自我表达欲望；很多时候有清晰可辨的女性身份。

显然，对于林白来说，第一人称的选择为叙述人自己讲话提供了方便，为叙述人充分运用话语权力提供了方便。林白作品中的叙述人是个自我中心的叙述人，她从不试图再现客观事物，无论叙述还是描写，她都将主观立场渗入其中，充分表现出“从我出发”的自觉，而突出叙述人的最方便的方法莫过于直接现身出来发表议论。这些议论可以分为两类。

一类是关于写作与叙述的议论。“众所周知，我这个岁数的人受到革命浪漫主义的熏陶，动不动就会冒出几句假大空的抒情，当我正要删去它们时，却发现这已经成为了我叙述语言中的有机色彩，这又使我大喜过望。”（《玻璃虫》）“小说是一种假装。但是，如果它的作者们坚持让人注意这种假装，他们就不再假装了。这样他们就将他们的话语上升到我们自己的（严肃的、真实的）话语层次上来。"[①] 林白在叙事作品中对小说虚构性的揭示并没有使之流于玩世不恭，它一方面成为叙述人真诚坦率的一个表征，另一方面使小说的边界变得模糊，使叙述空间得以拓展，从而使叙述人的自我表达变得更加自由。

另外一类是关于女性问题的议论。《守望空心岁月》中关于"够味"与"性感"有这样的看法："据说有一段时间，够味是对一个女人的最高评价，我很欣赏这种说法，我认为这味里包含着性情、气韵等非物质的东西。""后来标准下滑，评价女人不再说'够味'，而是说'性感'……这真是十足的对物对肉的评价，而不是对人的评价。'性感'的呼声削弱了男人眼中女人的美，这是纯粹的男性目光。"《玻璃虫》中谈到女人的不自信时，叙述人这样说："只要有一个男人在场，所有的女人就会用这个男人的目光来挑剔自己，平添许多压抑和不自在，空气中就是这样渐渐积存了越来越多的男人的眼睛，即使没有男人在场，女人们也会无意识地感到这些眼光，这些场。"

与80年代初期张洁作品中分不清是人物的还是叙述人的那些议论相比，林白的叙述人以第一人称站出来表达自己的女性立场，无疑更加直接，更加彻底，更加具有针对性。这些声音常常从文本逸出，在现实世界发出回响。

通过以上分析可以看到，林白小说中叙述人话语的任意蔓延使故事时间被打断，被扭曲变形，被重新组织；叙述人声音则通过对人物语言的转述和概括、频繁使用叙事人称得到强化；叙述人"从我出发"的主观精神渗透于感觉描写中，从而使叙事重心从情节结构转移到了分散的主题和片断；而在议论中叙述人得

① 华莱士·马丁：《当代叙事学》，伍晓明译，北京大学出版社1990年版，第229页。

以就女性问题与叙述问题畅所欲言，使自由的表达成为可能。总之，在林白的小说中，叙述人的自我得到了极大的突出，叙述人话语对故事的深刻介入不仅影响了叙事话语的形态，促成了独特风格的形成；更重要的是，通过将叙述人话语渗透到字里行间，林白为我们塑造了充满主观精神的叙述主体的鲜明形象。而当我们考虑到这个叙述主体在绝大多数情况下清晰可辨的女性身份时，这种努力就显得更加有意义。

从新时期初期开始，以女性处境、女性问题以及女性自我为对象的女性话语逐渐形成自己的发展轨迹。张洁《爱，是不能忘记的》的时代，女性话语还“犹抱琵琶半遮面”。女性叙述人有意削弱了母亲的爱情故事的感人和悲哀之处，而把它跟一个女性独身的社会性话题联系在一起，在对社会问题的谈论中寻找女性话语的合法性支撑。80 年代开始出现大量第三人称的女性问题小说，其中的一些已经开始发出女性的抗议之声了，如张洁《方舟》、曾应枫《一个女人给三个男人的信》，但是并不是叙述人直接发言，而是让人物来“代言”，常常通过模糊人物话语与叙述人话语的方式来发表议论。

艾德里安娜·里奇曾从自己的经验出发，谈到从用第三人称“她”到用第一人称“我”写作并非是很容易的一个过程。[①] 在新时期以来女性叙述话语的发展过程中，发生于 80 年代中期的普遍从第三人称向第一人称的转变有着同样重要的意义。通过第一人称叙事，叙述人从文字背后走出来，直接面对读者表达自我，通过叙述确立自我。例如刘索拉《蓝天绿海》，叙述人以第一人称“我”站出来说话，这个叙述人以率直的有点儿愤世嫉俗的口气毫不含糊地表明自己的见解，直接通过自己的声音获得

① 参见艾德里安娜·里奇：《当我们彻底觉醒的时候：回顾之作》，收入张京媛主编《当代女性主义文学批评》，北京大学出版社 1992 年版，第 134 页。

权威性。因而，可以说，新时期以来女性写作从第三人称向第一人称的转变意味着女性话语自由表达的可能、女性意识在文本形式上获得发展空间的可能。

在大量涌现的对女性个人经验的书写中，林白《一个人的战争》、《说吧，房间》、《玻璃虫》等具有不容忽视的重要地位。林白的价值，不仅在于她这种个人化的经验内容所具有的文化层面的意义——使女性为自己重新命名，以新的令人陌生的形象跻身历史，“从而对主流历史的中心化和一元化倾向发生潜移默化的消解和改写作用”①；更重要的在于她为这种内容找到了相应的表达方式。林白最大限度地利用了第一人称所能提供的各种可能性为女性的声音开辟自由表达的空间，使女性叙述人的权威渗透到叙事话语的每一个角落，真正在叙事话语中建立了鲜明的女性叙述主体的形象。因此，可以说，无论在内容上还是在形式上，林白的小说对当代女性写作都具有重要意义。

四、叙事话语的问题

从新时期初期到90年代，从张洁《爱，是不能忘记的》、张抗抗《北极光》、遇罗锦《春天的童话》、张洁《方舟》到刘索拉《蓝天绿海》、万方《在劫难逃》，再到上面所谈到的《一个人的战争》、《游行》、《羽蛇》、《栎树的囚徒》，女性小说经历了不敢以自己的声音说话、瞻前顾后地说话，到无所顾忌、自由自在、流畅自然地说出自己的话的过程。这当然是一个很大的进步，从好的一方面看，这表现出女性小说叙述人——其实在很大程度上就是作者在小说中的投影——主体意识的发展强大。另外，在富有个人特色的叙事话语中也展现了新的美学风格，如我

---

① 黎慧：《个人、性别、种族：九十年代女性写作》，载《上海文化》1996年第2期。

们在徐坤、林白的小说以及蒋韵《栎树的囚徒》中所见到的，在反讽与调侃中挥洒自如，语言的质地与美感被突出出来，叙述人跨越时间的自由也激发了独特的诗学话语的生成。但同时，我们也必须意识到这里面所隐含的艺术上的问题。

在异故事叙述中，当叙述人试图扩张自我、随意介入故事时，会造成叙事话语的裂痕，如《羽蛇》中介入人物自叙中的叙述人声音，很明显是一种不和谐音。还有那些洋洋洒洒的议论，常常是叙述人一时的兴之所至，很容易偏离故事的轨道，并且很容易有观念化倾向。如陈染的《破开》中“追求真正的性别平等，超性别意识”的女性主义理念，徐坤《从此越来越明亮》中对“表象化的‘男女平等’”的质疑，以及林白、蒋子丹等人的小说中关于女性问题的很多议论，虽然不无激情与批判性，但作为小说来讲，却有过于直露之嫌。在叙述人自我言说欲望的驱动下，无论是在第一人称异故事叙事，还是在类似“自叙传”的小说中，另外一个引人注目的后果就是：所听见的只有叙述人的声音，人物的声音与形象被压抑了。

从另一个方面看，对语言形式的过分追求也有着一定的问题。在林白、徐坤等人那里，叙述人话语表现出风格的成熟，但从艺术上说，同一话语风格的重复对于突破、丰富自我来说未尝不是一种束缚。而在《栎树的囚徒》中，虽然叙述人试图在回顾家族历史时呈现被浓缩的时间的惊心动魄的一面，并对时代与历史以及人的命运加以反思，但更多的时候，人们却被叙述人整齐华美的语言所吸引，而忽略了对历史深度的探寻与体会。排比、比喻等句式的大量存在使形式的因素占了上风，形式几乎成了惯性，推动语言滚滚向前，因此就带来一些明显的负面影响：“历尽沧桑”、“所向披靡”、“荡然无存”、“风景”、“飞翔”、“无限”被随意地反复地使用，一些表达过于绝对因而显得轻率，一些表达过于夸张因而失真，有时则因过于流畅而显得轻飘无力，抒情也变成了漫不经心的抒情。这些问题也是其他女性小说需要注意的问题。放松地将自己交给语言，借助于语言的惯性轻盈地滑动，在这样的话语方式中，叙述人表现出某种程度上的自我放任倾向。

"话语构成了作为一个主体的方式，也就是主体性的模式。"[①] 从叙事话语，可以对叙述人的主体性加以分析和判断。我们已经看到，在自我言说欲望的支配下，叙述主体随意介入故事造成叙事的裂痕，叙述人话语过于膨胀则导致声音的单一；在语言中滑动的叙述多少有着自我放任的嫌疑，语言的风格化则又易变成主体发展的束缚。可以说，这些问题都跟叙述人的"自我"有关，跟如何认识自我有关，跟自我提升、自我超越有关。

曹禺在给万方的小说集《和天使一起飞翔》所作的序中曾说："我曾经担心她会是一个比较专注自己内心的作者，现在我不担这个心了，她能够写完全不是她的东西，极不相同的人和生活，而且是那么回事儿，可以说她具有创作的悟性和本领了。"[②] "专注自己的内心"，言说自己，这正是90年代女性小说的一个普遍特征，在经历了长久地被压抑被遮蔽状态之后，女性小说有必要言说女性自我，发出自己的声音，在这方面，如上所述，90年代的女性小说以介入故事的叙述人声音和富有个人风格的叙事话语表现出叙述主体的自我张扬，改变了人们对女性形象的单调想象。但是，在充分体验了言说自我的自由之后，接下来的问题就是如何发展自我。对于叙述主体过于扩张的90年代女性小说来说，发展自我的一个重要方面是对他人的意识，如巴赫金所说："作者的意识，感到在自己的旁边或自己的面前，存在着平

① 克莉丝·维登：《女性主义实践与后结构主义理论》，白晓红译，台北桂冠图书股份有限公司1994年版，第98页。

② 见《文学报》1997年1月9日。

等的他人意识……作者意识所反映和再现的，不是客体的世界，而恰好是这些他人意识以及他们的世界。”①

叙述人主体意识的这种彻底改变，直接影响到女性小说的叙事面貌。不再是以叙述人独白式的声音覆盖、压抑人物，而是让人物独立自足、让人物自己说话，成为一个活生生的主体，并按他们自己的逻辑生成一个自成一体的世界。此外，叙事话语也会随着叙述人主体位置的转变而有所调整。语言形式不再是搭载叙述人自我的轻车熟路的工具，而是建构新世界的陌生材料，需要以认真的心态重新打磨与加工。克服了以往的局限之后，风格与形式将在另一层面上获得新的意义。这并不是一件容易的事，但对于文学来说，重要的是，“能够写完全不是她的东西”，这是一种创造的能力，不仅塑形，而且赋予生命，这需要更为复杂更为广泛的艺术上的技巧与才能，需要对世界以及他人的全身心的积极拥抱与体验，用另一双眼睛来看，用另一颗心去感受，用另一个头脑去思考。因此，从另一方面来看，超越主体的傲慢，理解与包容他人意识以及他人世界，这不是叙述主体自我的丧失，而是叙述主体视野的延伸、自我向更高层次的扩展，是主体进一步丰富成熟的表现。埃莱娜·西苏说：“人必须在自己之外发展自己。”② 这对于女性小说如何打破风格的局限、如何从“自我”走向“他人”、如何发展自我是很好的启示。

---

① 巴赫金：《陀思妥耶夫斯基诗学问题》，白春仁、顾亚铃译，生活·读书·新知三联书店1988年版，第109页。

② 埃莱娜·西苏：《从潜意识场景到历史场景》，收入张京媛主编《当代女性主义文学批评》，北京大学出版社1992年版，第224页。

第二节 叙述主体的淡化

《羽蛇》、《栎树的囚徒》等小说中，第一人称突破了叙事陈规及视角的限制，显示了叙述主体的张扬，在林白小说中，女性叙述主体则真正获得了自由的表达。林白可以被看做女性叙述主体的自我申明、自我扩张。经过争议，经过众多女性作家的创作实践，这一叙述主体得到了普遍的接受，对于很多女性写作来说，它成为一个不言而喻的前提，一个无需再去争取的事实，于是，就出现了滥用这一叙述权力的倾向。这一滥用不是进一步趋向扩张，而是趋向松弛、趋向懒散、趋向对道德规范甚至自我的漠视。林白等人的小说尽管有着种种不足，但毕竟这些小说中还有一种情感的或想象力的或语言的力量的支撑。但在其他的一些小说中，甚至这些都已经消失了。

在《随风飘荡的日子》、《晓梦蝴蝶》、《泛滥年代》、《上海宝贝》、《糖》等小说中，女性叙述者常常是一个作家，有稳定或不稳定的职业，或富有地闲居，或以写作为生。这些小说就是她们对自我当下的生活的叙述。

张梅《随风飘荡的日子》（载《花城》，1997 年第 6 期）：

早上醒来之后我有一个强烈的感觉，我觉得自己在这个世界上只是一粒游荡的灰尘。而这粒灰尘是物质的，我不知道用物质这个词来形容对不对。这粒灰尘甚至是有颜色的，当然是肉身的，其动态是处于不断地滚动之中。

后来我分析到，为什么我那天有这么强烈的感觉呢？原因是我那天醒得太早，人太清醒。而那天正好是从夏天转到秋天的第一天，我感觉到窗口外面风向在转变，而且树上掉下了落叶。虽然我睡觉的房间是空调的，但我仍能感觉到丝丝凉意从四面八方渗进我的房间。我从内心欢迎秋天的到来，我很想为此做点什么，或者是从床上爬起来用洗面奶洗脸，因为我已经很久没有在早上起来洗脸了。我对洗面奶不信任，在内心里认定它是伤害皮肤的；而且我对水也不信任，现在的水污染这么严重，人们居然会认为它可以清洁皮肤；但我还是承认早上起来洗脸对振奋人的精神状态有好处，但是我把精神振奋得这么高昂做什么呢？因为早上的时间对我来说是无可事事的，我认识的那些人，换句话说，就是目前和我的生活有关联的那些人在这个时间里都在睡觉。

第一段的第一句话直截了当，而且显得很深刻。之所以说"显得"，是因为接下来的句子并没有在思想上进一步推进，而是沉浸于对灰尘的津津有味的仔细的描述中。

第二段很正式地提出问题，但相对于这个问题，相对于提出问题、回答问题所用的郑重其事的词"分析到"、"原因是"，答案——醒得太早，人太清醒——却显得太生活化，不太像一个答案。对读者的严肃期待是一个嘲弄，同样被嘲弄的还有因果逻辑。下面两句看起来都比较正常，但从第五句开始，又出现了不和谐音。"从内心欢迎秋天的到来"、"想为此做点什么"是一个真诚的表达，但欢迎的方式却是做生活中的一件琐事"从床上爬起来用洗面奶洗脸"，叙述人认为这样做有着充分的理由"因为我已经很久没有在早上起来洗脸了"。这种欢迎方式、这个勉强的理由使前面的真诚的正式的表达变得可疑。但叙述人似乎一点儿也不为这个问题所困扰，第六句继续洗面奶的话题，关联词"而且"、"但"使表达显得逻辑分明，一本正经。但读者的疑心也在加重，不知道叙述人为什么这么认真地谈论洗面奶。这里前后相连的两个句子中有两个"但是"，前一个本来已经作出了一个正面的结论：早上洗脸振奋精神，但这个结论马上又被一个“但是”给否定掉了。有点无奈，有点悲观。最后的“因为”明白地告诉读者：原来这是一个无所事事的无聊的人。

在这里，叙述人若无其事地谈论无关紧要的东西，不仅毫无言外之意，而且不时出现对真诚表达的讽拟。大量的关联词使表达看起来有板有眼、条理分明，但我们恰恰不能发现整段话的逻辑深度，叙述人只不过是在冷静地叙述无所事事这种生活状态。

赵波《晓梦蝴蝶》（载《收获》1999 年第 6 期）对既往情感经历、独居生活以及与女友关系的叙述是平淡的，在女性情谊可能展开的地方也仅仅是一句简单的概括，没有更多的议论：“两个女人相拥的姿态是美好的，我感觉与被男人拥抱完全不一样”。与前男友吵架则以这样的方式叙述出来：

> 我在另外一间空空的以前堆放过苹果的房间里尖叫和哭泣，哭泣声惊人的响亮，我以泪水密布的脸上一双迷蒙的眼睛向他凝望，在他举起的菜刀清冷的反光中看见自己的弱小，他的强大，我意识到这一刻自己再也摆脱不了他，于是他放下了刀，抱起了我而我顺势倒在他的怀中，又一次意识到这种纠缠已经成了命。

“我以……眼睛向他凝望”是非常书面化的正式的表达，和对自己的描写“哭泣声惊人的响亮”、“泪水密布的脸”、“迷蒙的眼睛”一起同样形成一种客观的叙事方式，产生一种静观的距离感；“自己的弱小，他的强大”在另外一些人手下可能会有所发挥，但这里却一带而过，只是既成事实的流利陈述，既没有强烈的感情，也因为此前的距离感而不能引起人的同情；“顺势倒在他怀中”对自己行为的叙述非常清醒，“于是”、“而”等连词的使用使语言的形式意味增强，使叙述显得非常流畅。与形式的流畅完整相配合的是叙述人对是非判断、道德追问有意的悬置，没有强烈的感情，也无意发表看法，讲述自己但却有置身事外无动于衷之感。

小说的叙述总体上说是无力的，感叹与追问都变成了有气无力的叹气：“空空来这世上，指甲盖般地存在，一切又有何重要。”“生活多么令人生畏，这是谁说过的话。”

叙述人自我辩护说：“我想我们都是太寂寞了，这种寂寞会让人批判为饱食终日，没有理想和追求。但是我仍然说，这就是我们的生活，并没有饱食，每一天我只吃一顿饭……”“我认为自己的生活态度还是积极向上的，我不喜欢用无聊这个词形容自己。可是我这样一个埋头写作对周围毫无贡献不理不睬的样子又确实有点无聊，令人怀疑有何价值。”“为了这世界上存在着的那些可以好好爱一场的男人，我要好好地活，好好地写作，好好追求那些美的东西。”然后叙述人对可能的读者说：“这样的理想是不是很浅薄？浅就浅吧，深刻有多累啊。”可以看出，对于来自现实世界的可能的反应，叙述人未尝没有考虑，因此在这里作了防御性的回应。但是，叙述人并不放弃自己甘于“浅薄”的态度，并清醒地自我总结道：“懒，让我无可救药。”

夏岗馨《泛滥年代》（载《花城》2000 年第 2 期）同样是平淡的。“在雄性作为主宰的世界里，女人取悦男人已成为一种生存艺术。很多靠自己吃饭的女人深谙此道。”“女人们的行为许多是由男人支配的，不管是直接的还是潜在的。女人只能成为男人的港湾，而男人历来是女人的整个海洋。”没有抗辩，只有事实陈述。即便有讽刺，也是淡淡的：“现在的人们不再喜欢复杂的东西。”“不是都在说着‘不在乎天长地久，只在乎曾经拥有’吗？现代人提出这样的口号并积极地身体力行着。”对于与席恒之间发生肉体关系的叙述颇有代表性：

总是这样开始的吧，手的接触是身体更多部位接触的良好开端。他的手一定滑过许多女人的头发，长的短的、直的卷的、黑色的或染成彩色的。我的那些猜测像风一样稍纵即逝。我已经跳不出男女调情的圈套，只有像待宰的羔羊一样任由着他，这在他意料之中。

叙述人对于调情的程式有清醒的认识，但却甘于或者说自我暗示着陷于圈套之中无能为力。即便意识到“这在他意料之中”，也毫无拒绝的努力，哪怕是拒绝的欲望。主体意识似乎完全陷入了瘫痪状态。叙述人对此所作的总结也是平淡的客观的：“他是在敷衍、草率地对待我，在那么短的时间、那么尴尬的场合里取走了我的身体。”没有愤怒，平静得出奇，“需要时间的是那些情人们，他们事前要倾诉、要作热身运动，事后又要作许多温存和缠绵。那很费时”。在冷淡疲软的叙述中否定了人们通常所期待的浪漫与感情，呈现出一片毫无生气的灰色地带，在这里读者失去了道德领域的方向感，失去了判断的标准。或者说，这一切在小说中根本就被放逐了。

相比之下，卫慧《上海宝贝》（春风文艺出版社，1999年）中叙述人对自己与德国情人的叙述又有所不同：“那对性感情侣无意中的出现，陡然刺激了我犯错的欲望。是的，也许从一开始我就准备好犯错了吧。”“此时此刻我只要还有最后一丝控制力，我就该从他身边走开，从这辆锃亮气派的别克车里逃走，那么就不会有以后发生的一切了。可我一点也不谨慎，我也一点不想要谨慎，我长到25岁，从来就不想要那种什么都不去惹的安全。”与夏岗馨、赵波等人的平淡无力相比，多了一种主动的越轨，一种宣言似的振振有词，一种旁若无人的自我肯定。

《上海宝贝》中，一些富有概括性的理论术语如“工业时代”、“生殖崇拜”、“后殖民”、“中产阶级情调”、“女性主义”等屡屡出现，表明叙述人“我”对现实现象的清醒认识以及相当程度的理论素养："街道两边的高楼鳞次栉比地耸立于天地之间，是人类发明的疯狂产物，而日常生活的卑微像尘埃一样悬浮在空气里，组成工业时代千篇一律的主题。"对"工业时代"的描述是不动感情的、漠然处之的。对自己的认识也是既清醒又漫不经心："工业时代的文明在我们年轻的身体上感染了点点锈斑，身体生锈了，精神也没有得救。""现在各大跨国公司金融巨头大财阀又卷土重来，无疑那股强劲的经济冲力又会带来心理上的优越和文化霸权，于是这些新新人类第一次切肤体会到民族自尊心，在这个下午认真地思考起生活中的另外一些东西。""她能做到细致殷勤的，符合逻辑的跟着商品社会流通规律走的安排。"对咖啡店的评价："书籍、爵士乐、咖啡香、古董的摆设同时符合了这座名城的艳情记忆和现代消费指南。""一个又将充满泡沫欢乐的夜晚。""文化霸权"、"商品社会"、"现代消费"、"泡沫欢乐"等术语在特定语境中常常具有批判意味，但在这里它不负担引入深层思考的功能，也不具有批判的力量，只不过是一种客观的引用，是对现象的一种描述，悬置了其中隐含的价值判断。此外，这些词语还是一种装饰性标志，在仿佛不经意的一带而过中，成为对现实的认识程度、自觉程度的标志。

对于男女之间关系的叙述也同样如此："我想我至今还不清楚在他眼里的我是什么样的角色，但没关系，他不会为我离婚，不会为我破产，我也没有向他献出所有的光所有的热，生活就是这样，在力必多的释放和男女权力的转移中消磨掉日日年年的。""我在沙发上迷迷糊糊地支着脑袋，反省自己是不是真的在女性意识成长中觉悟了。"理论术语标示了清醒自觉，而在态度上又顺其自然，随心所欲。既有的观念与道德标准自然而然地受到威胁："天天刚走，而我就想给另一个男人打电话，想到这儿，我皱皱眉头。但接着我自己想了两条理由。"看来似乎给传统道德留了一点儿空间，但很快就被自己找到的"理由"所否定。

我亲了一下马克英俊的脸，然后想也没想，顺手从皮包里那厚厚的一叠人民币中掏出几张，随手夹进一本书里，反正他不会发觉少了这区区几张钞票。

我事后琢磨了自己这一小偷行为背后的心理状态，我想可能是出于对那张全家照上快乐气氛的嫉妒之意，还有就是对我的德国情人微妙的惩罚，让他在毫无觉察的状态下丢掉一些人民币，然后再一往情深地渴望着我吧，我对我们之间的关系没有指望可言，也不负任何责任，情欲就是情欲，只有用金钱和背叛才能打击随时会发生的由肉欲转为爱的危险，原来我一直都害怕会真正迷恋上马克，再也离不开这份火烫、刺激、爽透的地下情。

这里的逻辑不同寻常，不是追求感情与爱，而是逃避感情与爱，偷情人的几张人民币就成为抵制与逃避的方式。不仅及时享乐的情欲、肉欲成为出发点和目标，而且一种属于偷窃性质的行为也获得了新的解释。

受过高等教育，对理论术语的自如操纵显示着对现实的清醒认识，不受传统道德的束缚，叙述人对自己的谈论有惊人的坦率，不讳言背弃、自欺欺人、情欲、肉体的快乐，在言说自己的“糟糕”、“分裂”之时也不完全是自我否定，坦然的态度中既有自暴自弃，也标示着自我的另类，甚至对自慰的谈论也如是：“我用一种略带恶心的热情满足了自己，是的，永远都带着一丝丝的恶心。别的人用家破人亡，颠沛流离，来激励自己写出一部部传世经典之作，而我呢，则是涂着上好的‘鸦片’香水，七天七夜幽闭在 Marily Manson 毁灭性的歌声里自娱着冲向我的胜利。”对“别的人”的写作方式看似歌颂，但其描述却不无夸张色彩。对自己的行为有着“恶心”的评价，但“自我”却在

“我的胜利”中得到申明和强调，所以与其说是在对比中贬低自己，不如说是一种不无恶意的自我标榜。

小说中有简洁清楚的判断、坦率的自我分析，无不显出清醒与自觉，这就越发使得叙述人的生活方式、行为方式成为对正统价值标准的主动的越界、蓄意的冒犯。但是冒犯与越界的结果是什么呢？

在80年代中期，《蓝天绿海》也曾带给我们一种反叛与越界的东西，但是它的反叛与越界是基于一种价值标准、一种发自内心的纯粹的力量：以对流行音乐的热爱对抗世俗、平庸、乏味。但在《上海宝贝》中却是无所顾忌，没有约束的力量，更不要提批判的力量，没有准则就是叙述人的准则。那些宣言式的话语看似叛逆，也只不过是行事的暂时的理由。所谓“民族自尊心”以及“女性主义”等理论术语都快速地一闪而过，因过于熟练而轻飘，因面目模糊而显得可疑。还有那些看起来比较真诚的表达，对写作的执著，抒情的伤感的无奈的片刻，对工业时代的诅咒，都伴随着对这个时代对这个城市的享受和迷恋的情感，成为小小的装饰，成为软弱无力的叹息。正如小说最后所追问的“我是谁”，没有核心，没有支撑，没有建构，自我几乎一刻不停地被裹挟而去，成为由一些即兴式的、随波逐流的行为所组成的碎片。

林白等人的小说中，叙述主体的扩张影响了小说的形式。或者换个说法，叙述主体的力量在形式中得到了充分体现，在抑扬顿挫激情充沛的话语形式、自由松散的结构、随处可见的叙述人话语中我们感受到叙述主体扩张自我的力量。而在这里所讨论的这些小说中，我们看到的却是主体力量的淡化以至消解。

张梅小说的叙述人若无其事地谈论无关紧要的东西，形式的条理分明与内容的空洞琐碎出现了断裂；赵波的叙述人对自己的叙述也是无动于衷，软弱无力；夏岚馨对不平等的男女之间的肉体关系也只平淡地陈述事实，陈述着主体顺从程式的瘫痪状态；卫慧的叙述人主动挑战传统道德，看似强大，实际上也只是享乐主义碎片的组合，自我的软弱空洞最终抵消了语言的标榜。

总之，在这些小说家笔下，一切都变得简单。面对生活，叙述人平静冷漠，不加价值判断，不动感情，在平淡的叙述中有一种对道德、价值甚至自我的漠视，感伤仅仅是一种点缀。此外，有意制造与其他文本的反差，以中规中矩、逻辑分明的形式陈述无意义的内容，引用理论术语表明自己受过高等教育的背景，拒绝认同来自可能读者的看法，等等，则表明了这些叙述人对自己的叙述话语的自觉，自觉于平淡无力，自觉于本身的越界，自觉于与其他文本的区别。卫慧很清楚自己“不是个中规中矩的作家”，她说：“你可以说我在扮酷，没关系，因为我努力要成为真正通晓城市现代浪漫和冷酷的作家。”① 张梅则说：“在我的创作中，永远没有一种对现实生活兴高采烈的东西，既不赞赏她，也不痛恨她，这也是我的人生观。我们都喜欢幽默感，为什么有幽默感，就是她对现实是采取旁观者的态度，采取调侃的态度，采取冷静的态度。”② 可以说，她们自觉地标示出了一种新的创作态度、一种新的话语方式。其背后，则是一种新的生活态度。悖论的是，坦然无所谓地暴露自己的平淡乏味，远离外在的道德规范，这也未尝不是主体膨胀的表现。只不过，与林白等人相比，她们走向了消极的一面。

这同样是时代的产物。正如《泛滥年代》中叙述人所说：“我在小说里往往写不出引人入胜的故事、伟大深邃的暗示和石破天惊的话语。我没有办法做到，因为我的生活就是乏味、琐碎、波澜不惊的，甚至可以说是死水一潭。”这是一个不需要宏

---

① 卫慧：《我还想怎么呢?》，载《作家》1998 年第 7 期。

② 张梅：《不谈爱情》，载《文学报》1997 年 1 月 9 日。

大话语的时代，是一个个人空间得到保证的时代，是平凡的主观感受得到关注的时代，坦然地无所作为成为诠释个人自由的一种方式。而小说仅仅摹写这种生活本身就已经具有合法性，已经成为认识与理解现实的方式。同时，这个时代的读者已经训练有素，足够成熟，不用担心他们会被无意义的琐碎的叙述所冒犯。但它们对于人的心灵到底有何意义，这是一个有待回答的问题。

第三节　距离的丰富意味

在80年代前期第三人称女性小说的浪潮中，叙述人与人物之间的距离是非常紧密的，除了运用感情话语从道德方面树立人物形象之外，还时常将叙述话语让位于无标志的人物话语，使人物话语与叙述人话语混合在一起，难分彼此。这些都表现了作者对其女性人物的理解与认同，以及争取读者同情的强烈愿望。但是，在王安忆的小说《弟兄们》（载《收获》1989年第3期）中，叙述人与其女性人物之间却建立了一种既非疏远又非同一的关系。由此，我们还可以进一步探讨这种距离意识所带来的艺术形式上的意味，以及体现在其中的叙述人的主体意识。

王安忆《弟兄们》是一篇独特的小说。在这篇小说中，我们不能简单地说它表现了什么故事，因为在故事之上，我们无法忽略的是叙述人的声音。应当引起我们兴趣的，与其说是故事，不如说是作者对叙述距离的控制与调整。不同的叙述距离引起声音的不同变化，王安忆自觉或下意识地发挥了运用声音的自由，并因而呈现了其对于女性人物的复杂态度。

在小说开始，我们无法判断叙述人对其人物的态度，叙述人称赞她们“样样事情都做得比男生出色”。可是举的例子却是饭后不洗碗，早上不起床，“阳光穿过窗栏杆，从她们一动不动的被窝上走过，再接上了月光”。在我们感觉到一些讽刺意味的时候，叙述人笔锋一转，又讲起了她们的勤奋，她们在黎明前最黑暗的时刻，穿过校园，爬上山顶，“太阳正好从江心跃出，狂烈的风将她们的头发吹向后面，她们一言不发，各自站着，忘记了时间”。“忘记了时间”是超凡脱俗的一刻，引人遐想的一刻。此刻叙述人和她的人物站在了一起。但接下来，叙述又增添了复杂的意味：

在这样的早晨，她们总是最后才到达课堂。当她们坐下的时候，人们已经站了起来，向外走去，食堂里霎那间排起了长队。她们则好像没有听见与看见这一切，兀自坐着。教室里空空荡荡，鸟儿在窗外唱着午后的歌曲。当她们终于来到食堂，食堂正好停止卖饭，她们便相对得意地笑笑，好像她们策划的恶作剧得逞了。

与上面的“忘记了时间”承接，“在这样的早晨”、“当她们……”是一种宜于诗意展开的句式，与这些句式相配合的还有对窗外鸟儿的描写，这些都提示着诗情的延续。但这些句式所包含的却是她们的傻里傻气的行为，以及这种行为所导致的不那么美妙的结果（错过了开饭时间）。我们仿佛看见叙述人兴致盎然地注视着她的人物，以抑扬顿挫的语调参与到故事中来，推波助澜，从而突出喜剧效果。但这种效果并没有达到夸张的程度，叙述人看起来仍是客观的、温和的，并且在最后一句“好像……”里掺杂了具有一些滑稽天真意味的想象与诠释。总之，叙述人与她的人物的关系是微妙的，既有理解宽容，有诗意的点染，同时也有温和的嘲弄。

这成为小说叙述声音的基调。在随后的段落中，我们无法摆脱这一声音的缠绕。故事的进行当中，我们常常会听到叙述人这样的声音："这是多么遗憾的事情啊!""这是顶顶扫兴的时刻。"叙述人似乎以此表示对故事、对人物的理解与呼应，但实际上只不过是对人物声音的故意模仿，只是叙述人做出的一个与人物感同身受的姿态，一种既能表现出投入同时又能保持与人物距离的姿态。"这往往是彻夜不眠的夜晚，她们打开了心扉，将自己最最隐秘的心思说了出来。这其实是人生中最难得的感人的一刻。许多人走完整整一生也遇不到一次这样的机会……"如果把这些语句单拿出来，我们会觉得这是抒情的真诚的表达，但是这些语句出现在开始的段落之后，就受到此前的嘲讽语调的颠覆，产生了一种双声的效果，表面上具有褒义色彩的"打开了心扉"、"最难得的感人的一刻"中回响着叙述人叙述此事时装模作样的声音。在无形之中，我们也被引导着，不能够再完全地相信它、认同它，我们无法消除此前已经确立的和叙事话语之间的疏离感。

在小说的进行过程中，叙述人与人物的距离越来越多地通过戏仿与夸张表现出来。在"弟兄"三个之间的误解与摩擦消除之后：

她们几乎被惊呆了；如果她们不努力，不奋斗，她们便都将消灭了自我。她们险些儿沉沦下去，就只差那么一点点了，这真是千钧一发的危急形势！幸亏她们三人相遇了，她们三人你拉住我，我拉住你，才没有沉没。可是彼岸还很远，她们可千万不能掉以轻心。

"这真是千钧一发的危急形势!"虽然"危急"，但却一点儿也不让我们感觉严重，相反，只会引起我们心领神会的笑意，因为我们已经不知不觉成为叙述人夸张语气的同谋。叙述人有意地使用一些宏大词语如"自我"、"沉沦"、"危急形势"、"彼岸"来叙述她们对彼此相遇的意义的认识。同样，这也并不是叙述人的真诚表达，而只是一种戏拟。这一点在下面就看得更清楚了：

> 她们想起昨晚上的讨论，发现自己是更上了一层楼，好像做了一个新人：在这一个没落的世界里，我们必得做一些积极的事情。她们心里升起一股救世的豪情。然后拿了未洗的碗筷，烈士般地向食堂走去。

“新人”、“救世的豪情”都是对理想话语的模仿，“烈士”明显地是对人物形象的夸张变形，所有这些被叙述人蓄意地放在“拿着未洗的碗筷”、“走向食堂”这样世俗的并不崇高的背景中，无形中产生一种喜剧化效果。“从此，她们这两个环节便可以共同承担破坏的责任了。她们蠢蠢欲动，觉得她们的相逢就好像里程碑似的，划开了一个新的阶段。”“承担”的是“破坏”的责任，这是对词语搭配的创造性使用；“里程碑”、“新的阶段”看起来是褒义词，但描述人物又用的是“蠢蠢欲动”，通过将词语置入新的语境，叙述人的嘲弄得以传达出来。

有嘲弄，但又是温和的，这可以从对老二，也就是老王的漫画化描写中看出来：“她便说：你睡，我不睡。然而，两眼一垂，鼾声又起来了。”“她是从未有过的勤快和耐心，却是手忙脚乱，干成一件事同时必定破坏一件事。这一段日子里，老李家砸碎了无以数计的碗，开水倒翻在地板上，害得楼下人家里屋里下起小雨。”“老王一口气将事情的经过说了出来，然后就那么昂首挺胸地站在老李的男人跟前，要去就义的样子。”夸张的描写，既显出人物的可爱，也显出人物的好笑。

夸张、反讽的效果是会心的微笑。叙述人既让人觉出人物的一些可亲可爱之处，并未完全在读者心目中否定人物，但同时它也防止读者完全认同人物。这正是反讽语气的作用，它确立了距离感，从而产生另一种理解的可能性。

叙述人不仅自如地控制和调整着叙述的距离，而且还引入了他人视角。如通过老李男人的视角所呈现的两人关系，就给读者对人物的看法提供了有趣的参照："她们一同憧憬着下一个夏天两人在海边的情景，不由地出了神。而老李的男人却觉得两个女人在海边的情景有一种可怕的疯狂的意味。他想他无论如何也要破坏她们这个计划的。而她们却已经放弃了这次夏日的出行，因觉得夏天实在太遥远了，将计划提前到了冬天，寒假的时分。""他骇怕地想：这两个疯女人!""他也看出，这个女人正和他女人潜藏在心底深处的那股动力前呼后应。如没有他女人心底深处的潜流作祟，那个女人也翻不了天，当然，她们也不会作朋友了。他奇怪，世界那么大，路那么多，怎么就偏偏叫她们两个碰上了。他想她们的运气也太好了。"在叙述人对人物的温和嘲弄之外，老李男人则给我们提供了一个新的视角，通过他的视角所传达出来的"疯狂"印象，既有夸张的成分，也不无真实。不论如何，这种看法都为读者评价人物提供了新的维度。

叙述人的嘲弄反讽语气给我们留下了深刻印象，但也并非一成不变，有时叙述人也能够靠近她们，深入她们各自的内心："孩子们三三两两涌进校园，她心中的苦闷便蔓延开去，成为一种广博的悲悯，她想，孩子们生存在这个世界上，多么不幸啊!"再如对老大的叙述："老李是那种最富善良心和同情心的女人，凡事只有放在别人身上，才可真切地为她体会。如若只是发生在自己身上，她便以极柔韧的力量将此忍耐了。她的眼泪往往是为别人的不幸而流淌，轮到自己受苦受难，她是有着千百种格言与警句开脱和排解的。这样的人，往往会被今天的孩子误以为是丧失了自我的可怜的人，生活在黑暗的没有知觉的世界里。看上去，她们总好像将'自我'消灭得一干二净，她们的好心被视为迂腐甚至是虚伪的道德家。岂不知她们其实是最最具有自我，最不易丧失自我的人了。因为她们不易丧失，所以才能放心地移开目光，注视别人。而不必像有些人那样，成天絮絮叨叨着‘自我’。其实，那是一种惧怕的表现，说明他们的‘自我’正面临了遗失的危险，如有一分钟不提起便会找不着了。”在这里，甚至叙述人自己站出来，针对“今天的孩子”的可能看法为老李辩护了。再如对于老二丈夫的叙述：“他是一个理智很强的男人，很懂得适者生存的道理。他觉得一个男子汉的本质，并不在于刚直不阿，而在于能够应付瞬息万变的人世间。”“他所以容忍了她，并在表面上作了让步，那是因为：他非常明白，她所认为的那一种男子汉形象其实只是在审美观念上；实际生活中，她所需要的则是他所坚持的那种男子汉本质。一旦她离开这样的男子汉，便寸步难行。”平实可信的语言表现出叙述人对其人物的认同，而紧接着对老二的叙述则是：“每当争执起这类问题，她就会非常激动，好像世人皆醉她独醒，悲壮得很。”

综上所述，《弟兄们》的叙述人不仅通过距离传达不同的语气，而且引入他人视角，与叙述人视角交错，表现出王安忆叙事手法的娴熟。当然，技巧也好，语气也好，距离也好，都是为叙述人的观点服务的。任何作品都无法避免主观性，无法回避立场、思想、价值等，这篇小说也一样，在需要传达叙述人看法的时候，在那些对人物不吝赞美之辞的地方，为人物辩护的地方，在传达关于男人与女人的看法的地方，都流露出叙述人的主观倾向。很多时候，这种表达有直露之嫌。但这篇小说更吸引我们的，与其说是这些明白表达的观念与思想，不如说正在于那些通过特定的叙述形式传达出来的东西，那些隐含在距离、声音之中的东西：通过模仿宏大话语传达出来的反讽语调，靠近人物内心时表现出来的温情、善意甚至诗意，以及通过夸张与漫画化突出出来的喜剧效果。正是在距离与声音的种种变化之中，叙述人对人物的看法被暗示出来，既让人觉出人物的一些可爱之处，又防止读者完全认同人物，人物身上存在的热情、无私、单纯、率真，以及过于沉溺于理想、思想概念化、简单化、偏激的问题，不需明言就能为读者直接领会。从这一点可以说，《弟兄们》提供了以艺术的形式传达叙述人态度的可能。

由此，我们还可以进一步探讨体现在这种距离意识中的叙述人的主体意识，或者说，叙述人在小说中的姿态。

《弟兄们》的叙述人是一个全知的叙述人，全知叙述人一般来说在小说中享有绝对的权威与绝对的可信性。“然而，在全知叙述者将自己或多或少地‘个性化’或人物化时，这种可信性就会被削弱。”[①]《弟兄们》中，虽然叙述人并没有“将自己从上帝般的权威位置下降到人物或第一人称叙述者的位置上”[②]，没有直接以自己的身份说话，但我们时时能感受到叙述人声音对故事的参与，感受到叙述人的“个性”，那些夸张的感叹，那些对人物声音的模仿、对宏大话语的戏拟，都表现出潜在的叙述者的活泼心态。这个叙述人比人物站得高，但又不是自我封闭、高高在上的叙述人。“它以‘人情’取代了‘神性’”[③]，虽然无形权威的可信性被削弱了，但叙述人却与读者与人物建立了一种更亲近更灵活更有智趣的关系。

如前所述，80年代初中期的女性小说大多致力于树立女性形象，从道德上对读者施加影响。叙述人与主人公是非常亲近的，也几乎是完全认同的，在当时的社会条件下，这是“为女性说话”的女作家们的一种修辞选择。但从艺术上看，却未免有些单一直露。王安忆《弟兄们》则表现了在距离与声音方面

---

① 申丹：《叙述学与小说文体学研究》，北京大学出版社2004年版，第223页。

② 申丹：《叙述学与小说文体学研究》，北京大学出版社2004年版，第224页。

③ 徐德明：《王安忆：历史与个人之间的“众生话语”》，载《文学评论》2001年第1期。

移步换形的丰富意味，产生了“喜剧与微笑的诗意”并存的复杂的美学效果。从这个角度讲，可以说，这个文本给以下问题提供了很好的回答：叙述者以何种姿态参与女性故事？不再仅仅是无条件的声援与暗中支持，而是有距离的温情，以戏仿、评论、夸张的方式给女性故事涂抹上另一种丰富色彩，从而呈现出叙述主体对女性故事的新的态度，为女性故事创造了新的艺术表现方式。在这一意义上，可以说，王安忆《弟兄们》为80年代的女性小说画上了一个意味深长的句号。

第四节　多元文化空间里的女性自我

在文学领域，90年代一个不容忽视的现象应该就是从计划经济向市场经济转型引发的商业浪潮的兴起，以及它对文学的冲击。当商业与金钱与人的生存与价值直接联系起来，一些新的现象就应运而生。1992年，北京出现了一批以王朔的海马影视创作室成员为代表的“议价”作家，他们不满现行的稿酬标准，认为作品应该优质优价，这等于直接承认了文学作品的商品属性。在“议价说”的争议中，一大批作家下海，有人登广告叫卖剧本，有的地方对作家实行聘任制。纯文学刊物，除了极少数如《当代》、《十月》、《收获》等保持一定数量的读者群，尚能实现经济自给以外，绝大多数都面临生存危机。于是纷纷改版，寻求实业家和企业集团的鼎力相助，依靠社会力量办刊。

当商业利润成为图书出版的一个必须被考虑的因素，数量庞大的文化消费者群体——大众与市民的趣味就成为左右文学的潜在力量。文学的娱乐与消遣功能得到肯定，文学成为消费的对象。在这样的情形下，一些人如鱼得水，但更多的人却忧心忡忡。人们开始对文学中“性”的泛滥表示抗议，对文学中存在的迎合大众的猎奇心理和低级趣味的媚俗倾向提出批评。于是，人们开始讨论"文学的危机与出路"，开始呼唤"人文精神"、"使命意识"、"时代的责任感"。一场人文精神大讨论在这样的背景下展开了。

"人文精神大讨论"是"一场针对现实的精神问题而展开的讨论"①。虽然人文精神的讨论者们"特别愿意来提倡一种关注人生和世界存在的基本意义，不断培植和发展内心的价值需求，并且努力在生活的各个方面去实践这种需求的精神"②，但是，与其说这场讨论解决了价值真空与意义缺席的问题，不如说这场讨论只是生动地表现了知识界面对价值失范表现出来的焦虑，以及所做的回天乏力的努力。来自精英们的要求已经不能在广大的社会层面引起回响。对一些知识分子而言，告别 80 年代理想化、启蒙激情，退居边缘，走向世俗，走向专业的学术研究成为自然的选择。如洪子诚所说："1993 年爆发的诸多文化论争，是商品经济发展过程中必然出现的文化冲突：消费性的大众文化占居中心地位；'精英文学'退向边缘；知识分子在这一情景下对自身价值和文化观念的困惑和重新选择。这表明多元文化格局的开始确立。"③

的确，从正面来看，"多元化"是商品经济冲击所带来的最主要的后果。主导意识形态虽然依旧在其轨道内运作，但对文学创作来说，却不再拥有至高无上的权威，而文化市场化的趋势，则给个人的张扬、给思想的自由提供了必要的空间，一种宽松的多元的文化氛围开始形成。尤其是，60 年代出生的一批作家

---

① 王晓明：《呼唤知识分子的信念和良知》，载《文学报》1995 年 12 月 28 日。

② 同上。

③ 洪子诚：《二十世纪中国文学纪事（下）》，载《当代作家评论》2000 年第 1 期。

——格非、苏童、余华、吕新、韩东等——成为文坛上显著的一道风景之后，无论在作家那里还是在批评家那里，“个人”一词都得到了高频率的使用。90年代是“个人化写作”的时代，这似乎已经成为很大一部分批评家的共识。而作家们也不约而同地选择了这样一种个人化的立场或曰写作姿态，表达个人的经验、个人对现实生活与历史的理解、个人的文学观念。在他们的小说中，“没有高调的陈述，没有任何理想或道德的空洞承诺，没有支撑小说结构的坚硬内核，甚至没有一代人共同的企慕或抗议。与此同时，个体的生命获得了近乎夸张的珍惜和过于自爱的凝视，以至于对自我生命的抚摸超过了所有的外在需求，成为写作的最高目的”①。

这样的环境有力地催生了“女性与‘个人’间的合谋”②。以描写悠闲生活中的点滴、有着坦率真挚的个人性情的小女人散文的出现成为1995年一个不大不小的热点，对它的接受甚至赞赏反映了文坛的一种宽容精神，反映了批评标准的变化——从推崇“大”到肯定“小”。与此同时，女性个人化写作异军突起。在《“后新时期”中国女性小说的发展》一文中，张颐武概括了“目前女性写作表现出强烈的‘个人化’倾向，往往具有某种自传或自我抒写的特征”③。在此前提下，他把陈染、林白、海男相提并论。而林白、陈染先后推出的《一个人的战争》和《私人生活》则成为女性个人化写作的代表性文本。

虽然仍然有一些女作家回避女权主义的名号，有意淡化自身

① 郜元宝：《匮乏时代的精神凭吊者》，载《文学评论》1995年第3期。

② 戴锦华：《奇遇与突围——九十年代女性写作》，载《文学评论》1996年第5期。

③ 张颐武：《“后新时期”中国女性小说的发展》，载《文艺研究》1995年第6期。

的女性身份[1]，但相对于80年代来说，这些女性个人化小说最突出的特点在于对隐秘经验尤其身体经验的书写，并在这种书写中表现出对女性身份的强烈的自觉。陈染说："我想作为一个女性作家，我的立场，我的出发点，我对男性的看法，肯定都是女性的，这本身就构成了女性主义的东西。"[2] 赵玫说："女作家也只是用很男性的语言进行写作是一种悲哀，女性其实不应该在男性的规范中完成创作。"[3] 海男在谈到自己的小说《女人传》时说："作为女人的我，只想揭示女性心灵成长史上一次漫长的过程。"[4] 蒋子丹也承认："女性的生活经验和心理经验几乎是不容分说地拥挤到我们笔端，不管我们如何将小说技术化，给视觉戴上男性或中性的眼镜。当我们有意无意想要写得像男人时，就不得不刻意排除最女人的那一部分感觉与经验，于是把许多自己独有的因子过滤掉了，这当然很傻。"[5] 她最后认为："女性写手写得像男人是舍本逐末。"[6] 林白的个人立场也十分清楚："作为一名女性写作者，在主流叙事的覆盖下还有男性叙事的覆盖（这二者有时候是重叠的），这二重的覆盖轻易就能淹没个人。我所竭力与之对抗的，就是这种覆盖和淹没。淹没中的人丧失着主体，残缺的局限处处可见。个人化写作是一种真正生命的涌动，

---

① 如方方说："我是一个作家，其次才是女作家。"（《方方称：与"美女作家"有代沟》，载《文学报》2000年11月2日）王周生说："我关注女性命运，但我不是女权主义者。"（《王周生完成〈性别：女〉》，载《文学报》1999年6月24日。）

② 林舟、齐红：《女性个体经验的书写与超越》，载《花城》1996年第2期。

③ 《执着于女性题材——女作家赵玫访谈录》，载《文学报》1999年7月15日。

④ 锦文：《跨越时间的跳跃——与海男谈〈女人传〉》，载《文学报》2000年8月17日第2版。

⑤ 蒋子丹：《创作随想》，载《当代作家评论》1995年第3期。

⑥ 同上。

是个人的感性与智性、记忆与想像、心灵与身体的飞翔与跳跃，在这种飞翔中真正的、本质的人获得前所未有的解放。”① 而她在小说中对语言美感的突出也未尝不是张扬个人精神的一种表现。正是借助多元的社会空间中“个人”欲望的解放，女性获得了深入表现自身差异性的契机，在自我认识上也获得发展。

但“女性个人化写作”并不像对于一般意义上的“个人化写作”的谈论那么一帆风顺，争论随之而来。在道德方面持贬抑态度的人常常抓住暴露隐私问题大做文章，反应最为激烈的当属丁来先发表于《中华读书报》上的《女性文学及其他》②，此文将林白的《一个人的战争》指认为“准黄色小说”，引起作家徐坤的反驳：“无论是读者还是批评者，都不应该把女性文学简单地等同为性文学。”③ 徐坤真诚地呼吁：“但愿人人都能冷静下来，认真从女性文学中读出她们那一份不同于男性的、深长而痛楚的生命体验，她们对于爱与善与美的呼唤的焦灼。惟其如此，才能让男性与女性同时意识到，这个世界不光是男性一人的世界，不光有男性粗砺、坚硬、喉结上下窜动翻滚的声音，这个世界是男女共存的世界，还有女性那纤柔、细腻、充满弹性与质感的声音于无声处坚忍不拔地响着。”④ 戴锦华在与王干的对话中，对林白、陈染、海男等人的女性个人化写作作了如下定义和评价：“它具体为女作家写作个人生活、披露个人隐私，以构成对男性社会、道德话语的攻击，取得惊世骇俗的效果。因为女性个人生活体验的直接抒写，可能构成对男权社会的权威话语，男性

---

① 林白：《记忆与个人化写作》，收入《林白文集》第四卷，江苏文艺出版社1997年版。

② 丁来先：《女性文学及其他》，载《中华读书报》1995年12月20日。

③ 徐坤：《因为沉默太久》，载《中华读书报》1996年1月10日。

④ 同上。

规范和男性渴望的女性形象的颠覆。”①

而另一方面，在女性主义批评家们热情洋溢加以捍卫的同时，“女性个人化写作”也面临着其他理论批评者们的质疑，质疑基本上集中于个人与他人、与世界的关系上，集中于个人化经验是否狭隘的问题上。如陶东风虽然不无肯定地指出：“私人化写作这种形式的出现本身，无疑是一个社会文化更加多元、写作空间更加宽广的标志。”② 但认为私人化写作在如何提升私人经验方面存在问题，他明确提出：“对于伟大的作品而言，私人化是必要的，但又是不够的。”③ 薛毅则提出这样的问题：“自我中心主义者是无法写好一个动人的故事的，女性的个人化写作如何与自我中心主义表述划清界限?”④ 他引用埃莱娜·西苏的话来为90年代的女性写作提供启示：“人必须在自己之外发展自己。在我看来，人必须跨过一段完整而漫长的时间，即穿越自我的时间，才能完成这种造就。人必须逐渐熟悉这个自己，必须深谙令这个自己焦虑不安的秘密，深谙它内在的风暴。人必须走完这段蜿蜒复杂的道路进入潜意识的栖居地，以便届时从我挣脱，走向他人。”薛毅引用这段话显然是想用来证明他所强调的女性写作应该关注社会、公共问题，但是考虑到这句话的完整的意思，我想与其说西苏否定了女性对个人和自我的书写，不如说，她认为认识自我、书写自我是超越自我的一个必经的过程。“旅程本身却是不可回避的。”⑤ 自我将要被超越，走向他人，但是“认识

① 戴锦华、王干:《女性文学与个人化写作》，载《大家》1996年第1期。

② 陶东风:《私人化写作：意义与误区》，载《花城》1997年第1期。

③ 同上。

④ 薛毅:《浮出历史地表之后》，见《九十年代的女性——个人写作（笔谈)》载《文学评论》1999年第5期。

⑤ 埃莱娜·西苏:《从潜意识场景到历史场景》，收入张京媛主编《当代女性主义文学批评》，北京大学出版社1992年版，第224页。

自我、书写自我”也是必须走完的道路。认识到这一点，对于理解90年代女性写作的意义是有帮助的。

关于“女性个人化写作”的争论标志着女性写作以大胆的姿态闯入了批评视野，成为不容忽视的文学现象。最初遭遇的道德上的讨伐暗示了女性写作所面临的压力。当然，这已不是道德律令高悬的80年代，争议并没有能够形成具有实质意义的打击或抑制，但商业社会对于女性写作的意味却渐渐明晰起来。在商业利润的驱动下，女性写作时时面临被出版商与媒体包装、篡改的危险，而这种包装与篡改中又有着满足男性窥视目光的潜在目的。林白《一个人的战争》的一个版本就被安放了一幅看起来使人产生色情联想的类似春宫图的摄影作封面。海男《我的情人们》封面则是在女作家本人的照片上饰以若干着不同鞋、裤的男人下半身。而出版迟子建《晨钟响彻黄昏》一书的出版社在未征得作者同意的情况下私自更换了封面，换上了一幅身穿短裤、胸部半裸的女郎的照片，在内容提要上又肆意曲解作品和误导读者，引起迟子建极大的愤慨。在这样的事例中，可以清楚地看到90年代“急剧推进的现代化、商业化进程，不仅事实上不断恶化着女性的社会生存环境，而且是经商业包装而翻新的传统女性规范的涌流”①。这样，在女性写作的初衷与来自外部环境的反应之间就出现了断裂与错位，这种复杂情境很容易使女性写作陷入一种悖论之中。

1995年，世界妇女大会的召开在一定程度上推动了整个社会对女性问题的关注。在文学方面，则出现女性小说前所未有的繁荣局面。女性文学丛书被一套一套地推出，“风头正健女才子丛书”（王朔、陈晓明策划）、“红辣椒丛书”（陈骏涛主编）、

① 戴锦华：《奇遇与突围——九十年代女性写作》，载《文学评论》1996年第5期。

“红罂粟丛书”（王蒙主编）、“她们丛书”（周实主编），还有法律出版社推出的《女性的狂欢》、《女性的寻觅》、《女性的梦想》系列丛书，等等。一时之间，女性文学如繁花一般遍地盛开，有人称之为“女性文学的狂欢节”，但是，在这场狂欢当中，女性究竟扮演了怎样一种角色，是一个令人疑惑的问题。正如徐坤的“新体验小说”《从此越走越明亮》（载《北京文学》1995年第11期）中所表达的：“那几套有代表性的大型女性文学丛书，都是由男性当主编和策划，跟美术界的男人挖坑把女人埋又一样了。”对于“她们丛书”这一命名，小说的叙述人质疑道：

“她们”，为什么不叫“我们”呢？我们自己的一套自选集子，为什么我们就不能够响亮的以“我们”自居？为什么我们这样心甘情愿地把自己置身于“他们”的目光注视抚慰之下？

我们都太渴望成功，凭借我们个人的力量简直无法达到与男权文化的抗衡。所以我们不得不卷入这种大集体的操作方式，轰轰隆隆大张旗鼓地自卖自身。

我们把本该是自由自主称为“我们”的丛书名称改为“她们”，把自己摆在了客者的地位。

我们就这样很明白很糊涂很清醒很迷乱地给卷在一起卖掉了。

当我们这样做了以后，我们以前所做的一切种种便都成了“秀”（show），我们所宣扬的种种一切超性别努力，便都成了实实在在的“做秀”了。

但是，假如我们不这样做，那么，我们便连做秀的机会都没有了，更无从去争取自己的话语权利了。

我为“我们”而悲哀，为我们共同陷入的困境而深深的疑惑。

我担心这种争取话语权利的努力最终将陷入权利话语的圈套。我们先是一个一个地，继而是一批一批地成群结队地被套牢。

小说的最后，叙述人激烈地质问：

他们。我们。究竟谁是观众，谁是导演？谁是指挥，谁是演员？裸体游行究竟给谁看？我们的脱衣舞又在为谁而尽情表演？

他们。我们。我们袒露胸膛，将我们的一片真诚赤裸着。我们细语我们呼喊，我们温润我们灿烂，可到头来，这一切却成了跳脱衣舞为他们而尽情表演！

在“新体验小说”的名目下，作者将源自“世妇会”的理性反思纳入其中，表现出小说强烈的现实指涉。对女性小说面临的处境，戴锦华则在理论文章里作了总结：“在至少90年代的文化现实中，一个十分引人注目的危险在于，女性大胆的自传写作，同时被强有力的商业运行所包装、改写……于是，一个男性窥视者的视野便覆盖了女性写作的天空与前景。商业包装和男性为满足自己性心理、文化心理所作出的对女性写作的规范与界定，便成为一种有效的暗示、乃至明示传递给女作家。如果没有充分的警惕和清醒的认识，女作家就可能在不自觉中将这种需求内在化，女性写作的繁荣，女性个人化写作的繁荣，就可能相反成为女性重新失陷于男权文化的陷阱。”①

而此后卫慧、棉棉等美女作家的推出，再一次形象地印证了女性写作的这种悖论。这里既有被动的接受，也有主动地利用女性身份迎合了现实中的消费主义文化的游戏规则，形成一种与市

① 戴锦华：《犹在镜中》，知识出版社1999年版，第198页。

场与传媒的“共谋”关系。她们的小说，尤其是棉棉的小说中蕴涵一些挑战与反思的因素，但却在炒作中被忽略了。棉棉虽然强调：“我所描写的对象同时也是我所反对的对象，我所反对的正是我所描写的这种危险的生活习惯。”① 但是在市场的操作下，棉棉的《糖》与卫慧的《上海宝贝》恰恰成为美女作家的畅销书。虽然棉棉珍视自己的“个性”，但她的“个性”也在商业炒作的潮流中、在美女作家的名目下被淹没、被挟裹而去，以至于她说：“我突然觉得我的写作是如此没有力量。”② 之所以如此，当然有小说本身的叙事话语不够成熟的问题，但我们也可以看到市场运作的巨大力量。在这种力量中女性个人显得无能为力。也许正是因为意识到对抗的无效、真诚表达的无效，因此，在一些女作家的小说中，我们看不到抗辩与激情，而只是看到平淡漠然、无所谓，以及坦然地“随波逐流”、顺应现实的心态，放弃了任何情感或价值判断。看似成熟与老练，但却是对个人自由的浪费，无助于女性小说在创作上的推进与正面价值的树立。

对于女性写作来说，个人话语是有价值的，但是并不是所有的个人话语都有力量，都有正面的影响力。正如有些论者所批评的，在一些小说中我们看到的是“空洞的抒情、贫乏的自我分析、做作的哲学高论”③。如果要在当代的文化空间中占据一席之地，发挥正面的影响力，那么，就不能满足于自说自话、自我标榜、孤芳自赏，也不能仅仅以毫无屏蔽地暴露自我为己任，在商业环境中这很容易遭受歪曲。摆脱商业陷阱、赢得肯定的可能之途在于，要树立价值观，要以积极的态度影响读者，既正视身

① 棉棉：《我描写的正是我所反对的》，载《文学报》2000年3月16日。

② 同上。

③ 薛毅：《浮出历史地表之后》，见《九十年代的女性——个人写作（笔谈）》，载《文学评论》1999年第5期。

体写作的意义，同时也能够超越身体写作的阶段，发展与提升主体意识，向广阔的世界延展视野。这并不是对女性写作的否定或向男性世界的回归，重要的是，如果要进入一个公共的空间，就要以积极的心态与世界保持交流，将一个富有超越精神的女性叙述主体贯彻到女性小说叙事话语中。

不可否认，即便是在看起来宽容多元的当今，公开的舆论与潜在的根深蒂固的观念对于女性、对于女性写作仍是不利的，我们所看到的女性话语的底气不足、外强中干、突兀的抗辩等常常正是这种外部影响的曲折投射，正是她们分散精力对付这些潜在声音的结果。因此，我们还要寄希望于正常健康的社会环境，还可以寄希望于未来，“未来的女性权利的争取，还要仰仗和依托于文明发达世事昌明。以及民主与法制机制的健全，个体权利能得到最大程度的保障。到那时，女性的一方天空，才真正不再像过去一样狭窄而低矮”①。

---

① 徐坤：《红真，今晚出去喝一杯》，载《中华读书报》1998 年 5 月 13 日。

结语　女性小说的叙事主体与修辞取向

第一节　女性小说叙事话语演变及主体问题

从《草原上的小路》、《爱，是不能忘记的》，经过《春天的童话》、《呵，青鸟》、《蓝天绿海》、《在劫难逃》到《一个人的战争》、《玻璃虫》，我们可以清楚地感受到女性小说叙事话语的巨大变化，而在这变化背后，我们也看到叙述主体发展的轨迹。

新时期初期，作为特定历史阶段的产物，社会、时代、人生、责任感等宏大话语有着不容置疑的合法性，因而成为此时期女性小说中必不可少的组成部分。《爱，是不能忘记的》结尾对社会进步的大声疾呼，《方舟》中对社会责任和良心的肯定性表述，《春天的童话》中以时代的责任感、灵魂的革命进行的自我标榜，《草原上的小路》中反复出现的广义的生活都成为时代话语的显著标记。在这样的时代氛围中，叙述主体想方设法掩饰着自身身份与表达个人话语的意图，于是个人的情感故事就不得不与宏大话语产生关联，以它们为框架。于是，在两者焊接之处，难免留下裂隙或突兀不平的痕迹。尤其是《爱，是不能忘记的》，典型地表现出叙述主体在主导意识形态重压下的弯曲。

20 世纪 80 年代前期，由于历史的现实原因，女性问题开始浮出水面，成为众多女作家集中探讨的主题。在强调伦理道德的社会氛围的笼罩下，这些女性小说倾向于使用精心谨慎的修辞来维护、树立女性人物的道德形象，并为女性大声疾呼。在这些小说中，很明显可以看出，世俗陈规无形中成为女性写作的束缚。《北极光》中芩芩与曾储之间的感情因为涉及婚外情，被叙述人作了抽象的处理，叙述人理性地强化了曾储在精神理想上对芩芩的意义。《方舟》虽然以辛辣著称，但面对传统的女性观，叙述人既表现出对世俗看法的自觉意识，也表现出为其女性形象辩护的欲望，而在试图提出女人比男人更优秀这一观点时，叙述人使用了不太肯定的语气，以缓和对世俗观念的冲击，表现出小心谨慎的一面。张辛欣《我在哪儿错过了你?》中的第一人称女性叙述人话语中，既有富有个性的、"男性化"的声音，同样也暗含着因为意识到传统女性观而自我否定的声音。布斯说过："一位作者试图用新的标准重新评价所有价值，或超出这种或那种思想规范到达全新的领域，或暂把所有价值搁置不用，而不仅是把一种公认的思想规范抬高到另一种之上时，人们便可以预料到，会有更加精心制作的修辞。"① 在新时期初期的女性小说中，每当叙述人试图在新的维度上表现女性时，大量的精力会被用来对付世俗陈规，从而产生复杂的修辞。这些复杂的修辞并未在审美的层面上使小说本身更完善，相反，却是在精心修补的同时暴露了漏洞。

随后世俗陈规受到了挑战，在20世纪80年代中期张扬个性的时代氛围中，第一人称女性小说开始大量出现。刘索拉《蓝天绿海》以口语化的、冒犯读者的话语方式建立了自己的权威，叙述主体显得咄咄逼人。而在万方那里，叙述主体则变得沉着自信。她的《在劫难逃》以确定无疑的冷静语气表现出对自身力量的召唤，而这一点充分地表现在叙述人节制的、富有深思意味

① W. C. 布斯：《小说修辞学》，华明、胡苏晓、周宪译，北京大学出版社1987年版，第203页。

的或充满预言性的语句中。此外，无论是景物描写、对时间的感悟，还是将笔触向他人内心的拓展，都显示出叙述人突破具体现象的限制，向普遍的诗情领域迈进的超越性。

到20世纪90年代，虽然仍然不时会有来自伦理道德领域的针对女性小说的谴责或争议，但多元的文化语境为主体的自由提供了保障，第一人称类似自叙传的女性小说蔚为大观地发展起来。其中林白是一个重要标志。在林白的大量小说中都存在着叙述人话语任意蔓延的现象，通过将叙述人话语渗透到字里行间，林白为我们塑造了充满主观精神的叙述主体的鲜明形象，叙述主体开始真正自由地舒展自己。正是经过林白不懈的创作，女性小说站在了一个新的平台之上。一个女性叙述主体的形象确立下来，并出现于不同的女性小说中。

从女性小说叙事话语的发展可以看出，新时期以来的女性小说取得了一定成就，如万方《在劫难逃》中的诗性话语、蒋韵《栎树的囚徒》以及林白小说中呈现的自成一体的美学风格，都是对当代文学的独特贡献。但是问题也是明显的。当我们从叙述主体来考虑的时候，可以发现，从20世纪80年代到90年代，女性小说的叙述主体常常处于"失衡"的状态，要么受压抑而弯曲（如上所述的80年代小说），要么过于昂扬突兀。

在20世纪80年代，主要表现为无法摆脱现实语境——包括主导意识形态的影响，也包括世俗陈规的制约。当外在的压力过于强大，主导意识形态与伦理道德是小说中必须被考虑的内容，叙述主体无法摆脱宏大话语的笼罩，既要大声疾呼，又容易折中妥协，因此在叙事话语中留下明显的不和谐音。

在90年代日益宽松多元的文化氛围中，80年代制约女性小说的因素基本上不再构成影响力。从叙事话语上看，新时期初期的掩饰与伪装，80年代的慷慨辩护与谨慎修辞都已成为历史，在90年代的很多小说中，我们都能感受到一个自信的、张扬的女性叙述主体的形象矗立在读者与文本之间，随意出入于故事的叙述人话语、挥洒自如的议论、风格鲜明的语言都是这个叙述人的显著标记。可以说，从80年代到90年代，女性小说经历了从不敢以自己的声音说话，到无所顾忌地说出自己的话的过程，这当然是一个很大的进步，但并不意味着叙述主体没有问题。除了因过度追求风格鲜明的语言形式而模糊了深度与意义之外，更大的问题是，在小说中我们往往只听到叙述人的声音，有时过于醒目的叙述人自我对故事、对人物形象以及小说的内在意义都形成干扰。

在90年代的很多女性小说中，叙述者以或者主动站出来慷慨陈词，或者借人物之口发表议论的方式表现出鲜明的女性立场，这似乎成了女性小说的独特标志。陈染《破开》（载《花城》1995年第5期）中有十足理论性的宣言："我们决不标榜任何'女权主义'或'女性主义'的招牌，我们追求真正的性别平等，超性别意识，渴望打破源远流长的纯粹由男人为这个世界建构起来的一统天下的生活、文艺以及艺术的规范和准则。长久以来，我们始终在男人们想当然的规则中，以一种惯性被动地接受和适应，我们从来没有我们女人自己的准则，我们的形象是由男性文学艺术家硬朗的笔划雕刻出来的简单化的女人形象……"徐坤《从此越来越明亮》（载《北京文学》1995年第11期）中富有激情和理性的议论则传达了叙述人在女性问题上表达个人看法的强烈愿望："这个世界上的客观公正和科学早已被男性给垄断规范完了，她的那些观察角度，她的那种提问方式，她的那些思维程序，哪一样不是男权文化给硬性培养教唆出来的？"林白小说同样也有很多关于女性的议论。这些议论都显示了女性小说强烈的现实针对性，显示了叙述者面对女性问题时强烈的言说冲动；但从小说艺术的角度看，却时有过于直白之嫌。

另外，作为这一充满主观精神的女性叙述主体进一步推进或转化的结果，大量的小说中出现了缺乏激情的漠然叙事。在《上海宝贝》、《糖》、《泛滥年代》等小说中，女性叙述人以平淡漠然的话语方式表现出对道德的悬置，表现出玩世不恭的态度。在平淡无力的叙事中我们看到的不是主体力量的扩张，而是主体力量的松弛以至消解。对真诚表达的讽拟，平淡地叙述无所事事的生活，无动于衷地面对自我的丧失，总之，无论对自我对他人对潜在的道德秩序，都放逐了价值判断。这未尝不是自我中心的表现。

总之，在20世纪90年代自由宽松的环境中，女性小说的叙述主体从80年代的受压抑走向了自我膨胀的极端。这个极端有两种表现，一方面是主体的张扬，一方面则是主体对自由的滥用而导致的松弛和懒散。由此导致的问题是：或者叙述人主观立场的强势对小说造成干扰和局限，尤其是观念的迫切表达往往成为小说中突兀与生硬的因素；或者叙述主体面对现实太无所作为，这同样影响到女性小说的艺术成就，影响到女性小说正面价值的树立以及艺术境界的提升。这尤其是我们需要认真面对的问题。

第二节　女性小说的修辞取向与主体姿态

20世纪90年代，叙述女性的情感、心理、生理体验成为女性小说的一个重要主题，也是常常招致责难的主题。应该说，讲述女性自身的历史、女性自身的经验是必要的，来自个人的真实声音永远是对普泛的刻板印象的有力否定，但要防止变成自我封闭的独语，变成拒绝听众的自说自话，变成苍白乏味没有生气的一潭死水。而这些，恰恰是一些女性小说呈现的面貌。在这些小说中，面对现实，叙事主体无所作为，表现出与世界之间消极冷漠的关系，放逐了一切价值，呈现出主体瘫痪的状态。可以说，这种状态不仅出现在女性小说中，实际上它已经成为90年代以来大量小说创作的一个底色。如陈晓明所说："90年代的中国文学越来越倾向于表象化，大量描写现实的作品依据个人的直接经验，热衷于表现偶发的感觉、堆砌感性直观的场景，人们完全忘却历史，回避任何精神重负。作为刚刚走出历史阴影的那种轻松自如，这些表面化的写作当然有足够的理由。"① 但是，这些写作却遗忘了一个问题：文学的意义、文学承担的使命、文学与世界的关系。我们现在所缺少的，不是有气无力的言辞、熟练的反讽、时尚的玩世不恭，而是来自叙述主体的真诚的表达、面对现实的积极的情感与态度。我们需要一种与现实既介入又疏离的言说姿态，需要一种既有现实关怀又有审美追求的女性小说的叙事伦理。

之所以重新提倡女性小说的现实参与性，是因为"话语不仅是表现世界的实践，而且是在意义方面说明世界、组成世界、建构世界"②。"我们用以表达自己和了解他人的象征形式并不构成相对于真实世界的某个虚无飘渺的另类世界，它们部分地构成社会中'真实'的东西。"③ 作为一种叙事话语，作为一种象征形式，相对于社会现实，文学既有被动的"表现世界"的一面，也有积极建构的一面。同样，女性小说源于现实，不能离开现实的土壤，不能失去它的现实针对性，而是应该发挥影响力，"真实"地、能动地参与到现实之中。

20世纪90年代以来，随着经济的发展，物质生活水平大大提高，消费文化的发达给人带来一幅幅欢乐生活的图景，但这并

① 陈晓明：《表意的焦虑》，中央编译出版社2002年版，第423页。

② 诺曼·费尔克拉夫：《话语与社会变迁》，殷晓蓉译，华夏出版社2003年版，第60页。

③ 约翰·B. 汤普森：《意识形态与现代文化》，高铦等译，译林出版社2005年版，第10页。

不意味着女性问题一劳永逸地解决了，并不意味着女性的自由与解放。相反，女性问题以种种更为多样、更为复杂甚至更为隐蔽的形式表现出来：就业歧视，家庭暴力，城乡女性之间的差距，隐含在机构、体制以及观念中的性别偏见，大众传媒的性别意识导向，等等；很多时候，女性的问题又与其他的问题联系在一起，形成更为错综复杂的局面。这些现象，女性在这些具体关系中的境遇，这一切背后的心理、情感与心灵的展开，都应该成为女性小说关注的对象，对这些丰富而深刻的女性现实的表现，有助于为女性小说灌注新鲜有力的血液，在一定程度上改变人们对女性的单调想象。

要实现这一目标，要发挥面对现实的建设性的能动作用，除了表现现实、呈现被遮蔽的经验外，重要的一点是需要对文学作品与读者的关系、对语言的修辞的力量予以重新考虑。文学语言并不仅仅是冰冷的工具，不仅仅用来客观地描述，更意味着态度的传达、情感的分享。布斯明确指出："隐含的作者的感情和判断，正是伟大作品构成的材料。"① 在小说中，叙述者的态度与情感是非常重要的。阐释学和接受美学强调了读者的阅读对于作品意义完成的重要性，强调了读者的创造性和自主性，但不可否认的是，在很多时候，读者都需要叙述者的指引，以免迷失方向："正如事实所表现的那样，甚至最伟大的文学也根本上依赖作者和读者的信念一致。"② 而这是需要积极努力才能做到的：

从语言学的观点来看，产生移情作用需要比利用描述意义大

① W.C. 布斯：《小说修辞学》，华明、胡苏晓、周宪译，北京大学出版社1987年版，第96页。

② W.C. 布斯：《小说修辞学》，华明、胡苏晓、周宪译，北京大学出版社1987年版，第154页。

得多的才干。形成一种促使某些信念得以产生和清晰的心态是一回事，公开而又简洁地提供信息则是另一回事，前者所承担的任务要比后者大得多；因为当前者使用描述意义时，必须认真注意情感和形象化的意义，必须注意该陈述风格和语调的微妙之处，注意它所暗示的东西：正是这些内容，决定着读者的反应。①

不加判断地呈现经验是容易的，而要对读者施加影响则是一个挑战。很多小说放弃了这一努力，满足于对表象的轻松自如的描写。一些女性小说的作者宣称不在乎读者，另一些则直接挑战读者的心理承受能力及道德底线，并且相当多的女性小说放弃了树立权威的意识，对于女性小说来说，这都不是很好的选择。以棉棉《糖》为例，棉棉虽然强调："我一直在思考我的青春是什么样的青春，我们到底是为了自由而失控的，还是我们的自由本身就是一种失控？我所一直要探讨的是毒品和青春的关系、毒品对青春的摧残以及它所带给人们的痛苦的回忆。""我的书不可能也不应该畅销，吸毒不是时髦，不是酷，吸毒是最危险的一件事。双性恋同性恋更不是酷，它们就是一件麻烦的有问题的事。"② 但棉棉《糖》与卫慧《上海宝贝》恰恰成为"美女作家"的畅销书。棉棉的初衷并未得到真正的理解与回应，倒是她所反对的东西被突出出来，成为卖点。不可否认，这里有市场运作的巨大力量，但从小说本身来说，在树立价值观及"产生移情作用"方面匮乏不足同样是造成这种理解错位的一个重要原因。

在当代的公共文化空间中，女性小说要么容易引起争议、误

---

① 查尔斯·L. 斯蒂文森：《伦理学与语言》，姚新中、秦志华等译，中国社会科学出版社1991年版，第378页。

② 棉棉：《我描写的正是我所反对的》，载《文学报》2000年3月16日。

解与否定，要么只是风光一时，然后自生自灭，要么满足于小圈子的互相认同。总之，真正能造成积极的正面影响的并不多。这跟一些传统观念以及现实语境的制约有关，但女性小说自身的话语方式、女性小说对现实世界的态度也应对此负有责任。考虑到女性小说在公共文化空间中的位置，女性小说面临的外部环境的复杂性，还是要强调女性小说正面价值的确立。而这需要争取读者。读者不是天然地就理解与认同叙述人的立场，所以轻率随便地把判断的权力交给读者是有一定风险的。当表达挑战的内容时，尤其需要设法与读者达成一致，引导读者明确叙述人的意图，通过与读者的内在交流发挥影响："他必须十分谦逊，去寻找方法帮助读者接受他对这一立场的看法。"① "使他们看到以前从未看到的东西，使他们进入一个理解力和经验一体的新秩序中。"② 为了实现这一目的，必须意识到修辞的力量，同时必须对流行的虚无冷漠、无动于衷的话语风格加以反省，必须以积极的饱满的态度对读者的理解与感知发挥影响，这是女性小说实践性的一个很重要的面向。

同时，正如我们已经看到的，一些女性小说以充满激情充满批判精神的议论方式表现出现实针对性，但是，这种言说方式也不无问题。新时期以来的女性小说，从张洁《方舟》到陈染《破开》、徐坤《从此越来越明亮》，那些凸显在叙事中的过于明显的理念、过于直接的议论都是其现实指向的明显表征。虽然布斯在他的《小说修辞学》中说过："正如像福克纳那样的现代小说家已经发现的，叙述者直接考虑他价值体系的结果，可以使甚

① W. C. 布斯：《小说修辞学》，华明、胡苏晓、周宪译，北京大学出版社1987年版，第439页。

② W. C. 布斯：《小说修辞学》，华明、胡苏晓、周宪译，北京大学出版社1987年版，第441页。

至最渺小的人物具有震撼世界的意义。虽然叙述者的饶舌像熟人间的饶舌一样冗长乏味，虽然事实上评论着的叙述者是特别容易浮夸累赘的，但是，在他们做得最好时，他们能造成一种与任何其他艺术手段所提供的都不同的特别广阔的经验。”[①] 但是，女性小说的叙述者们或者为了从伦理道德的角度树立人物的正面形象，或者出于内在的话语冲动，为一种针对现实、急于为女性说话的欲望所主导，所以不能够充分地考虑如何“做得最好”。这种过于急切的理念的传达造成了一些叙述上的问题，或者曲折不畅，或者过于突兀生硬，或者过于直露，成为理念的演绎。总之，小说本身的艺术性受到了影响。

任何创作都不能没有立场与理念，问题是何种理念，以及如何传达。面对世界的发言，新的价值观的树立，不应该是直截了当的强加与灌输，必须与艺术形式联系起来。正如马尔库塞所说：“文学的革命性，只有在文学关心它自身的问题，只有把它的内容转化成为它的形式时，才是富有意义的。因此，艺术的政治潜能仅仅存在于它自身的审美之维。”[②] 女性小说也是如此，要与现实相关，发挥影响力，但不应该是理念的强加，而应该以文学的方式介入现实。

在内在的技术层面，叙述主体对距离的控制与把握有助于实现这一目的。“心理距离是介于审美主体与审美对象之间的一种无利害关系，它是审美感知的一种原则。”[③] 在心理上拉开与所叙故事与人物的距离，包括与叙述人自我的距离，不仅可以摆脱

---

① W. C. 布斯：《小说修辞学》，华明、胡苏晓、周宪译，北京大学出版社1987年版，第222页。

② 赫伯特·马尔库塞：《审美之维》，李小兵译，广西师范大学出版社2001年版，第191—192页。

③ 周宪主编：《文化现代性与美学问题》，中国人民大学出版社2005年版，第338页。

明确的道德目的所带来的局限——这是80年代许多女性小说的一个问题——而且有助于确立一种观照的姿态，叙述主体站得比所叙故事与人物高，这样视野与想象空间相应的都更加开阔，从而为叙述主体创造更大的表达空间与自我反观的可能性。另外，从叙事学的角度讲，距离影响到声音的变化，而“声音是文体、语气和价值观的融合”①，对距离的把握与调整是传达态度与价值观的一个有效途径。通过叙述主体与人物距离的调控，可以产生丰富的声音效果，使思想以艺术的形式表达出来，在这一点上，王安忆《弟兄们》具有启发性。

与80年代初期众多站在女性立场为女性呼吁的小说不同，王安忆《弟兄们》对女性问题有一种反思。因为这种反思，她与所叙述的人物拉开了距离。这使小说看起来显得客观，但实际上叙述主体的态度仍蕴涵其中。宏大话语的使用明显地有一种反讽的语调，夸张与漫画化又突出了一种喜剧的效果，但在这反讽与喜剧之下，叙述者有时又靠近人物内心，让我们同时能够感受到叙述者对她的人物的一种温情与善意，这使嘲弄也变得温和。叙述人就这样暗中参与到叙事中来，并通过叙事话语控制着读者与人物的距离，使人既靠近人物又疏远人物，既让人觉出人物的一些可爱之处，又防止读者完全认同人物，并对人物言行中可能存在的问题产生认识。相对于80年代初中期的女性小说，王安忆《弟兄们》具有一定的超越性，这表现为她不仅超越了道德立场的限制，而且表现为在距离与声音方面移步换形的丰富意味，更重要的是产生了“喜剧与微笑的诗意”并存的复杂的美学效果。

对于女性小说来说，艺术上的最高境界是一种审美的境界。

---

① 詹姆斯·费伦：《作为修辞的叙事》，陈永国译，北京大学出版社2002年版，第20页。

审美并不意味着语言的美，审美的境界是触动心灵升华感知的境界。万方的《在劫难逃》代表了女性小说在审美表现上所可能达到的高度。它既没有流于对现实的平淡叙述，也没有把理念强加在小说中；它有具体，也有抽象；有特殊，也有普遍；有现象，也有感悟；它是第一人称，但最后又能包容他人视野：这一切，皆源于一个沉着自信情感深邃的叙述主体，这个叙述主体有着对世界的积极深刻的意识，又能摆脱外在的限制，进入一种诗性观照的状态。正是这样一个主体，生产出了简洁明晰、富有沉思意味的、有力的、具有统摄性的叙事话语，并以充满诗情的理解与领悟，呈现出触动心灵、升华感知的审美境界。

综上所述，女性小说在何种程度上拓展了或者深化了精神视野，在何种程度上触动心灵，这并不是一个无关紧要的问题，这与叙述主体有极大的关系。毕竟语言只是主体的外在表象。从根本上说，还是要重视主体的内在力量，强化主体的感情、态度、价值观甚至思想，然后，对读者的积极影响才有可能。

面对现实，叙述主体要有积极的情感与价值观，但是要超越简单的道德判断。如余华所说，这个叙述主体有着“对一切事物理解之后的超然，对善与恶一视同仁，用同情的目光看待世界”①。对于女性小说来说这可能有一点问题，因为女性小说天然地与女性的处境纠缠在一起。当女性小说为女性遭受的不公、为女性在不平等的两性关系中的牺牲抗辩时，难免有嘲讽有谴责甚至有声讨；但同样有着这样的可能：当语境适宜，当主体足够成熟，就能够超越善恶，对世界、对人有深刻的理解与同情。而这正是艺术境界的起始。因为理解，所以能够让自我向世界伸展，呈现生命的欢乐与悲哀、内心的细微与广阔、感知与思想向

① 余华：《为内心写作》，收入《灵魂饭》一书，南海出版公司2002年版，第222页。

世界的延展与碰触、对美的感悟，以及人的自然存在，正是叙述主体在这些方面的诉求使纷纭的具体的现实生活呈现出广度与深度，使心灵得到拓展和提升。这实际上是对一个成熟的、拥有敏锐丰富的感知力与理解力的叙述主体的要求。这个叙述主体既要有积极的情感与态度，有新的意识与观念的传达，同时又能超越简单的道德判断而又不失同情，并在此基础上致力于艺术境界的创造。女性小说的价值与意义，只有当它以艺术的形式表现出来时，才能得到最大限度的实现。

经过了先锋派形式主义的实践，经过了后现代主义、解构主义思想的熏陶，在平面化叙事以及对语言、形式的自觉几乎已成为每一个创作者的常识的情况下，本书认为仍然有必要关注文学的意义以及文学与生活世界、与心灵世界、与内在的主体性的关系。

女性小说艺术性的提高，可以借助于语言的力量，但叙述主体的自觉则更为根本。20 世纪 90 年代以来，女性对个人经验的书写成为一个显著的趋势，虽然引起争议，但其重要性不容抹杀。它的意义在于：对女性自我的深刻发现及真实表达极大地冲击了、改变了关于女性的固有想象。但一直停留在这一点上是不够的，在商业化的社会环境中也是容易招致误解、利用与攻击的，尤其是当主体缺乏足够力量的时候。

在论及 90 年代个人化写作时，有论者这样说道：“‘个人化写作’是必须建立在作家个体成熟与独立的基础之上的，这是一个很重要的前提。这就对作家的个人素质提出了更高的要求，既要有独立思想、写作的品格，也要有处理好个人话语空间与大众话语空间的关系的能力，并找到适当的契合点，以便形成新的公共性。”① 对于女性小说来说，这话同样适用。

---

① 徐志伟：《简论九十年代小说创作倾向》，载《文学评论》2001 年第 5 期。

如果考虑到女性小说要在当代话语空间中占据一席之位，有所建树，那么就不能满足于自我标榜，满足于平淡漠然、玩世不恭，满足于小团体的互相认同，而应该具有生机勃勃的饱满的情感、积极的建设性的态度，有面向世界言说的姿态，要对现实发挥影响力。这就要求叙述主体有充沛的内在力量、丰富的精神内涵，通过有距离的观照，通过对修辞的探索，赋予人、思想、感悟以艺术的形式，达到审美的境界。审美不仅意味着主体的完整自足，意味着主体性的升华，而且我们超越意识形态限制以及种种现实局限性提供了可能。因为，“审美的层面是自由的一个关键层面”①。

① 赫伯特·马尔库塞：《审美之维》，李小兵译，广西师范大学出版社 2001 年版，第 129 页。

参考文献

一、叙事学著作类（按姓名首字音序排列）

1. 戴卫·赫尔曼．新叙事学．马海良，译．北京：北京大学出版社，2002.

2. 高辛勇．修辞学与文学阅读．北京：北京大学出版社，1997.

3. 华莱士·马丁．当代叙事学．伍晓明，译．北京：北京大学出版社，1990.

4. J. 希利斯·米勒．解读叙事．申丹，译．北京：北京大学出版社，2002.

5. 李建军．小说修辞研究．北京：中国人民大学出版社，2003.

6. 罗钢．叙事学导论．昆明：云南人民出版社，1994.

7. 马克·柯里．后现代叙事理论．宁一中，译．北京：北京大学出版社，2003.

8. 曲春景，耿占春．叙事与价值．上海：学林出版社，2005.

9. 热拉尔·热奈特．叙事话语　新叙事话语．王文融，译．北京：中国社会科学出版社，1990.

10. 申丹．叙述学与小说文体学研究．北京：北京大学出版社，2004.

11. 申丹，韩加明，王丽亚．英美小说叙事理论研究．北京：北京大学出版社，2005.

12. 苏珊·S. 兰瑟．虚构的权威．黄必康，译．北京：北京大学出版社，2002.

13. 特伦斯·霍克斯．结构主义和符号学．瞿铁鹏，译．上海：上海译文出版社，1987.

14. W. C. 布斯．小说修辞学．华明，胡苏晓，周宪，译．北京：北京大学出版社，1987.

15. 詹姆斯·费伦．作为修辞的叙事．陈永国，译．北京：北京大学出版社，2002.

16. 张德寅．叙述学研究．北京：中国社会科学出版社，1989.

17. 张柠．叙事的智慧．济南：山东友谊出版社，1997.

二、女性主义理论著作类（按姓名首字音序排列）

18. 鲍晓兰．西方女性主义研究评介．北京：生活·读书·新知三联书店，1995.

19. Catherine Kohler Riessman. 叙说分析．王勇智，邓明宇，译．台北：五南图书出版股份有限公司，2003.

20. 陈惠芬．神话的窥破．上海：上海社会科学院出版社，1996.

21. 陈顺馨．中国当代文学的叙事与性别．北京：北京大学出版社，1995.

22. 戴锦华．犹在镜中．北京：知识出版社，1999.

23. 弗吉尼亚·伍尔夫．一间自己的屋子．王还，译．北京：生活·读书·新知三联书店，1989.

24. 荒林．中国女性主义（2004 秋卷）．桂林：广西师范大学出版社，2004.

25. 克莉丝·维登．女性主义实践与后结构主义理论．白晓红，译．台北：桂冠图书股份有限公司，1994.

26. 李小江，朱虹，董秀玉．性别与中国．北京：生活·读书·新知三联书店，1994.

27. 刘慧英．走出男权传统的樊篱．北京：生活·读书·新知三联书店，1995.

28. 林丹娅．当代中国女性文学史论．厦门：厦门大学出版社，1995.

29. 罗斯玛丽·帕特南·童．女性主义思潮导论．艾晓明，等，译．武汉：华中师范大学出版社，2002.

30. 玛丽·塔尔博特．语言与社会性别导论．艾晓明，等，译．武汉：华中师范大学出版社，2004.

31. 孟悦，戴锦华．浮出历史地表——中国现代女性文学研究．台北：时报文化出版企业有限公司，1993.

32. Patricia Ticinetoclough. 女性主义思想：欲望、权力及学术论述．夏传位，译．台北：巨流图书公司，1998.

33. 托里·莫以．性别/文本政治：女性主义文学理论．陈洁诗，译．台北：骆驼出版社，1995.

34. 王吉鹏，马琳，赵欣．百年中国女性文学批评．长春：吉林人民出版社，2001.

35. 叶舒宪．性别诗学．北京：社会科学文献出版社，1999.

36. 张京媛．当代女性主义文学批评．北京：北京大学出版社，1992.

三、其他方面的理论著作（按姓名首字音序排列）

37. 巴赫金．陀思妥耶夫斯基诗学问题．白春仁，顾亚铃，译．北京：生活·读书·新知三联书店，1988.

38. 鲍曼．现代性与大屠杀．杨渝东，史建华，译．北京：译林出版社，2002.

39. 比格·比格尔．先锋派理论．周宪，高建平，译．北京：商务印书馆，2002.

40. 查尔斯·L. 斯蒂文森．伦理学与语言．姚新中，秦志华等，译．北京：中国社会科学出版社，1991.

41. 查伦·斯普瑞特奈克．真实之复兴．张妮妮，译．北京：中央编译出版社，2001.

42. 程文超．意义的诱惑．长春：时代文艺出版社，1993.

43. 陈晓明．表意的焦虑．北京：中央编译出版社，2002.

44. 陈晓明．无边的挑战．长春：时代文艺出版社，1993.

45. 道格拉斯·凯尔纳，斯蒂文·贝斯特．后现代理论．张志斌，译．北京：中央编译出版社，1999.

46. 董小英．再登巴比伦塔——巴赫金与对话理论．北京：生活·读书·新知三联书店，1994.

47. 弗里德里克·杰姆逊．后现代主义与文化理论．第二版．唐小兵，译．西安：陕西师范大学出版社，1987.

48. 赫伯特·马尔库塞．审美之维．李小兵，译．桂林：广西师范大学出版社，2001.

49. 洪子诚．问题与方法．北京：生活·读书·新知三联书店，2002.

50. 洪子诚，孟繁华．当代文学关键词．桂林：广西师范大学出版社，2002.

51. 李劼．个性·自我·创造．杭州：浙江文艺出版社，1989.

52. 陆扬．后现代性的文本阐释：福柯与德里达．上海：上海三联书店，2000.

53. 马克斯·霍克海默，特奥多·威·阿多尔诺．启蒙辩证法．洪佩郁，蔺月峰，译．重庆：重庆出版社，1990.

54. 马泰·卡林内斯库．现代性的五副面孔．顾爱彬，李瑞华，译．北京：商务印书馆，2002.

55. 米歇尔·福柯．词与物．莫伟民，译．上海：上海三联书店，2001.

56. 南帆．文学的维度．上海：上海三联书店，1998.

57. 诺曼·费尔克拉夫（Norman Fairclough）．话语与社会变迁．殷晓蓉，译．北京：华夏出版社，2003.

58. 托多罗夫．巴赫金、对话理论及其他．蒋子华，张萍，译．天津：百花文艺出版社，2001.

59. 王一川．汉语形象美学引论．广州：广东人民出版社，1999.

60. 汪民安．福柯的界线．北京：中国社会科学出版社，2002.

61. 肖凌燕．东方女性——婚姻伦理小说选．北京：文化艺术出版社，1985.

62. 约翰·B. 汤普森．意识形态与现代文化．高铦，等，译．北京：译林出版社，2005.

63. 赵宪章．西方形式美学．上海：上海人民出版社，1996.

64. 周宪．文化现代性与美学问题．北京：中国人民大学出版社，2005.

四、论文类（按发表时间排序）

1. 刘锡诚．一九七九年《北京文艺》短篇小说印象．北京文艺，1980（1）.

2. 盛英．道德与诗情．光明日报，1980－05－07（4）.

3. 肖林．试谈《爱，是不能忘记的》的格调问题．光明日报，1980－05－14（4）.

4. 戴晴．不能用一种色彩描绘生活．光明日报，1980－

05 – 28（4）.

5. 李希凡．“倘若真有所谓天国……”．文艺报，1980（5）.

6. 曾镇南．爱的美感为什么幻灭？．光明日报，1980 – 07 – 02.

7. 田山，王禾．揭示了严肃的人生课题．光明日报，1980 – 07 – 02.

8. 陈辽．关于《爱，是不能忘记的》争议中的几个问题．新文学论丛，1980（3）.

9. 鲍昌．心灵的奥秘．鸭绿江，1980（11）.

10. 时汉人．谈艺术风格的发展——喜读茹志鹃近作．光明日报，1980 – 01 – 23（4）.

11. 孙绍振．诗与“小我”．光明日报，1980 – 07 – 10（4）.

12. 闻立鹏．艺术求索录——关于艺术个性的思考．文艺研究，1981（2）.

13. 陈文锦．创作意图与作品实际倾向的矛盾．光明日报，1981 – 11 – 26.

14. 曾镇南．爱的追求为什么虚飘？．光明日报，1981 – 12 – 24（3）.

15. 滕福海．求索勿知足　更上一层楼．光明日报，1982 – 01 – 28（3）.

16. 张志国．主观臆断与文艺批评．文汇月刊，1982（1）.

17. 张晓林．爱情描写中一个值得注意的问题．光明日报，1982 – 10 – 15.

18. 吴黛英．新时期“女性文学”漫谈．当代文艺思潮，1983（4）.

19. 李文衡．论崛起的“新诗学”．当代文艺思潮，1983（6）.

20. 郑伯农．在“崛起”的声浪面前．当代文艺思潮，1983（6）.

21. 黄益庸．《祖母绿》印象及其他．花城，1985（1）.

22. 刘再复. 论文学的主体性. 文学评论, 1985 (6).

23. 李洁非, 张陵. 一九八五年中国小说思潮. 当代文艺思潮, 1986 (3).

24. 卢敦基. 刘索拉《你别无选择》的美学意义. 当代作家评论, 1986 (3).

25. 金燕玉. 论女作家群. 当代作家评论, 1986 (3).

26. 朱向前. 莫言小说"写意"散论. 当代作家评论, 1986 (4).

27. 陈志红. 试论崛起于新时期的广东女作家. 花城, 1986 (4).

28. 陈骏涛. 一个多元化的文学时代. 当代作家评论, 1986 (6).

29. 赵玫. 知识女性的困惑与寻求. 当代作家评论, 1986 (6).

30. 盛英. 女性主义批评之我见. 文论报, 1988-06-05.

31. 胡河清. 张洁爱情观念的变化. 当代文艺思潮, 1986 (6).

32. 李子云. 女作家在当代文学史所起的先锋作用. 当代作家评论, 1987 (6).

33. 方克强. 隐私性、炉边谈话与吴语方言. 文论报, 1988-10-05.

34. 黄浩. 角色紧张: 一个说得太多和太累的"我". 作家, 1990 (3).

35. 陈志红. 永远的寻求: 一代人的精神历程. 当代作家评论, 1990 (6).

36. 南帆. 第一人称: 叙述者与角色. 钟山, 1993 (3).

37. 陈晓明. 勉强的解放: 后新时期女性小说概论. 当代作家评论, 1994 (3).

38. 张颐武. 林白的“新状态”. 作家，1994（12）.

39. 王绯. 蒋子丹：游戏与诡计. 当代作家评论，1995（3）.

40. 郜元宝. 匮乏时代的精神凭吊者. 文学评论，1995（3）

41. 陈晓明. 走进女性记忆的深处——简论林白. 作家报，1995-12-09（2）.

42. 王晓明. 呼唤知识分子的信念和良知. 文学报，1995-12-28.

43. 张颐武. “后新时期”中国女性小说的发展. 文艺研究，1995（6）.

44. 戴锦华，王干. 女性文学与个人化写作. 大家，1996（1）.

45. 荒林. 林白小说：女性欲望的叙事. 漳州师范学院学报，1996（3）.

46. 陈晓明. 无限的女性心理学. 小说评论，1996（3）.

47. 黎慧. 个人、性别、种族：九十年代女性写作. 上海文化，1996（3）.

48. 胡彦. 女性写作：从身体到经验. 当代文坛，1996（3）.

49. 吴义勤. 生存之痛的体验与书写. 小说评论，1996（3）.

50. 戴锦华. 陈染：个人和女性的书写. 当代作家评论，1996（3）.

51. 荒林. 陈染小说：为妇女获得形式的写作. 湛江师范学院学报，1996（4）.

52. 戴锦华. 奇遇与突围——九十年代女性写作. 文学评论，1996（5）.

53. 孟繁华. 逃离意识与女性宿命. 当代作家评论，1996（6）.

54. 王小波.《私人生活》与女性文学. 北京文学，1996（11）.

55. 陶东风. 私人化写作：意义与误区. 花城，1997（1）.

56. 王琳. 走出女性心灵的樊篱——新时期女性文学若干心理症结的梳理. 社会科学研究，1997（1）.

57. 徐慧．徐坤：性别与僭越．当代作家评论，1997（1）．

58. 王春林．女性生命的咏叹：评蒋韵长篇小说《栎树的囚徒》．小说评论，1997（2）．

59. 周艳芳．世纪末：女性文学话语的复归与重建．小说评论，1997（2）．

60. 戴锦华．拼图游戏．花城，1997（3）．

61. 林岗．建立小说的形式批评框架．文学评论，1997（3）．

62. 李洁非．“她们”的小说．当代作家评论，1997（5）．

63. 徐坤．重重帘幕密遮灯——九十年代的中国女性文学创作．作家，1997（8）．

64. C. 斯普瑞特奈克．生态女权主义建设性的重大贡献．秦喜清，译．国外社会科学，1997（6）．

65. C. 斯普瑞特奈克．生态女权主义哲学中的彻底的非二元论．张妮妮，译．国外社会科学，1997（6）．

66. 孟繁华．弱势性别：与现实的艰难对话——评林白的长篇小说《说吧，房间》．南方文坛，1998（1）．

67. 戴锦华．自我缠绕的迷幻花园——阅读徐小斌．当代作家评论，1999（1）．

68. 李敬泽．《羽蛇》笔记．当代作家评论，1999（1）．

69. 马越．有性别的书写．文学评论，1999年青年学者专号．

70. 王安忆．从何而来，向何而去．收获，1999（4）．

71. 戴锦华．新时期文化资源与女性书写．//叶舒宪主编．性别诗学．北京：社会科学文献出版社，1999．

72. 薛毅．浮出历史地表之后．//九十年代的女性——个人写作．文学评论，1999（5）．

73. 洪子诚．二十世纪中国文学纪事（下）．当代作家评论，2000（1）．

74. 董之林．女性写作与历史场景．文学评论，2000（3）．

75. 王又平．顺应·冲突·分野．荆州师范学院学报，2000（3）．

76. 郭剑卿．蒋韵近作中的女性意识及其文化意义．当代作家评论，2000（6）．

77. 徐德明．王安忆：历史与个人之间的“众生话语”．文学评论，2001（1）．

78. 王绯．论女性文学与商品市场．妇女研究论丛，2001（2）．

79. 傅元峰．诗性栖居地的沦陷．文学评论，2001（2）．

80. 赵树勤．当代女性话语权力的欲求与焦虑．湖南师范大学社会科学学报，2001（2）．

81. 徐志伟．简论九十年代小说创作倾向．文学评论，2001（5）．

82. 赵冰冰，刘兵．席瓦和她的第三世界生态女性主义．妇女研究论丛，2002（3）．

83. 西慧玲．寻找母亲的声音——世纪末长篇小说“女性系谱”的拟建．文艺评论，2003（3）．

84. 李小江．阅读的维度与女性主义解读．文学评论，2003（4）．

85. 郭素平．化蝶——新生代女性主义写作片论．文艺争鸣，2003（5）．

86. 卢桢．赵玫作品中的母性意识．文艺争鸣，2003（6）．

87. 王红旗．对知识女性精神再生的探寻．小说评论，2003（6）．

88. 谢有顺．中国小说的叙事伦理．南方文坛，2005（4）．

后　记

本书是在我的博士论文的基础上修改而成的。

博士毕业几年后，再回头细看，觉得书中不无粗疏拖沓之处，但已没有充足的时间再细细打磨，只能让它大致以原貌呈现了。下面是博士论文后记中的几段话，真实地记录了我完成论文后的心态，摘录如下：

我的写作是在孩子出生后才真正开始的。孩子的成长让我对时间产生了真切而痛苦的经验。在他很小的时候，我就绝望地意识到，我无论如何也无法完整地呈现他初生时的样子。总是我还来不及细想，他就已经变了样。忽然有一天，他从外面回来，对母亲的依顺一扫而光，甩着胳膊得意洋洋地在屋子里走来走去。于是我知道，他意识到了自己的力量，他在蜕变成另外的样子。如今，他珍珠一样圆润晶莹的小小的脚趾，我到哪里寻觅？他脸上懵懂的表情，我到哪里寻觅？所有的一切都消失在时间中，不再回来。而他，则在夜晚的酣睡中伸展着身体，毫无负担地茁壮成长着。

曾有一段时间，繁重的哺育工作让我觉得前路黯淡并且无比漫长，所有的一切都终结在睡眠不足的疲惫中。我完全停止了一切跟攻读学位有关的思考与活动。后来，才有了断断续续的、零敲碎打的时间，才终于跟书本、文字恢复了联系。孩子渐渐长大，我的时间也充裕起来。在极难得的独自一人的假期中，投入地写作让我产生不知今夕何夕之感。我有时会忘记季节。直到看到地面上越来越多的黄叶，想一想，才知道已经是秋天。然后春天到来，树木散发芳香，天籁喧扰而又寂静，让人出神。四季轮回，生命不可逆，我们无法回到过去，也不能把希望凭空放在未来，我们唯有孜孜不倦，以珍视之心把每一刻填满，为人生增加分量。

在我写作的过程中，我的导师程文超先生给了我很多鼓励和帮助，但2004年秋，他不幸病故。我现在仍然能够清晰地记得，2004年细雨霏霏的春天，他在医院的病房跟我们谈论文的情景。在与程老师认识的十年时间里，他对我关怀有加，让我感到温暖。而他面对疾病所作的努力抗争，也让我深切体会到生命的脆弱与尊严。校对程老师的纪念集，我不禁再次清晰地回忆起他的音容笑貌，同时对于他的思想也有了更深入的了解，有了新的认识，而他，则通过他的文字，对我产生了新的启发。他虽然已经离去，但他的面影时常浮现，一如生时。现在，我的论文终于完成，我希望不会让他失望，也希望他在天之灵安息。

在牛蛙声声让人想起乡村的夜晚，我将论文修改完毕，并没有如释重负之感。事实上，对我来说，博士论文已经不知不觉变成生活的一部分，变成我每天要与之相处的东西。它让我产生兴趣，也给我带来烦恼，给我带来挑战。有时候，我会觉得，写作的过程如雕塑一个有形的东西。用语言将轮廓一点点描画清楚，觉得是一种收获，有一种满足。但我知道，仍有许多不尽如人意之处。

我要感谢林岗老师，他接受了我们这批学生，为我们付出了心血。他不仅给我鼓励，也总是能敏锐地指出我的问题所在，给我提供有价值的意见，让我醒悟，让我提高。他的博学与见解让我无比钦佩，他宽容淡泊的人格尤其让我敬重。有这样的导师，是我的幸运。

高小康老师、吴定宇老师、邓国伟老师、陈希老师在我开题或结题时都提出了不少宝贵意见，在此一并致谢。

感谢董之林老师，她将我论文的一部分发表在《文学评论》上，让我对论文的完成产生了信心。

感谢我所在的国际交流学院，为我论文的写作提供了足够的时间保障。

感谢我的家人。我的婆婆不仅帮我带孩子，而且负担了大量家务，使我能够全身心地投入论文写作中。没有她，我会陷入狼狈不堪的状态中，论文的完成也是不可想象的。我的先生刘卫国也给了我很大的支持。他在繁重的教学科研工作中承担了一部分家务，教育孩子，帮我处理琐事，让我免除了后顾之忧。

现在再读这些，仿佛又回到刚写完论文的时候，我的内心充满了怀念与感激，怀念程文超老师，感激支持、帮助我的师友亲人。几年时间匆匆而过，虽未取得大的成绩，所幸自己未曾浪费光阴。此书的出版，算是以往的努力告一段落，也是对关心我的人们的一个交代。

最后要说明的是，本书得到中山大学文科青年教师桐山基金项目资助，在此表示感谢！

二〇一一年五月十九日